⑩

어서오세요 실력지상주의 교실에 2 학년편   키누가사 쇼고 ╳ 토모세슌사쿠

Welcome to the Classroom of the Second-year

"다 식었다."

"다 식었네."

"따라 하지 마."

"따라 하지 말아줘."

별것도 아닌데
서로의 생각이 일치한 게
괜히 웃겼다.

"으엣――?"

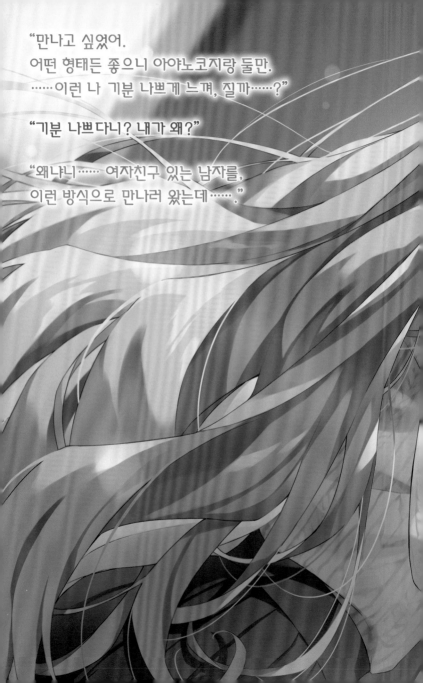

"만나고 싶었어.
어떤 형태든 좋으니 아야노코지랑 둘만.
······이런 나 기분 나쁘게 느껴, 질까······?"

"기분 나쁘다니? 내가 왜?"

"왜냐니······ 여자친구 있는 남자를,
이런 방식으로 만나러 왔는데······."

시카야나기 아리스

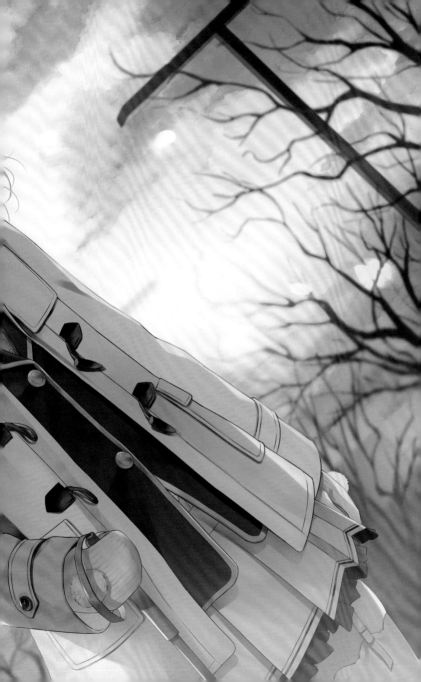

10

어서오세요 실력지상주의 교실에 **2**학년편
Welcome to the Classroom of the Second-year

어서 오세요
실력지상주의 교실에
2학년 편 10

키누가사 쇼고 지음 / 토모세슌사쿠 일러스트 / 조민정 옮김

소미미디어

어서오세요 실력지상주의 교실에 2학년편 ⑩

Welcome to the Classroom of the Second-year

c o n t e n t s

커버, 본문 일러스트 : 토모세슌사쿠

○하시모토 마사요시의 독백

그러니까 쉽게 말하자면 나는 사람을 믿지 않는다.

진심으로 누군가를 믿는 것에 강한 알레르기가 있다.

남을 진짜로 신뢰하는 짓은 절대 하지 않는다.

아니, 그렇잖아?

사람은 쉽게 배신한다.
괜찮으니까 믿어달라고 애원해 놓고 배신한다.
믿은 만큼 배신당했을 때 받는 충격은 크다.

그럼 차라리 배신당하기 전에 먼저 배신하는 게 낫지 않나?
곧이곧대로 정직하게 살면서 고생하는 것보다 약삭빠르게 굴어서 이득을 보는 편이 훨씬 낫다.
그것이 나의──『하시모토 마사요시』의 절대적 방침이다.

마사요시(正義)…….
정의, 라니.

자문자답할 때마다 내 이름에 혐오감이 든다.

그 감각, 이제 새삼스러울 일도 아닌데 말이야.

정말로 자기 이름을 싫어하는 사람들에 비하면 나의 혐오감은 뭐, 귀여운 수준이겠지.

마사요시와 정의는 완전히 무관하다.

머리로는 잘 알고 있다.

그래도 내 이름을 보면 누구나 한번은 다른 쪽을 연상한다.

이름을 보고 자기들 멋대로 남의 인성을 판단한다.

미안한데 말이지, 난 더 이상 정의의 아군 같은 건 되지 않아.

이 학교에 들어온 순간부터 각오했다.

반드시 A반으로 졸업해서—— 나를 배신한 놈들한테 갚아 주겠다고.

그러기 위해서라면 그 어떤 더러운 짓이라도 하겠어.

누구든 걷어차 주겠어.

누구든 원한을 사주겠어.

상대가 류엔이든 사카야나기든.

그리고 아야노코지라 해도.

상대가 누가 됐든 나는 달라지지 않는다.

오직 나를 위해, 행동할 것이다.

○2학년 3학기 개막

통학로가 인산인해를 이루었다. 겨울방학 시기에는 볼 수 없던 풍경이다.

한적할 때의 경치도 싫지 않지만, 의외로 학생들이 바글거리는 쪽을 더 좋아하는지도 모르겠다.

아니면 넓어진 시야에 익숙해져 버렸나.

끝이 가까워지는 순간을 예감하면서 무의식중에 아쉬운 마음이 들기 시작했을까.

"왜 그래, 키요타카? 갑자기 멈춰서서."

온기로 휩싸인 오른팔에서, 나를 올려다보는 연인 케이의 얼굴이 보였다.

촉촉한 입술이 눈에 들어왔다. 나오면서 마음에 드는 립스틱을 발랐겠지.

"아니, 아무것도 아니야."

그렇게 중얼거리고는 둘이서 걷기 시작했다. 그녀와 일상을 보낼 때는 적어도 지루함에서 해방될 수 있었다.

가만히 있어도 수다를 좋아하는 케이가 그날그날 있었던 일을 알아서 들려주기 때문이다. 다만 혼자 있는 시간과는 압도적으로 거리가 멀어지고 있다.

이런 둘만의 시간이 필요한지 불필요한지 묻는다면 반반이라고 대답하겠다.

필요한 이유는 다른 사람과 대화를 반복함으로써 소통 능력을 적잖이 키울 수 있기 때문. 이건 미숙한 스킬을 갈 고닦을 소중한 기회다.

한편으로는 미숙하기에 상대방에게 하는 대답에 실패할 때도 많다.

특히 케이가 기분이 안 좋은데 오답을 고를 때도 많아 서, 그 결과 기분을 더 상하게 만드는 경우가 지금도 끊이 지 않는다. 이건 애를 먹는 부분이다.

반면 다른 스킬 하나하나를 익힐 시간이 줄어든다는 것은 단점이다. 소통 능력과 연애 그리고 이성을 해부할 수 있다 는 장점을 제외하면 그 밖의 많은 것들을 희생하고 있다.

"왜 그래? 내 얼굴 뚫어지겠어."

"싫어?"

"싫은 건 아니지만. ……음, 또 키스하고 싶어진단 말이 야. 많이 많이."

겨울방학이 끝나기 전날, 케이와는 아침부터 밤까지 방 에서 느긋한 시간을 보냈으니까.

친밀하고 젊은 남녀가 한 공간에 있으면 그 결말이야 자 세히 설명할 것도 없겠지.

내 오른팔을 자기 쪽으로 끌어당겨 안은 케이가 팔에 더 욱 힘을 실었다.

결국 학교 현관에 도착해 신발을 실내화로 갈아신을 때 만 빼고, 교실에 도착할 때까지 줄곧 둘이 찰싹 달라붙어 있었다. 이미 학생들이 절반 가까이 등교했는지 교실이 시끌벅적했다.

"얘들아, 안녕~."

3학기의 시작. 반 친구들을 향해 케이가 손을 흔들었다. 그러고는 감았던 팔을 천천히 풀고 나중에 보자며 내게 윙크했다. 그녀가 굵직한 애정을 남기고 가버린 후, 나는 교실 중간쯤에 위치한 내 자리로 가서 별로 든 것도 없는 가방을 내려놓았다.

태블릿 단말기가 수업에 도입된 이후부터 필요한 것이 줄었지만, 그래도 가방은 빼놓을 수 없다.

"야, 보는 나까지 창피해지는 모습으로 등교하지 말라고, 아야노코지."

일찌감치 교실에 와 있던 스도가 민망하다는 투로 말을 걸었다.

"팔짱 끼고 등교라니, 인싸의 끝판왕 아니냐. 젠장, 부럽다."

당사자로서는 창피한 광경인데, 그것 자체가 부러운 모양이었다.

"말해두는데 내가 원한 게 아니야."

"그야 그렇겠지. 오히려 네가 원했다고 하면 깰 거야, 완전 깰 거라고."

그건 아니지, 하고 계속 중얼거리면서 얼굴을 바짝 들이댔다.

"꽁냥대는 것도 좋지만 말이야. 겨울방학 때 1학년이 계
도 받았다는 학교 메일, 너도 읽었지? 너야 걱정 없겠지만
그래도 혹시 모르니까 조심해라?"

"그러고 보니 그런 메일도 왔었지."

겨울방학이 끝나갈 무렵, 1학년 두 명이 처벌받았다는
학교 측 메일이 왔었다.

익명이어서 누군지는 모르지만, 바깥에서 남녀의 건전
하지 못한 교제 장면을 제삼자가 목격했다는 내용이었다.

성적 자극이 목적인 행위는 원칙상 금지되어 있으므로
당연히 처벌 대상이 된다.

"방에서만 하면 될 것을. 그런데 그런 부분에 있어서 선
배인 너는 어때?"

"어떠냐니, 뭐가?"

"……밖에서 이것저것 하고 싶다거나 그런 생각이……
드나 싶어서."

부끄러우면 물어보지 말라고 생각했지만, 지적하진 않
았다.

"메일의 내용대로라고 밖에 말할 수 없는데. 학교에는 보
는 눈도 많고 감시 카메라가 깔렸잖아. 이상한 행동을 했다
간 들킬 위험이 커. 그러니까 본능에 몸을 맡기는 선택은
안 해."

"그, 그렇구나. 뭔가 아야노코지만 할 수 있을 법한 말이
네……. 좀 깬다."

전혀 상관없는 형태로 결국 스도가 질겁하고 말았다.

"——후우."

특별히 의식한 것은 아닌, 스도의 조금 묵직한 한숨이 들렸다. 무의식중에 내뱉은 것 같았는데, 해놓고 나서 자신도 깨달았는지 허둥지둥 사과했다.

"방금은 너 때문에 쉰 한숨이 아니야. 미안하다, 그렇게 느꼈을지도 모르겠네."

"난 괜찮아. 그런데 무슨 일 있어?"

남들 앞에서 큰 소리 낸 적은 수도 없이 많지만, 한숨이 잦은 학생은 아니다.

그 변화는 절대 가벼이 여길 수 있는 게 아니었다.

"요즘 피로가 좀 쌓여서. 공부와 운동 두 마리 토끼를 다 잡고 있다고 생각했는데, 점점 버거워지는 느낌이야. ……뭐, 그렇다고."

한숨의 이유를 말한 것이 실수였다고 생각했는지, 스도가 말을 얼버무렸다.

더 걱정하는 말을 건네봐야 도리어 역효과만 날 것 같군.

그러니까 딱 한 마디만 충고해 주기로 한다.

"지식도 너무 급하게 쌓으면 그만큼 빠져나가기 쉬워. 급할수록 돌아가라는 말도 있잖아."

"……그렇지. 여하튼 오늘부터 또 잘 부탁한다."

기분을 전환하고 웃으면서 대답한 스도는 자기 자리로 향했다.

그 직후, 새로 교실에 들어온 사토가 반 아이들에게 인사하면서 내 옆을 지나갔다.

"아침부터 뜨겁네, 두 사람."

그렇게 작은 목소리로 중얼거리더니 구경 잘했다, 하는 말을 덧붙이고는 여자 그룹에 합류했다.

아무래도 케이와의 등교 장면을 뒤에서 봤나 보다.

1

겨울방학이 끝났어도, 학생이나 교사나 기본적으로 할 일은 조금도 달라지지 않는다.

차바시라 선생님이 교실에 들어와 가볍게 새해 인사를 마치고 손으로 교탁을 짚었다.

"오늘부터 3학기가 시작된다. 1월은 가고 2월은 도망가고 3월은 지나가 버린다는 말이 있듯이 이 시기는 눈 깜빡할 사이에 흘러가지. 하루하루 만성적으로 보내지 않게 정신 똑바로 차리고 생활하도록."

아무도 지적하지는 않았지만, 차바시라 선생님의 뒷머리가 조금 흥미로웠다. 잠버릇이 나쁜지 약간 헝클어져 있었다. 늦잠 자서 아침에 허둥거렸던 걸까.

학생들을 단속하는 말을 하면서 설득력이 살짝 부족하다.

조례 시간의 끝을 알리고 교실을 나가려던 차바시라 선생님은 출입문 가까이에서 걸음을 멈췄다.

"한 가지 전달 사항을 빠트렸구나. 다음 달에 이 학교 처음으로 『2자 면담』이 있을 예정이다. 지금까지 한 학교생활에 관해서도 이야기 나누고 앞으로의 진로, 취직에 관한 내용을 중심으로 상담하게 되겠지. 당연하지만 너희 부모님들의 의견 청취도 마쳤다."

뒤돌아보며 반 아이들에게 그렇게 말했다.

아이 혼자 진로를 정하게 두는 가정도 있겠지만, 대부분은 부모의 의견도 들어가기 마련이다.

학교 측이 학생이 없는 곳에서도 제대로 움직이고 있다는 증거다.

"이 학교도 그런 걸 해요? 전혀 없을 줄 알았어요."

좌우지간 누구보다도 먼저 나서는 이케의 발언이었다. 이제는 아무도 놀라지 않았다.

"고등학교가 의무 교육이 아니라고 해도 보호자의 말을 완전히 무시하고 진로를 결정하게 할 수는 없으니까. 당연히 언젠가 시기가 되면 3자 면담도 할 예정이다."

3자 면담. 그 남자가 또 튀어나올 가능성도 있다는 건가.

아니, 더는 이 학교에서 만날 일 없다고 말했었는데, 과연 어떻게 될지.

그 문제가 마음에 걸리지만, 일단 중요한 건 2월에 있을 2자 면담이다. 어차피 나야 미래고 뭐고 자유 의지로 어떻게 할 수 없는 일이니까 무관하다면 무관하지만.

그런 의미에서는 차바시라 선생님이 반만이라도 내 사

정을 알고 있는 것이 무척 고마울 따름이다. 깊게 논의할 필요가 없으니 형식적인 선에서 그치겠지.

반면 반 아이들에게 2자, 3자 면담은 큰 기로가 될 것이 틀림없다.

자신의 진로를 똑바로 확인하고 그대로 직진할지, 아니면 우회해서 다른 길을 모색할지.

혼자서는 다 보이지 않는 부분에 부모와 교사가 힌트를 줄 것이다.

"궁금한 점 있으면 나에게 직접 물어보러 와도 좋아."

이제 전달 사항을 다 마쳤다며 차바시라 선생님이 문에 손을 갖다 댔다.

그리고 뒤로 문을 닫는 순간, 다른 손으로 뒷머리를 만졌다.

머리가 헝클어져 있다는 것을 본인도 알았던 모양이다.

2

차바시라 선생님이 교실에서 나가자마자 반은 2자 면담과 장래 이야기로 떠들썩해졌다.

"이제 슬슬 어떻게 할지 정해야겠네."

"A반으로 졸업하는 패턴이랑 아닌 패턴부터 정해야 하는 거지? 히라타 군은 어떻게 할 생각이야?"

교실 가운데 앉은 요스케의 주위에 모여든 여학생들이

화제를 던졌다.

"난 A반이라는 특권과 상관없이 대학에 갈 계획이야. 부모님도 그걸 바라신다고 예전부터 들었고."

엿들을 의도는 없지만, 들리는 것은 불가항력이다.

요스케는 지금 단계에서 취직할 의사는 없는지 진학을 전제로 생각하고 있었다.

공부에 임하는 자세라든지 실제 학력을 고려한다면 자연스러운 흐름이다.

A반이라는 특권이 있든 없든, 경쟁력을 갖추지 않으면 권리를 살릴 수 없을 테니까.

다만 이건 누구에게나 적용할 수 있는 이야기다.

"그렇구나. 난 축구 선수라도 되려는 줄 알았지 뭐야!"

"하하, 그건 좀. 만약 A반 특권을 써서 우격다짐으로 프로가 된다 해도 실력이 받쳐주지 않으면 바로 잘릴 게 불 보듯 뻔하잖아. 대학에 가도 축구는 계속할 생각이지만, 어디까지나 취미의 영역이야."

운동과 관련된 취업은 역시 그다음에도 넘어야 할 난관이 기다리고 있다고 할 수 있다.

권리를 행사해서까지 가야 하는 사람이 있다면, 그건 실력이 있는데도 어떤 이유로 그동안 발탁되지 못하고 묻혀 있었다거나 다른 문제 때문에 정식 루트를 밟지 못하는 경우 등일 것이다.

그렇다면 A반 졸업이라는 혜택을 잘 활용하려면 어떻게

하는 게 좋을까.

반에서도 수재로서 입지를 확고히 다진 케세이가 입을
열었다.

"A반의 특권이라고 하면 단연 대기업 취직이지. 능력이
심하게 부족한 경우는 예외로 쳐도, 남들 하는 만큼만 하
면 별일 없는 이상 해고당하진 않을 거야. 들어간 사람이
이기는 세계에 뛰어드는 것이야말로 가장 현명한 활용법
이 아닐까?"

그런 케세이의 논리 정연한 발언에 아이들이 감탄한 듯
고개를 끄덕였다.

회사는 사람을 고용하는 이상 큰 책임이 생긴다.

중대한 실수라도 저지르지 않는 한, 단순히 마음에 들지
않는다는 이유로 사람을 해고하는 것은 합당하지 않다.

막 신설된 학교도 아닌 고도 육성 고등학교라는 존재는
정부 공인이라는 부분도 있는 만큼 널리 알려져 있으리
라. 지금까지 A반으로 졸업한 수많은 학생이 받아들여지
고 있다.

그런 의미에서도 대기업을 선택해야 마음 놓고 오래 일
할 수 있다.

"효율만 따지면 유키무라의 선택이 옳을지도 모르지. 하
지만 난 되고 싶은 직업을 꿈꾸는 것도 중요시하는 게 좋
지 않을까 생각해."

그 또한 정답 중 하나다. 한 번 사는 인생인데 돈과 안정

적인 직업만을 좇으며 살아가는 쪽을 아직은 선택하지 않아도 된다.

이상을 추구하는 직업이냐, 현실을 추구하는 직업이냐.

이 자리에 있는 학생들은 늦든 빠르든 언젠가 그 분기점에 설 것이다.

솔직히 말해서 어떤 선택지든 정답일 수도 오답일 수도 있겠지.

내가 졸업한 후에 기다리고 있는 미래는 아직 하나밖에 없지만, 그것도 정답일지 오답일지 알 수 있는 건 아득히 먼 훗날의 일이다.

옳은 인생이었다고 생각하게 될까 어떨까.

생애를 뒤돌아보았을 때 어떤 결론이 나올지에 따라 진정한 답을 찾을 수 있다.

3

이렇게 해서 겨울방학이 끝난 개학 첫날의 점심시간이 찾아왔다. 케이는 벌써 사토 등과 여자 그룹을 이루어 식당으로 향했다. 연인만 보는 게 아니라 친구도 소중히 여기는 것. 아주 중요한 일이다. 복도로 나와 그런 케이의 뒷모습을 가만히 지켜보니 깔끔한 일렬횡대를 이루고 있었다.

"여자들은 왜 항상 네 명이고 다섯 명이고 상관없이 옆으로 나란히 걷는 거야?"

"나한테 물어봐도 말이지. 저러면 다른 사람한테 민폐일 뿐인데."

뒤에 서 있던 호리키타에게 물어보았지만, 이유를 모르는 눈치였다.

"그보다도 너, 등에 눈 달렸니? 내가 있는 걸 어떻게 알았는지 신기하네."

"신기한 건 신기한 채로 내버려 두는 게 좋지 않을까?"

"알려줄 생각이 없다는 뜻이구나?"

"여자들이 왜 저렇게 걷는지 이유를 말해주면 생각해 볼 수도 있고."

"그건 호리키타가 대답해 줄 수 없는 질문인데 너무해. 나란히 걸을 만큼 친구가 많지도 않은데."

호리키타에 이어서 쿠시다가 모습을 드러냈다.

"카스트가 있으니까. 복도를 막아 남한테 피해가 간다고 해도 그룹을 건전하게 유지하려면 필요한 일도 있는 거야."

"그렇구나. 앞장서서 걷는 사람을 따르는 구도를 자연스럽게 피한다는 뜻인가."

"아마? 다들 말은 안 해도 대충 느끼고 있다고 생각해."

그렇다면 여자들에게서 많이 나타나는, 집단 심리에서 오는 메커니즘이라고도 할 수 있을지 모르겠다.

"진짜 별 시답잖은 이유도 다 있구나. 주위를 배려하면서 걸어야지."

"아, 네네. 친구 없는 사람은 그렇게 말할 수 있어서 좋겠다."

"너 지금 나한테 시비 거니?"

"그럼 아닌 줄 알았어? 웃기네."

두 사람이 서로 노려보며 불꽃을 튀겼다.

"그만 좀 싸워. 나한테 무슨 볼일이라도 있는 거야?"

"용건이라면 있지. 아야노코지, 괜찮으면 오늘 점심 내가 사도 될까?"

호리키타가 나한테 점심을 산다고? 기억을 더듬어 봐도 좋은 이미지가 거의 없다.

"네가 그런 말을 꺼낼 때는 대체로 안 좋은 일이 생기던데. 내 경험상."

"실례네. 돈 안 받을 거고, 이상한 상의도 안 할게. 이렇게 말하면 마음이 좀 놓이니?"

"뭐…………………… 그래."

전혀 마음이 안 놓인다고 대답했다간 화낼 것 같아서 지금은 순순히 고개를 끄덕여 둔다.

"굉장히 오래 고민하네."

"그런 점은 마음에 안 들지만, 어쨌든 됐어. 쿠시다도 준비됐지?"

"응, 괜찮아."

뻔뻔하게 전투 모드에서 천사 모드로 바뀌었다.

"쿠시다한테도 말한 건가? 그것도 참 평소답지 않은데."

혹시 쿠시다와 둘이 점심 먹기 불편해서 나한테도 제안

한 걸까? 순간 그런 생각도 들었지만, 싫어하는 상대랑 밥
먹는 것 정도라면 굳이 그런 자리를 마련할 필요는 없다.

이 두 사람이 합세해서까지 나를 꼬드기는 데에는 분명
히 다른 의도가 있다. 대체 무슨 꿍꿍이일까.

오늘은 케이도 없으니 따라줘도 지장은 없지만.

"그래서? 식당으로 가면 돼?"

"아니, 적당한…… 그렇지. 사람이 별로 없는 조용한 곳
이 좋겠어."

그렇게 대답한 호리키타 그리고 내 옆에서 걷는 쿠시다
는 빈손이었다.

그렇다는 건 가는 도중에 편의점이나 매점에 들러서 도
시락을 사는 흐름?

잘 모르겠지만 답이 곧 나오겠지, 하는 생각으로 셋이
함께 복도를 걷기 시작했다. 물론 우리는 일렬횡대로 걷는
게 아니라 호리키타가 선두 그리고 조금 뒤에서 나와 쿠시
다가 나란히 걸었다.

"그런데 호리키타. 다시 확인하겠는데, 정말로 먹을 생
각이야?"

"그러기로 했잖아. 먹을 거야."

"하아……. 그럼 편의점부터 가면 안 될까? 위약 사려고."

"그러지 마. 불안한 마음은 알겠지만 괜한 지출이야."

그렇군, 역시 가다가 편의점에서 위약을 사려고 하는구나.
위약은 필요하니까.

"잠깐만. 위약이라니? 대체 뭘 먹으려는 건데?"

점심 먹을 때 전혀 불필요한 것을 챙겨가고 싶어 하는 게 분명 이상하다.

내가 강한 어조로 호리키타에게 묻자, 뒤도 돌아보지 않고 대수롭지 않다는 듯 대답했다.

"이부키가 만든 도시락."

"이부키가…… 만든?"

나는 순간 사고가 정지되었지만, 냉정한 대처를 강요받았다.

"그 애가 오늘 나랑 쿠시다랑 아야노코지를 위해 도시락을 하나 준비했어. 그러니까 그걸 삼등분해서 정확하게 나눠 먹자는 거지. 내가 말 안 했던가?"

"애초에 말할 생각도 없었으면서……."

그 말을 처음에 들었다면 바로 내뺐을 것이다.

대전제로, 절대 나를 위해 만든 도시락이 아니다. 아닌 밤중에 홍두깨도 유분수지.

"내 기억이 정확하다면 이부키는 요리를 잘하는 애가 아닐 텐데?"

못한다는 표현은 일부러 피하고 그렇게 돌려 말해 공포심을 억누르며 물었다.

"그 애는 절대 자기 손으로 밥을 지어 먹지 않는 타입이야. 그래서 평소에 영양이 너무 편향되어 있었어. 네 그 모호한 기억 속에서도 새로운 부분이지?"

얼마 전까지 겨울방학이었는데, 새해 직후에 호리키타와 쿠시다와 이부키를 맞닥뜨린 일이 있다.

그때 우연히 이 이야기를 들었던 것은 과연 기억에 남아 있다.

"영양이 한쪽으로만 치우치면 건강에도 안 좋으니까 최근에 몇 번인가 내 방으로 그 애를 불러서 밥을 해 먹였어. 식비를 아낄 수 있으니, 내키지 않아 하면서도 안 빠지고 와줬지."

"싫다고 투덜거리면서 꼬박꼬박 오는 거 짜증 나는데, 안 귀여워."

이럴 때는 보통 짜증 나는데 귀엽다고 표현하지 않나?

"호리키타와 이부키를 싫어하는 것치고는 상황을 꽤 자세히 아네."

"그때마다 나도 가니까. 난투극이 벌어지지 않을까 기대하면서."

쿠시다답게 정말 이상한 기대였다.

"그 바람에 내 몫까지 총 3인분을 만들어야 해서, 여러모로 곤란해졌어."

말로는 불평하면서도 호리키타는 그다지 신경 쓰는 것 같지 않았다.

이미 익숙해진 걸까.

"그런데 거기서 왜 이부키가 만든 도시락을 먹는 흐름이 되는 건데?"

"말싸움이 붙었거든. 호리키타가 요리 정도는 좀 배우라고 먼저 잽을 날리니까, 자기도 마음만 먹으면 요리 따위는 금방이라면서 호언장담하더라고. 그럼 어디 한번 만들어봐라. 만들어 줄 테니 딱 각오하고 기다려라. 못하면 죽는다. 잘하면 반대로 네가 죽는다. 그렇게 해서 오늘까지 온 거야."

정말 이해가 잘 되고 상상하기 쉬운 흐름이다.

하지만 마지막 두 마디는 아마 거짓말이겠지. 거짓말이길 바랄 뿐이다.

"과연, 그렇게 된 거였군. 그럼 난 식당에 갈 테니 다음에 보자."

갈림길에서 도망치려고 다른 방향으로 발을 돌렸지만, 쿠시다가 잽싸게 팔을 붙잡았다.

"좋겠네. 생물학상으로는 여자로 분류되는 아이가 직접 해주는 요리를 맛볼 수 있잖아."

"날 속이다니."

나는 앞에서 뻔뻔하게 걸어가는 호리키타에게 항의했다.

"속이다니. 누가 들으면 오해하겠네. 난 그저 이부키가 만든 요리를 한 명이라도 더 많은 사람과 나눠 먹고 싶었을 뿐이야. 하지만 그렇다고 해서 그 애랑 별로 친하지도 않은 애를 데려가는 건 이상하잖아? 게다가 맛없다고 단정 짓는 건 경솔한 생각이야."

대화의 흐름으로 봤을 때 도저히 기대할 만한 인상을 못 받았는데.

도망칠 수 없는 상황임을 알았으니 포기하고 따라갈 수밖에 없겠다.

"나는 그렇다 치고, 쿠시다는 피할 수 있지 않았어?"

호리키타의 요리를 먹으러 방에 들이닥쳤다는 건 알겠는데, 아무리 호리키타 대 이부키라는 구도를 보고 싶었다고 해도 감당해야 할 리스크가 너무 크다. 어떤 비극이 기다리고 있을지도 모르는 일이니까.

"뭐, 그렇긴 한데. 나에게도 이런저런 사정이 있어서."

"너도 참 승부욕이 강하더라, 쿠시다. 이부키의 '도망치는 거냐, 쫄보야' 같은 유치한 도발에 발끈해서 넘어오다니."

"……난 그냥 이부키가 실패하고 사과하는 모습이 보고 싶었을 뿐이야."

변한 말투를 봐서도 정곡을 찔렸나 본데, 실패한들 어디 이부키가 사과할 성격인가.

뭐, 골치 아픈 성격이니까 더욱, 확률은 낮더라도 사과 장면을 볼 수만 있다면 하고 생각했는지도 모른다.

"……아직 안 왔나 보네. 일단 약속한 시각은 거의 다 됐는데."

만나기로 한 장소인지, 바깥으로 이어지는 연결 통로 앞에서 걸음을 멈췄다.

사람이 별로 없는 조용한 곳이 좋겠다고 속이더니, 역시 처음부터 휘말리게 할 계획이었나.

"교실도 가까운데 굳이 여기서 만날 필요 없지 않았어?"

"네 말대로 무의미한 약속이지. 이부키한테도 똑같이 말했고. 그 애가 같이 걸을 생각 없다면서 거절했을 뿐이야."

그 정도로 호리키타를 (아마 쿠시다도) 싫어한다면 대결 자체를 거절하지 그랬냐.

승부욕이 지나치게 강한 것도 큰 문제임을 보여주는 좋은 사례다.

"어차피 실패해서 맛없는 도시락을 가져올 게 뻔해."

"결과를 미리 단정 짓고 싶진 않지만, 틀림없이 실패하겠지."

"그렇겠지……. 그럼 이제부터 나는 실패한 요리를 먹어야 하는 건가."

"너희들 멋대로 실패, 실패, 거참 시끄럽네!"

묵직한 공기가 감도는 이곳에 이부키가 소리를 빽 지르며 합류했다.

손에는 폭탄……, 아니 도시락을 들고 있다. 들고 있었다. 들고 있지 않길 바랐는데.

깜박했으니까 대결은 무효야! 하고 큰소리쳐주길 바랐다. 응원했는데.

"아니 그런데 아야노코지는 여기 왜 있어? 안 불렀잖아."

"뭐 어때. 심사위원이 한 명이라도 더 많으면 요리 수준에 진실미가 더 올라가잖아? 이제 다 모였으니 장소를 바꾸자. 너도 남들 눈에 우리가 친해 보이길 바라진 않겠지?"

"당연하지!"

그리하여 우리는 연결 통로를 지나 밖으로 나왔다. 아직 1월 초순이라 몹시 추워서 그런지, 식사 장소에는 아무도 없었다.

이부키는 심플한 무지 보자기(균일가 생활용품점에서 본 적 있음)로 싼 도시락을 들더니 벤치에 내동댕이치듯 내려놓았다.

"실패를 연호했던 걸 후회하게 해줄 테니 빨리 먹어봐."

"자신만만하네. 설마 기적이 일어나서 잘 만들어 버린 거니?"

과연 자신감이 가득 차 있었다. 자신 없는 것보다야 압도적으로 낫긴 한데 기대해 봐도 되려나?

"얘는 누가 봐도 자신감 과잉인 타입이니까 태도만 봐선 절대 못 믿어."

그런 면을 이미 잘 알고 있는 호리키타는 이부키에게서 시선을 떼고 도시락통을 내려다보았다.

동시에 나와 쿠시다의 옅은 기대는 사그라들었다.

"흥. 승산 없으면 여기 오지도 않았어."

"네 자신감은 충분히 전해졌어. 하지만 그렇다면 더 음식을 난폭하게 다루면 안 되지. 설령 요리가 잘 완성됐다고 해도 요리인으로서는 실격이야."

"시끄럽네. 됐으니까 빨리 먹기나 하라고. 그리고 나한테 사과해, 호리쿠시! 덤으로 아야노코지도!"

"쿠시다랑 합쳐서 부르지 마. 그게 무슨 줄임말이니?"

나도 덤으로 호명 당했지만, 그 부분은 딱히 신경 안 쓴다.

다만 뭐랄까…….

"셋이 진짜 친해졌네."

아무리 봐도 참상인데 그런 생각이 들고 마는 모순이 생겼다.

"친해지긴 뭐가 친해져, 어떤 식으로 착각하면 그런 결론에 도달하니, 아야노코지."

"맞아. 이상하게 해석하지 마."

"한 번만 더 그렇게 말하면 쥐어 터질 줄 알아!"

노골적으로 한 사람만 텐션이 다르지만, 좌우지간 역시 사이가 좋아 보여서 아무리 봐도 나만 겉돈다.

"난 돌아갈까?"

방해하기 미안해져서 진심으로 한 말이었는데——.

"가지 마라!"

"도망치지 않기야."

"그건 비겁하지, 아야노코지."

세 사람이 또 같은 방향성으로 크게 소리쳤다.

잘은 모르겠지만, 도망치고 싶어도 도망칠 수 없을 것 같아 자리에 앉기로 한다.

뭐, 이왕 이렇게 됐으니. 이야기를 들으니까 조금 궁금하기는 했다.

아무리 생각해도 초보 중의 상초보인 이부키의 요리.

그래도 호리키타와 쿠시다로부터 항복을 받아내기 위해

시행착오를 거쳐 가며 열심히 연구⋯⋯했을지도.

다소 기대해 보면서, 요리의 중요한 요소인 모양부터 확인하기로 한다.

보자기 안에서 나온 것은 역시 아무 무늬도 없는 도시락통(이것 역시 균일가 생활용품점에서 봤다).

"자, 연다."

으스대며 팔짱을 끼는 이부키에게서 불안이나 걱정은 느껴지지 않았다.

천천히 열리는 도시락 뚜껑.

거기서 나온 것은──.

가장 먼저 눈에 들어온 건 밥이었다. 흰쌀밥이 아니라 볶음밥.

각종 채소와 고기 등이 들어가 있는지 색깔이 알록달록했다.

다만 볶음밥 재료치고는 크기가 너무 컸다. 뭐 그건 그렇다고 치고, 그 밖에도 방울토마토와 달걀말이, 그라탱과 조림, 튀김에 미니 함박스테이크까지? 개수는 적지만 총 일곱 종류의 반찬이 풍성하게 들어 있었다. 결정타는 네 장이나 들어 있는 잎사귀 장식이었다.

일단 도시락으로서 구색은 갖추었다고 말해도 되겠지.

"이걸 전부 네가 만들었다고?"

"당연하지."

머뭇거리지 않고 바로 대답하는 걸 봐서도 사실 같은데,

뜬금없이 조림이라니.

"우선 모양은 좀 보태서 30점 정도?"

"요리는 모양이 아니라 맛이야, 맛."

"일단은 칭찬이야. 0점에 가까운 게 나올 줄 알았거든."

30점도 많이 준 거라며 내려다보는 투로 말했다.

호리키타는 오늘을 위해 자기 돈을 들여서 나무젓가락 몇 벌을 준비했는지 자기 것과 쿠시다의 것 그리고 내 것까지 챙겨서 내밀었다.

"그럼 먹어볼까."

"이렇게 안 내키는 시식은 처음이야~. 아주 멋진 추억이 되겠어~."

억양 없는 말투로 나무젓가락을 뜯으면서도 먼저 맛볼 생각은 들지 않는지 호리키타가 먹을 때까지 기다리는 쿠시다.

호리키타는 볶음밥을 젓가락으로 가볍게 떠서 입으로 가져갔다.

그런 다음 그라탱을 하나 집어 역시 입에 넣었다.

아무 말 없이 다 삼켰을 때 쿠시다가 물었다.

"어때?"

"그건 아직. 내 감상이 영향을 주는 걸 피하고 싶거든. 다음은 네 차례야."

"쯧."

아니…… 너무 대놓고 혀를 차네.

쿠시다에게 아직 환상을 품고 있는 학생이 만에 하나 목격했다면 졸도할 광경이리라. 아마 옆에서 들었더라도 우연히 났을 뿐 의도적으로 했다고 생각하진 못할 터다.

"방울토마토만 먹어도 될까?"

"제대로 먹으라고."

"쯧. 세세한 것 가지고 시끄럽게 구네."

쿠시다가 또 강하게 혀를 찼다. 기분 탓인지 모르겠는데 아까보다 더 셌다.

어쩔 수 없다며 조림과 미니 함박스테이크를 골라 입에 넣었다.

"아아…… 그렇구나. 자, 다음 차례는 아야노코지."

깨달았다는 표정을 짓는 쿠시다에게서 조잡한 바통이 넘어왔다. 자, 어떻게 한담.

도시락 반찬의 가짓수는 방울토마토까지 포함해서 총 일곱 종류. 그중에 네 가지를 두 사람이 먹었으니 뭐, 남은 방울토마토를 제외하고 두 가지 반찬을 먹는 게 무난하겠지.

즉 달걀말이와 튀김이다. 생일까 죽음일까, 아니면 죽음과 죽음인가.

"자, 달걀말이부터 가볼까."

도시락의 왕도. 깊이 있는 맛을 내려면 상당한 실력이 필요하지만, 무난하게 만드는 것은 간단하다.

입에 던져넣고 우선 본능적으로 달걀껍데기가 섞여 있지 않은지 경계부터 했다.

하지만 이물감 없이 목구멍을 무사히 통과했다. 그 기세를 이어 튀김으로. 젓가락으로 집어 들고 나서야 알았는데 한입 크기로 둥글린 크로켓 같았다.

"…………."

살짝 경계하면서 혀 위에 올렸다. 그리고 이빨로 깨무니, 튀김옷 안에서 내용물이 모습을 드러냈다. 먹으면 크로켓임을 바로 알 수 있고, 그런 맛도 나기는 했다.

하지만 그것보다 더욱 강하게 주장하는 것은 눅눅한 식감. 식재료에 수분이 다 빠지지 않아 덜 튀겨진 느낌이었다. 그리고 텁텁하고 뒷맛이 별로였다.

전부 다 먹은 나는 조용히 젓가락을 내려놓고 눈을 한번 감았다.

……음, 그렇군.

씹고 삼키면서 답이 저절로 나왔다.

"셋 다 먹었으니까, 나부터 느낀 점을 솔직하게 말할게. 맛없었어."

"뭐라고?!"

"아예 못 먹을 정도는 아니고, 모양도 최악인 0점은 아니야. 초보자가 열심히 만들었다는 건 알겠는데, 무엇보다 짜고 간을 너무 대충 본 것 같아."

내 생각에도 영 못 먹을 음식은 아니다.

호리키타가 평가한 대로 너무 짠 건 눈대중으로 대충 만들어서겠지.

"당근 껍질은 물론 깎지 않아도 먹을 수 있지만, 식감이 나쁘고 크기도 너무 엉성해. 진지하게 요리하려고는 했지만 귀찮았다는 게 적나라하게 드러나."

도시락 하나를 보고 맛보았을 뿐인데, 이부키가 어떤 사고 회로를 가지고 도시락을 쌌는지 줄줄 맞혀 나갔다. 그리고 거의 다 정답이라는 사실은 이부키의 씁쓸한 표정에서 전부 드러났다.

"난 더 먹고 싶지 않아. 한 끼 날렸다는 게 이런 거겠지."

말을 내뱉는 쿠시다의 태도에도 이부키는 화가 나서 어깨를 부들부들 떨었다.

"이러면서 잘도 호리키타한테 요리로 안 진다고 호언장담하다니. 차라리 누구 요리 잘하는 사람한테 돈이라도 주고 대신 만들어 달라고 하지 그랬어?"

심한 말이 쏟아지는 게 조금 가엾기는 하지만, 그럴 수밖에 없는 퀄리티라서 어쩔 수 없다.

"너희, 공평하게 심사 안 했지!"

"그럼 네가 직접 먹어봐. 어차피 간도 제대로 안 봤지?"

"간? 안 봤지만…… 겉으로 봤을 때 평범하고 얼마든지 먹을 수 있잖아."

"못 먹을 요리라고는 안 했어. 그냥 맛이 없다고 했지. 됐으니까 네가 먹어봐."

자기가 싼 도시락을 들이대자, 이부키는 짜증 내면서도 받아 들고는 젓가락을 쥐었다.

"……으, 맛없—— 맛있네……! 신 아냐?!"

"억지로 거짓말하지 마."

호리키타가 머리를 콩 쥐어박자 이부키가 소리쳤다.

"왜 이렇게 맛이 없지?! 뭐랄까 그냥 아쉬운 맛이야! 그리고 너무 짜!"

"전부 내가 설명했잖아. 하나부터 열까지 다 눈대중으로 넣은 게 문제라고."

"하지만 1큰술이라든가 2작은술 같은 거 귀찮기만 하고 대충해도 다를 거 없다고 생각했을 뿐인데!"

그게 큰 문제다. 도시락 속 반찬은 좌우지간 차이가 현저해서, 조미료가 너무 적게 들어가 싱겁거나 아니면 너무 많이 들어가 맵거나 둘 중 하나였다.

"이번에 네 요리, 점수를 매기자면 20점이야."

"……20점 만점에?"

"100점 만점에."

"뭐라고오오?! 심사위원 매수한 거 아니야?!"

"이것도 많이 쳐준 거야. 먹기 싫은걸, 이 도시락."

"정말이야. 나였으면 2점 줬다."

신랄한 심사단의 평가에 이부키는 발을 동동 구르며 격하게 항의했다.

"너도 비슷하지? 아야노코지."

"아니, 난 이 도시락이 도저히 못 먹을 건 아니라고 판단해서 점수가 좀 더 높아."

"그것 봐! 그것 보라고!"

처음으로 지원군이 등장해 기뻤는지 이부키가 살짝 뛰어올랐다.

"너 제정신이야? 이건 엉성하고 미묘한 도시락이잖아."

"완전히 동의해."

호리쿠시가 동시에 득달같이 달려들었지만, 나는 거기에 파문을 일으키고 싶다.

다양한 관점으로 이 도시락에 대해 의견을 나눠야 할 것이다.

"하지만 못 먹을 정도는 아니야. 너도 그 부분은 인정했잖아?"

"그건…… 응, 뭐. 하지만 먹고 싶지는 않아."

"먹을거리가 넉넉한 요즘이라면 전혀 먹고 싶지 않아도, 만약에 무인도 같은 데 떨어진다면? 거기에 먹을 수 있는 게 이것밖에 없다면 기꺼이 먹을 거 아냐? 그러니까 내 채점 결과는……."

"점수는 됐어. 알기 쉬우면서도 어려운 예시를 들어줘서 고맙네. 일단 네가 칭찬하는 게 아니라는 것만은 잘 알겠어."

"……그런가."

목구멍까지 올라온 채점 결과 발표가 막히자 살짝 소화 불량처럼 불편한 기분이었다.

아니면 정말로 내 위에 들어간 음식이 소화가 안 되기

시작했는지도 모른다.

"평균 11점. 유감이네, 이부키."

결국에 내 평가를 반영하지 않을 거면 역시 나는 부르지 않아도 되지 않았나…….

이미 다 지나간 일이지만, 도무지 주체할 수 없는 아쉬운 감정만이 남았다.

"우씨……."

원래는 요리를 아예 못 했던 만큼 성장했다는 결과이므로 이부키도 받아들일 수밖에 없다.

"다음에 다시 한번 도전해 보겠다면 시간을 내 줄 수도 있고?"

"이제 두 번 다시는 안 만들어!"

계속 비판만 이어지자, 한 번의 요리에 좌절하고 말았는지 이부키는 그렇게 불평했다.

"포기가 빠른 것도 꼭 나쁘지만은 않아. 지금의 너한테 요리는 안 맞으니까."

또 비판을 들었는데도 이부키는 이미 결론을 내렸는지 콧방귀 끼며 팔짱을 꼈다.

"오히려 난 요리 따위 하는 게 더 바보짓이라는 사실을 깨달았다고. 너희는 쓸데없는 짓을 하는 거야."

"뭐야, 그게 대체 무슨 소린데?"

"딱히 요리 같은 거 안 해도 편의점이나 마트에 가서 도시락을 사 먹으면 그만 아니야? 만드는 시간도 아낄 수 있고 남은 식재료를 처리할 필요도 없고. 심지어 맛있고. 그렇잖아!"

뭐—— 다 만들어져 나오는 도시락은 확실히 그런 역할이긴 하지만…….

"그러면 안 돼. 영양분을 잘 챙겨 먹어야지. 몇 번이나 같은 설명을 계속하게 할 거니? 그러니까 성장하지 않는 거야."

"아하하하, 맞아. 마음도 그렇지만 몸도 전혀 성장 안 한 것 같고."

"야, 쿠시다! 너 어디 보고 말하는 거야?!"

"어디 같은데?"

"지금 당장 걷어차 줄까! 걷어차서 무릎 꿇고 빌게 만들어 줄게!"

"네네, 그렇게 바로 달려들지 말라고. 쉽게 발끈하는 것도 다 영양소가 부족하다는 증거야. 오늘도 저녁 7시에 방으로 와."

"그렇게까지 말한다면 가 주지!"

가냐……. 거절할 줄 알았는데 이부키는 짜증 부리면서도 순순히 받아들였다.

식비를 아끼면서 영양가 있는 맛있는 밥을 먹을 수 있다.

호리키타의 잔소리를 들어야 하는 단점은 있지만, 버리기에 아까운 환경일 테지.

"그럼 난 간다!"

내뱉다시피 인사한 이부키는 발을 쿵쿵거리며 서둘러 가버렸다.

아파트였다면 아래층 사람이 항의할 만큼 컸다.

"자기가 가져온 도시락통도 안 치우고 가네, 진짜."

마치 칠칠치 못한 딸한테 엄마가 잔소리하는 듯한 태도로, 어질러진 점심 도시락을 치우는 호리키타. 가져가서 씻으려나 보지.

옆에 앉아 있던 쿠시다가 시선을 피하며 자리에서 일어났다.

"그럼 나도 저녁 7시에 갈게."

"……넌 오라고 안 했는데?"

"뭐 어때. 나도 프라이빗 포인트를 조금이라도 더 남겨두고 싶다고. 호리키타가 쥐어 짜낸 돈으로 먹는 밥도 나쁘지 않고. 맛있게 먹어줄게."

다른 사람과는 전혀 다른 부분에서 맛을 찾아내는 듯하다.

"너도 프라이빗 포인트 많이 모아두지 않았어?"

"전혀 부족하거든. 사실은 누구 씨한테 매달 돈을 받아야 하는데, 예상치 못하게 계획이 틀어져 버려서."

부드러운 미소를 지으면서도 싸늘한 눈으로 나를 쳐다보았다.

그러다가 이내 평소의 천사 같은 모습을 보여주고는 식당 쪽으로 사라졌다.

"그럼—— 이걸로 마무리됐네. 너도 수고했어."

"그래, 수고—— 아니, 잠깐만."

나는 도시락통을 들고 이만 정리하려고 하는 호리키타를 불러세웠다.

"왜?"

"맛없는 도시락을 조금 시식했을 뿐이지 네가 점심을 산 기억은 없는데?"

"사양하지 말고 맛없는 도시락을 전부 다 먹지 그랬니?"

아직 많이 남아 있어, 하면서 도시락통을 내게 내밀었지만 망설임 없이 거칠게 밀어냈다.

"농담이야. 지금 식당 가자. 먹고 싶은 거 사줄게."

그래도 양심의 가책을 느끼긴 했는지 호리키타가 그렇게 대답했다.

"그나저나 이부키에 쿠시다까지. 두 사람한테 밥 차려 주는 것도 돈이 꽤 들 텐데."

"그 바람에 식비가 배로 들고 있어. 쿠시다는 초대하지도 않았는데 온다니까."

"쿠시다도 호리키타와 이부키랑 있으면 숨통이 좀 트이는 것 아닐까?"

정말로 싫으면 아무리 공짜 밥이라도 함께 시간을 보내려고 하지 않을 것이다.

"글쎄 어떨까. 그 애는 나한테 타격을 주는 걸 무엇보다도 좋아하는 것 같은데. 이부키도 포함해 내가 고생하는 장면이라든지 힘들어하는 얼굴을 보고 싶어서 참을 수 없는 느낌이 아닐까?"

그렇군. 그게 맞을지도 모르겠다.

함께 시간을 보내다 보면 호리키타의 약점을 알아낼 기회를 얻을 수도 있고.

"상상은 좀 안 가지만 세 사람이 모여서 즐거운 순간도 있겠지?"

"아니. 일반적으로 상상할 수 있는 여자들 모임이 아니니까. 웃음 한 번 일지 않고 긴장감만 쭉 감돌아. 아까 봤지?"

하긴 돌이켜 생각해 보면 조금 전의 모임은 빈말이라도 즐거운 자리라고 말하기 어려웠다.

유일하게 쿠시다만은 평소 버릇 때문인지 미소 지기도 했지만, 그것도 다른 많은 사람과 있을 때와 비교하면 절반에 한참 못 미쳤다.

그런데도 이상하게 분위기가 숨 막히진 않았고, 오히려 묘하게 잘 맞는다는 느낌이 들었는데.

"이만 가자. 계속 그 두 사람 이야기만 하는 건 시간 아까워."

"그럴까."

걷기 시작한 우리. 나는 이번 미니 이벤트를 겪으면서 그런 생각을 했다.

혀와 위의 부담은 차치하고, 오늘의 모임은 유의미했다고.

호리키타와 쿠시다 그리고 다른 반 이부키.

약간 일그러졌으면서도 새로이 형성된 세 사람의 관계

는 의외로 탄탄했고 함부로 무시할 수 없는 것이었다.

우정이라고 표현한다면 틀림없이 다들 입을 모아 부정하겠지만, 그러한 예상도 역시 우정이 싹텄기에 가능한 일이라고 해석할 수 있다.

하지만……

"왜 그래?"

옆에서 걷는 내가 호리키타를 바라보는 게 마음에 들지 않았는지 무섭게 노려보았다.

"어떤 비싼 메뉴를 고를지 고민했을 뿐인데."

"금액 상관없이 정말로 먹고 싶은 걸 먹어야지."

"제일 비싼 걸 먹고 싶은 마음이라고."

"하아…… 네 마음대로 해."

하지만 그 후 무슨 영문인지 호리키타가 강제로 메뉴를 정하는 폭거를 휘둘렀다.

4

놀러 갔던 케이가 저녁에 돌아오고, 내일 준비에 들어간 저녁 9시 무렵.

켜둔 텔레비전에서 예능 프로그램이 방송되고 있어서 나는 움직이던 손을 멈추고 텔레비전을 응시했다.

사십 대 정도로 보이는 남자 MC가 연예인들에게 짓궂은 농담을 던지며 웃음을 유발했다. 그러다가 장면이 바뀌고

거리를 산책하는 야외 촬영 영상이 흘러나왔다.

잠시 보니 화면 위 작은 네모 칸 속 스튜디오에서 진행자가 농담이며 느낀 점들을 늘어놓았고, 그런 비슷한 장면들이 계속 반복되었다.

그림 다섯 장이 뜨고 그중에 어느 것이 진짜인지 맞히며 탄성과 웃음이 일었다.

"네 번째."

담담하게 답을 중얼거린 나는 정답이 나올 때까지 기다리지 않고 텔레비전 쪽으로 리모컨을 대고 전원 버튼을 눌러 껐다. 시끄럽던 방안이 순식간에 조용해졌다.

케이는 텔레비전 보는 것을 좋아해서 단둘이 있을 때는 좌우지간 켜둘 때가 많다.

나도 텔레비전에 거부 반응은 전혀 없지만, 어느 정도의 장르를 학습에 활용할 수 있을지 시험해 본 결과 예능 프로그램은 별로 내 취향이 아니라는 사실을 알게 되었다. 나는 서랍 앞으로 가서 두 번째 칸에 들어 있는 스케치북과 그 위에 올려둔 색연필 세트를 꺼냈다.

학교에 입학한 지 얼마 안 됐을 때 프라이빗 포인트로 산 것인데, 이후로 한 번도 손대지 않았다. 예전에 서랍에서 스케치북을 발견한 케이가 안을 들여다보고는 새하얀 백지여서 이상해하는 표정을 지었던 것을 기억한다.

책상에 스케치북을 펼치고 색연필이 든 은색 케이스를 열었다.

그리고 새 색연필로 손을 뻗다가——.

이내 손을 멈췄다.

무엇을 그릴까. 아무 생각도 없으면 역시 여기서 멈춰버리고 만다.

기세에 맡겨 뭔가를 창조할 수 있을 것 같아도 막상 쉽게 되지 않는다.

화이트 룸에서는 소양을 키우기 위해 많은 기술을 익혔다.

그중에 모사도 있어서 절대 못 하는 편은 아니었다.

다만, 스스로 생각하고 창작하는 과정은 학습에 포함되지 않았다.

새하얀 스케치북.

잠시 그것을 바라보다가 나는 은색 케이스를 닫았다.

"오늘 하루도 이렇게 끝인가."

스케치북과 색연필을 두 번째 서랍에 도로 넣으면서 그런 말을 중얼거렸다.

차바시라 선생님이 말했던 것처럼 이번 3학기는 순식간에 지나갈지도 모르겠다.

○생존과 탈락의 특별시험

　겨울방학이 끝나고 학교생활은 새로운 시작을 알렸다.

　새해가 될 때까지 보름 정도 만나지 못했던 반 아이들과 인사를 나눌 때는 조금 망설여지기도 했지만, 그 이외에는 별로 달라진 것 없는 나날이 흘러갔다.

　다음 특별시험은 언제일까.

　모든 학생의 머릿속에 언제나 그런 생각이 들어 있겠지만, 특히 선배에게서 일종의 힌트를 들은 호리키타는 그 이상이리라.

　학교에서의 새로운 하루가 시작됨을 상징하는 담임 차바시라 선생님이 교실에 모습을 드러냈다.

　표정은 여느 때와 다름없이 딱딱하게 굳어 있었고, 들뜬 느낌 없이 진지한 옆모습을 보여주며 교단으로 향했다.

　하지만 흥미롭게도 일부 학생들은 평소와 똑같으면서 어딘지 다르다는 것을 자연스럽게 피부로 느낀 듯했다.

　교실 뒤편에서 모든 것을 관찰 중인 나 역시 같은 생각에 이르렀다.

　일주일의 반이 지난 목요일, 마침내 전초전이 시작될 모양이다.

　"좋은 아침이야. 오늘은 3학기 첫 특별시험 이야기를 하려고 한다."

담임이 지난 2년간 아이들을 봐왔듯이 학생들 역시 담임을 자세히 관찰해 왔다.

"놀란 사람이 별로 없어 보이는구나. 이제 타이밍도 파악할 수 있게 된 건가."

차바시라 선생님이 자세를 고치고 다시 학생들을 둘러보았다.

"그럼 바로 설명으로 들어가마. 이번 특별시험은 규칙이 좀 복잡하거든."

차바시라 선생님이 모니터 전원을 켜고 소프트웨어를 불러왔다.

"먼저 이번 특별시험은 2학년끼리만 치르게 된다."

1학년이나 3학년들과 같이 치는 시험이 아님을 제일 먼저 공개했다.

"지금까지처럼 네 반이 동등한 위치에서 1위를 놓고 겨루는 시험이나 특정 반과 1대1로 승패를 결정짓는 시험과는 규칙이 달라. 이해하기 쉽게 그림을 보면서 설명할게. 모니터를 보도록."

학교 측에서 제작한 데이터가 바로 실행되어 파일이 열렸다.

『생존과 탈락의 특별시험』

가장 먼저 뜬 글자는 다음 특별시험의 명칭 같았다.

단순한 시험 제목임에도 불구하고 학생들 사이에 어렴풋이 긴장감이 돌았다.

"생존과 탈락? 왠지 엄청 위험하게 들리는데…….."

늘 그렇듯 이케가 대놓고 중얼거렸다. 하지만 그런 느낌이 드는 것도 이해가 된다.

탈락이라는 글자를 보면 싫어도 떠오르는 게 있으니까 말이다.

구체적으로 그 단어를 입에 올리지는 않았지만, 학생들 모두 『퇴학』과 연결 짓고 있을 것이다.

차바시라 선생님은 특별시험의 명칭에 관해서는 더 설명하지 않고 시험 내용에 관해 이야기하기 시작했다.

"이번 특별시험은 우선 학교 측에서 장르별 과제를 다방면으로 준비하는 것이 바탕이 돼. 각 반은 장르와 난도를 고른 다음 정해진 순서대로 상대 반에 과제를 낸다."

예시로 사각형 도식이 나타났다.

①A반 → ②B반
↑   ↓
④D반 ← ③C반

"이 구도는 어디까지나 예시일 뿐인데, 시계 방향으로 먼저 A반이 B반에 과제를 골라주고 풀게 해. 공격 측인 거지.

반대로 B반은 방어이고. A반이 한 공격, 그러니까 낸 과제를 B반이 풀어서 답을 맞히면 B반이 점수를 가져간다. 그 공방전이 끝나면 이번에는 B반이 C반에 과제를 골라주는 공격 측이 돼. 이런 식으로 공격과 방어를 반을 바꿔가면서 반복해서 한 바퀴의 마지막 순서로 D반과 A반이 공방전을 펼치면——. 여기까지가 1턴이야."

이 첫 설명을 통해 알 수 있는 사실은 반이 공격일 때는 득점할 수 없고, 방어일 때 과제의 정답을 얼마나 맞히느냐에 따라 득점을 늘릴 수 있다는 것이다.

"총 10턴이 끝나면 전반전 종료다. 후반전은 시계 반대 방향으로 화살표를 바꿔서, 다시 10턴. 전후반 합해서 20턴인 공방전을 이어가는 거야."

친절하게 반시계 방향인 그림도 표시되었다.

①A반 ← ②B반
↓   ↑
④D반 → ③C반

반 배치를 어떻게 정할지는 아직 모르지만, 대각선에 위치한 반과는 공방전이 없으므로 이 점을 간과할 수 없겠지.

반 아이들에게 제일 위협적인 반을 상대로 공방전을 펼치는 것은 정신적으로도 꽤 큰 부담이 된다.

"다음으로 공격 수단인 과제에 대해 자세히 설명할게.

학교 측이 준비할 장르는 처음에 말했듯이 다방면에 걸친다. 문학, 경제, 영어, 계산, 한자, 역사 등 기본적으로 학력을 요구하는 과제에서부터 서브컬처, 예능과 같이 학업과는 동떨어진 장르도 있어."

"학생한테 예능 같은 게 필요한가요……. 저는 잘 모르는데……."

낯선 단어가 대놓고 튀어나오자 스도가 싫은 티를 냈다.

"물론 학생의 본분과 거리가 먼 부분도 있겠지. 하지만 사회에 나갔을 때 세상이 어떻게 돌아가는지 잘 모르는 사람은 자칫 잘못하면 도태 대상이 될 수 있어. 반대로 말하면 공부는 좀 못해도 상대방이 하는 이야기에 잘 맞춰주는 사람을 더 중요시할 때도 꽤 있을 거란 뜻이야. 요컨대 이번에는 인간으로서 획득한 종합적인 지식을 묻는 시험이 될 것이다."

방금 그 설명으로 이해한 사람도 있는가 하면 아직 이해하지 못한 사람도 있다. 그런 분위기였다.

그것을 알아차린 차바시라 선생님이 이렇게 말을 덧붙였다.

"아직 뭐가 뭔지 모르는 사람이 있는 것 같으니 더 쉽게 알려주마. 말하자면 퀴즈 같은 측면이 있다고 봐도 좋아. 공격하는 반이 퀴즈를 내면 방어하는 반이 답을 맞히는 거지. 그런 거야."

무척 알기 쉬운 표현이라 이제 학생 대부분이 이해한 듯했다.

그와 동시에 의아한 표정을 짓는 사람들도 적지 않았다.

퀴즈 대결이라니, 과연 그런 이미지만을 앞세우면 무리도 아닌 일이다.

하지만 성공하는 사람, 대성하는 사람은 꼭 공부만 잘하는 게 아니다. 최종 학력이 어디까지든, 그 이외에도 특별한 재능을 갖춘 사람이 많다.

그런 의미에서 과연 예능 등 다른 분야의 지식도 전혀 필요하지 않다고 단언할 수는 없다.

만약 예능 쪽으로 진로를 정한다고 가정할 때, 아무것도 모르는 상태와 지식이 풍부한 상태는 시작도 그 이후의 여정도 차이가 클 것이다.

상사 또는 부하와 원활하게 소통하고 싶을 때도 학업 이외의 지식이 요구된다. 거기서 유감없이 능력을 발휘하면 대부분 긍정적인 요인으로 작용한다는 것은 굳이 생각할 필요까지도 없다.

공격 측

장르를 선택하고 난이도를 고른다. 과제를 낼 학생을 지명해 공격한다

공격 제한

학생의 연속 지명 횟수에 제한은 없다. 같은 장르를 연

속으로 선택하는 것도 가능

　시작 후 3분 이내에 대상 방어 측 반 학생 5명을 지명해서 담당관에게 알린다

　※시간제한을 넘겼을 경우 지명하지 못한 인원수만큼 랜덤으로 결정된다

　출제 가능 장르 일람

　문학 역사 과학 사회 스포츠 예능 음악 경제 잡학 영어 계산 뉴스 한자 생활 식도락 서브컬처

　난이도

　1~3까지 총 3단계(숫자가 클수록 고난도)

　대상 인원수

　5명

학교 측에서 다방면이라고 할 만했다.

장르 선택만 해도 총 16가지로 나뉘었다.

"공격 측은 이 중에서 제일 먼저 장르를 선택하고——."

"난이도야 어려운 것만 낼 게 뻔하지 않아요?"

차바시라 선생님이 한창 설명하고 있는데 자기도 모르게 입에서 말이 튀어나온 거겠지.

이케가 허둥지둥 입을 틀어막았지만 이미 늦었다.

어색한 공기가 흐르는 가운데, 이케가 조심조심 차바시라 선생님을 올려다보았다.

설명 중간에 말이 끊기는 것에 예민한 이미지가 강한데, 지금의 차바시라 선생님은 한숨은 내쉬었어도 무섭게 혼내려고 하지는 않았다.

"부주의한 발언 조심해, 이케."

"네, 넵, 죄송합니다!"

"공격 반은 장르를 선택한 다음에 난이도를 고르는데, 기본적으로는 1단계가 평균 수준이다. 더 어려운 2단계나 3단계를 고를 수도 있지만 그럼 획득한 점수를 써야 해. 가진 점수를 1점 낼 때마다 난이도를 1단계 올릴 수 있다는 뜻이야."

특별시험의 규칙이 조금씩 세분되었다.

공격 측도 단순히 장르를 고르는 게 전부는 아닌 모양이었다.

"공격 측은 방어 측에서 5명을 지명해 과제를 낸다. 한 학생을 계속 지명해도 되고 바꿔도 상관없어. 마찬가지로 장르 역시 계속 똑같은 걸 골라도 되고."

학생 지명과 장르 선택에는 일절 제한이 없고, 불특정 다수를 노리든 특정 학생만 계속 노리고 공격하든 공격하는 반의 자유라는 건가.

"그럼 약한 장르가 뭔지 상대 반에 들키면……."

바로 그 생각이 드는 것도 무리는 아니다.

못하는 분야에서 집중 공격을 받으면 모든 문제를 틀릴 확률도 낮지 않겠지.

"불안한 마음도 알겠지만, 약한 장르를 미리 반드시 극복하라는 게 아니야. 이번 특별시험에서는 개개인의 지식도 중요하지만, 자기 반에 대해 얼마나 잘 이해하고 있는지도 중요하거든. 단순히 과제를 계속 푸는 게 아니라 때로는 리더가 자기 반 학생들을 지키고 상황을 잘 파악해서 공격하는 게 가능한 구조이기 때문이야."

방어 측

리더의 지명으로 과제마다 5명을 보호할 수 있다. 공격 측에서 지명한 5명 중에 보호한 학생이 있을 경우 그 학생은 정답을 맞힌 것으로 간주한다

공격 측의 작업 종료 후 3분 이내에 자기 반 학생 5명을 지명해서 담당관에게 알린다

※시간제한을 넘겼을 경우 지명하지 못한 인원수만큼 랜덤으로 결정된다

과제 제외

각 학생은 총 16가지 장르에서 최대 세 개의 과제를 미리 자유롭게 제외할 수 있다

공격 측 반은 제외된 과제를 선택할 수 없다

탈락

총 세 번 문제를 틀린 학생은 탈락하고 이후 지명 대상에서 배제된다

또한 탈락자 한 명당 1점씩 깎인다

※획득한 점수가 0일 경우에도 마이너스는 축적된다

득점

과제의 정답을 맞혔을(또는 프로텍트 성공) 경우 한 명당 1점씩 얻을 수 있다

오답으로 인한 득점 감소는 없다

"아직은 혼란스러운 사람도 있을 테지만, 방어할 때마다 5명씩 제외할 수 있으니 집중 공략당하는 학생이 있으면 그 아이를 우선해서 지킬 수도 있지. 물론 보호할 것을 상대 쪽에서도 예측한다면 그때마다 공략 대상을 바꾸겠지만. 너희는 과제의 정답을 맞히는 것 이외에도 여러 가지로 신경전을 벌여야 할 거다."

차바시라 선생님이 처음에 말했듯이 조금 복잡한 특별시험이라고 할 수 있겠다.

하지만 알고 보면 의외로 단순한 면도 있고, 같은 것을 반복하는 내용이기도 했다.

"그리고 이번에는 공격 측과 방어 측을 불문하고 특별시험 도중에도 필요하면 학생들끼리 계속 의논하고 검토할

수 있지만, 모든 최종 결정은 반이 선출한 리더만 내려야 한다. 아주 책임이 막중한 포지션이지."

반 아이들의 의견을 반영하든 하지 않든 전부 리더 마음이라는 건가.

결단력이 없거나 판단 능력을 잃은 사람에게는 절대 맡겨서는 안 된다.

"그리고—— 세 번 틀려서 탈락한 학생이 있는 반이 네 반 중에 꼴찌가 되었을 경우, 그 탈락자 중에서 한 명이 퇴학당하게 된다."

"우와…… 퇴, 퇴학이라니 진짜…… 그럴 수도 있겠다고 생각했는데……."

누가 먼저랄 것도 없이 학생들 사이에서 작은 비명이 터져 나왔다.

"그리고 이번 특별시험의 보수는 다음과 같다."

보수
1위 반 포인트 100
2위 반 포인트 마이너스 50
3위 반 포인트 마이너스 50
4위 반 포인트 마이너스 100
※최고 득점 반이 복수로 나왔을 경우 연장전을 치러 순위를 가린다
※네 반 모두 동점으로 시험이 끝났을 경우 모두 반 포

인트 마이너스 100점

"우왓, 이게 뭐야?! 1위 이외에는 전부 반 포인트가 마이너스잖아?!"

학생들에게서 놀라움이 섞인 동요의 목소리가 커지는 것도 당연하다.

네 반 중에 실질적 승자는 한 반뿐이라는 것. 하지만 규칙을 깊이 파헤쳐 보면 승자가 한 반뿐인 이유도 예측이 가능하다.

보수의 주의 사항에도 나와 있듯 만약 네 반이 특별시험 전에 담합하거나 밀약을 맺는다면 점수를 똑같이 나눠먹고 특별시험을 마칠 수 있다. 그것을 방지하는 조치다.

2위부터 마이너스인 이상, 반을 넘어서서 서로 협력하는 것은 거의 불가능하다. 서로 손잡아봐야 이기는 반은 하나뿐.

물론 1학년 여름에 치렀던 무인도 시험에서 류엔이 카츠라기와 맺은 계약, 반 포인트를 버리는 대신 프라이빗 포인트를 받는 식의 예외적인 방법을 쓴다면 전혀 불가능하지도 않지만, 확실하게 1위를 차지할 수 있는 전략이 아니라면 애초에 협력부터 성립할 수 없다.

규칙상 손을 잡으면 높은 점수를 가져가기란 간단하기 때문에 이를 미리 방지하기 위해 학교 측이 건 제약은 생각보다 더 강력했다.

꼴찌로 만들면 특정 학생을 퇴학시킬 귀한 기회이기도 하다.

지금까지 치른 특별시험보다 좀 더 심화된 내용이긴 하지만, 웬만한 보상이 없는 한 천재일우의 기회를 버리는 짓은 절대 하지 않겠지.

성립 가능한 협력 관계라면 서로 『탈락자가 나오지 않는』 내용으로 계약하는 것.

모든 반이 평등하면서 안전을 보장받는 방법이다.

하지만 호리키타와 이치노세는 차치하더라도 류엔과 사카야나기에게 그 제안이 통할 가능성은 희박하다.

게다가 공방전의 구조상 반드시 두 반을 상대로 싸워야 해서, 탈락자를 만들지 않는 방침을 관철하는 것도 쉬운 일이 아니겠지.

"최하위 반에서 탈락자가 여러 명 나오면 그 반의 리더가 탈락자 중에서 한 명을 지명해야 한다. 물론 지명된 학생에게 거부권은 없어. 만약 동률이라 최하위 반이 복수로 나온다면 복수의 반에서 퇴학자가 나올 가능성도 있겠지."

최하위 반에 탈락자가 있으면 반드시 한 명 이상의 퇴학자가 나온다는 뜻. 예외라면 늘 그렇듯 2,000만 포인트를 내거나 프로텍트 포인트를 가진 학생이 탈락해서 퇴학자로 뽑히는 경우 정도다.

최하위라도 탈락자가 없으면 피할 수 있겠지만, 정공법으로는 불가능에 가깝다.

"선생님, 하나만 여쭤봐도 될까요?"

차바시라 선생님 앞에 앉은 호리키타가 손을 들고 질문 허락을 구했다.

"그래. 뭐냐."

"특별시험 도중에 리더가 탈락하면 어떻게 되나요? 그리고 탈락자는 퇴실 등 특별한 행동이 요구되나요?"

"대답하기 쉬운 두 번째 질문부터 말해주자면 탈락해도 이후부터 공격 측의 지명을 받지 못할 뿐이지 그 이외에는 다른 학생들과 같은 장소에서 대기하면 돼. 대화에 참여하는 등의 행동도 자유고."

요컨대 탈락자 리스트에는 올라가지만, 그 밖의 행동에는 별다른 제약이 없다는 것이다.

"그리고 리더의 탈락에 관해서 답변하자면, 이번에 리더는 과제 자체에 참여하지 않아. 즉, 공격 측에서 지명할 수 없으니 탈락 위험도 없다."

"그러니까 리더는 지휘만 할 뿐이지, 싸우지 않는다는 거군요……."

"그래. 리더로 뽑힌 사람은 실질적으로 퇴학 면제다. 그걸 특혜라고 생각할지 말지는 개인의 재량에 맡기지."

반을 이끌며 싸우는 리더는 퇴학의 위험에서 벗어난다.

대신 최하위가 되면 탈락한 학생 중에서 퇴학자를 자기 손으로 뽑아야 한다.

지면 책임이 큰데, 본인이 책임을 지지 못하고 친구를

퇴학시켜야만 하는 역할.

유일하게 안전이 보장되는 포지션이긴 하지만, 승패를 좌우하고 패배했을 때 배제할 친구를 고르는 책임을 져야 하는 만큼 리더를 쉽사리 맡고 싶어 하는 학생은 일단 없을 것이다.

류엔이나 사카야나기처럼 바로 비정해질 수 있는 인물이라면 모를까, 다른 학생들은 분명 받아들이려 하지 않을 것이다. 사형수 발밑의 나무 바닥을 빼는 버튼을 누르는 역할은 그만큼 녹록하지 않다.

"그리고 중요한 점은 이번 특별시험을 치르는 동안, 방어 측에서 과제를 풀 때만 제외하고 스마트폰 사용을 늘 허용한다는 거야."

"앗, 그래도 상관없는…… 거예요?"

"오히려 이번 특별시험에서 스마트폰은 꼭 필요한 도구라고도 할 수 있어. 시험이 시작되면 다른 반의 상세한 정보가 공개될 거거든. 다시 말해서 누가 어떤 장르를 제외했는지 실시간으로 정보를 정리해 가장 적절한 답을 찾아내야 하니까."

세 반 합치면 학생이 백 명도 넘는다. 상대하게 될 두 반만 해도 대략 80명이다.

반 아이들을 총동원해 정보를 긁어모으지 않으면 장르 지정부터 쉽지 않으리라.

그리고 스마트폰을 써서 얻는 이익은 그 밖에 또 있다.

평소에 남과의 대화를 어려워하는 학생이라면 뭔가 알아낸 부분이 있어도 말하기 어려워할 때가 많다. 그냥 사소한 의문에 불과하다며 혼자 속으로 삼켰는데, 알고 보니 알아차렸어야 할 의문이었음을 나중에 깨닫게 되는 경우가 있는 것이다.

하지만 앱을 쓰면 특정 친구에게 자신이 느낀 의문을 메시지로 보내서 판단을 부탁하는 것도 수월하게 할 수 있겠지.

"물론 방어 측을 위해서도 활용할 수 있어. 과제를 풀기 직전까지 지식을 머리에 넣는 것도, 상대 반 학생과 연락해 교섭하는 것도 자유. 마음대로 해도 상관없어. 시험 도중에 과제의 경향이 보이면 많은 적든 대책을 세울 수도 있겠지."

예전 시험 때는 상상도 못 할 조건이 추가되었다.

스마트폰을 쓸 수 있다면 공격과 방어의 폭이 크게 벌어지게 된다.

얼마나 신속하게 정보를 공유하고 효율성을 도모하는가, 그런 측면도 시험받게 될 듯하다.

"특별시험은 다음 주 금요일에 치르게 될 거야. 우선은 다음 주 월요일 방과 후까지 시간을 내서 너희끼리 잘 상의해 리더를 정하고 나에게 통보해라. 만에 하나 리더를 못 뽑으면 너희도 알겠지만 내가 무작위로 뽑는다."

이렇게 해서 특별시험 설명이 끝났는지 차바시라 선생님이 무거운 한숨을 내쉬었다.

"너희도 느꼈겠지만, 힘든 싸움이 될 거야. 내가 말해줄 수 있는 건——."

학생들을 바라보며 그렇게 말했다.

"최하위가 되지 않게 최선을 다해라. 그것뿐이야."

지면 친구를 잃을 위험이 있는 특별시험, 꼴찌를 피하는 것이 절대 조건이다.

3학기 특별시험은 가혹할지도 모른다고 했는데 과연 그 말대로였다.

학력이 높든 신체 능력이 뛰어나든, 부족한 지식의 허점을 찌르는 다른 반의 전략에 따라서는 유능한 학생이 퇴학당하는 사례도 충분히 있을 수 있다.

그나저나 이번에는 공격해서 점수를 얻는 구조가 아니라니, 잘도 생각해 냈다며 감탄했다.

방어 측의 판단이 곧 점수로 이어지는 만큼 자기 반을 똑바로 보고 생각하는 것이 무엇보다도 중요하다. 리더와 반 아이들이 잘 의논해서 점수를 쌓는 시험이다.

자기 반과 상대 반을 얼마나 잘 알고 있는지가 승패를 좌우하겠지.

1

차바시라 선생님이 교실을 나가고 오전 수업이 시작되기 전까지 아주 잠깐 비는 시간.

이동 수업도 없는 이날, 평소 같으면 다들 적당히 잡담을 나누면서 시간을 보내겠지만, 오늘은 그조차 아까운지 호리키타를 에워싸고 자연스레 무리를 형성했다.

소란스러운 아이들을 진정시키기 위해 먼저 요스케가 나섰다.

"시간 별로 없으니까 지금은 최소한으로 특별시험 내용을 되짚어 보는 선에서 그치자."

괜히 이야기를 키웠다가 수습할 수 없게 되는 상황을 피하고자 그렇게 제안했다.

과연 2년 가까이 경험한 만큼 그 말에 귀 기울이지 않는 학생은 거의 없겠지.

주위가 조용해진 것을 동의로 받아들인 요스케가 고개를 끄덕인 후 이렇게 말을 이었다.

"이번 특별시험에서 불안한 부분은, 탈락자 없이 최하위가 되는 상황은 생각하기 어려우니까 결국 최하위 반에서 거의 확실하게 퇴학자 한 명은 나온다는 거지. 그리고 확률은 낮겠지만 동률로 최하위가 되면 여러 반에서 퇴학자가 나올 수도 있고."

공격을 받는 횟수는 20회. 1회당 다섯 명이므로 총 100회.

아무리 리더가 실력을 발휘해도 탈락자가 여러 명 나오는 것을 피하긴 어려울 듯하다.

"시험의 특성상 두 문제를 틀린 학생은 궁지에 몰리게 돼. 특정 학생이 탈락당하지 않게 하려고 프로텍트를 쓰면 당연히 다른 반은 다른 학생을 노리겠지. 지키는 것만 계속 신경 쓰다간 두 문제 틀리는 학생이 점점 늘어날 거야."

바로 그 생각 하나하나가 신경전이 된다.

공격 측은 방어 측을 분석해서 누가 어떤 장르에 약한지 확인하고 표적으로 삼아 공격할 것이다. 프로텍트 대상을 예상해서 피하고, 점수를 얻지 못하게 해야 한다.

방어 측 또한 공격 측의 의도를 간파하고 대처해야 한다.

"꼭 능력 낮은 학생이 탈락한다는 보장이 없다는 점에도 주의해야 해. 다른 반 입장에서는 멀리 내다보고 유능한 학생을 지금 탈락시켜서 퇴학으로 내몰고 싶다고 생각하는 게 자연스러운 흐름이잖아. 반에서 지켜야 할 상대를 잘못 판단했다간 유능한 학생이라도 위험에 노출될 수 있어."

극단적으로 말해서 리더를 제외하면 누구나 퇴학당할 가능성이 있는 시험이니까 말이지.

요스케나 쿠시다와 같은 우등생이라도 연속으로 과제 세례를 퍼부으면 탈락시키는 것도 불가능하지 않다.

물론 그 이외에 우선해서 지켜야 할 학생이 없는 경우에 한한다는 조건도 붙는 데다가, 반 대항 대결은 포기해야 할 확률이 높은 만큼 현명한 전략이라고는 단언할 수 없지만.

만약 그 전략이 성공한다면 잃는 반 포인트와는 비교도 안 되는 타격이 된다. 그것까지 참고하면 이번 특별시험의 보수 자체는 적을지도 모른다. 승자가 더 유리해진다기보다 패자가 더 불리해지는 것에 중점을 둔 특별시험.

"이것만 들으면 무슨 일이 있어도 탈락을 피하고 싶어지는 게 자연스럽지. 하지만 이 짧은 시간에 내가 하고 싶은 말은 너무 불안해하지 말자는 거야. 아직 특별시험의 본질이 보이지 않으니까 너무 수선 부리지 말고, 우선은 모두의 생각을 일치시키는 것부터 시작하자."

특별시험의 표면에서 보이는 두려움을 말하면서도 그게 전부는 아니라고 했다.

하지만 언제까지고 그냥 놔뒀다간 당연히 근거 없는 망상이 점점 퍼져나갈 것이다.

그래서 호리키타는 오늘 점심시간에 아이들과 교실에 모여 다 함께 의논하기로 했다.

강제는 아니지만, 최대한 참여할 것을 요구했다.

2

점심을 준비하지 않은 학생은 서둘러 매점 또는 편의점으로 뛰어갔다가 다시 교실로 돌아왔다. 점심시간이 시작된 지 10분이 지나 코엔지를 제외한 37명이 교실에 모였다.

물론 다음 특별시험에 대한 회의 때문이다.

의논과 식사를 병행해 시간을 효과적으로 쓰려는 흐름이었다.

중요한 항목이 몇 가지 있는데, 하나는 앞서 호리키타가 말했듯 특별시험을 제대로 이해하고 직시하는 작업이다.

그리고 리더 선정 문제도 있겠지. 지금까지 실질적 리더 역할을 도맡았던 호리키타가 입후보한다면 반대할 사람은 별로 없을 텐데, 회의 초반이라 그런지 아직은 나서려고 하지 않았다.

책임에서 도망칠 타입은 아니지만, 일단은 반 아이들의 목소리에 귀 기울이고 싶겠지. 그리고 자기가 해보겠다며 나설 학생이 꼭 없다고 볼 수만도 없다.

하지만 호리키타가 스스로 나서지 않아도 리더로 추천하려고 하는 사람이 나올 것이다.

"호리키타. 본격적으로 회의하기 전에 하나만 물어보고 싶어. 이번 특별시험에서 리더를 맡아달라고 부탁하면 받아들일 거야?"

아이들이 물어보고 싶었을 질문을 요스케가 먼저 나서서 해주었다. 갑자기 생뚱맞은 학생이 리더를 하겠다고 나오는 전개보다는 70점, 80점이라는 탄탄한 성과를 거둘 것 같은 호리키타를 일찌감치 리더 자리에 옹립하고 싶다며 반을 위해 움직인 것이리라.

다만 요스케의 진짜 속마음도 꼭 그렇다고 볼 수는 없다.

만장일치 특별시험 때 방침을 바꿔서 반을 혼란에 빠트린 책임자로서 호리키타에 대한 부정적인 인상도 강하게 남아 있을 테니까. 그런 느낌을 조금도 드러내지 않는 것은 역시 요스케답지만.

"다수가 나를 지명한다면 거부할 생각은 없어. 하지만 이번 특별시험에서 리더는 큰 책임을 짊어짐과 동시에 탈락과 퇴학의 위험에서 벗어난다는 규칙이 있잖아. 그런 만큼 다른 입후보자가 있다면 나는 그 이야기를 들어보고 싶어."

반면 호리키타는 결론을 서두르지 않았다. 시험의 본질을 잘 이해하고 있기에 차분한 태도로 판단하고 있었다. 이번 리더한테는 전략과 지명이라는 책임이 있지만, 퇴학을 피할 수 있는 특권도 있으니까 말이지.

이 자리에 있는 37명 중에 자신의 퇴학을 바라는 사람은 한 명도 없다.

그렇다면 퇴학을 피하는 특권의 효과가 나타나 호리키타 이상의 능력이 개화하면서 반을 잘 지휘하는 존재가 꼭 나오지 않는다는 법도 없다. 물론 웬만하면 그럴 일은 일어나지 않지만. 그냥 이상론이다.

결국은 리더가 되어 안전을 보장받고 싶은 사람밖에 나오지 않는 게 현실이다. 하지만 오로지 자신의 안위 때문에 입후보해봐야 반 아이들은 당연히 그 사람을 인정하지 않겠지.

어디까지나 리더에게는 책임감 그리고 반을 승리로 이끌겠다는 각오와 자신감이 요구된다.

"여기서 리더 해보고 싶은 사람 있으면 말해줄래?"

반 전체가 다 보이는 교단 위로 자리를 옮긴 호리키타가 물었다.

그 직후 교실에 정적이 찾아왔고, 다들 서로의 얼굴을

쳐다보면서 시간만 흘러갔다.

30초 정도 입후보자가 나오길 기다렸다가 요스케가 고개를 한 번 끄덕였다.

"정답이 아닐까. 리더가 되면 탈락과 퇴학 면제라는 부분은 솔직히 그리 큰 혜택이 아닌 것 같아. 반에서 중요한 책임을 짊어질 수 있는 학생이 달리 없다면 난 꼭 호리키타에게 맡겼으면 하는데. 어떻게 생각해?"

리더를 희망하는 사람이 없다면, 하고 요스케가 빨리 결정을 재촉했다.

왜 그렇게 서두르는지 짐작 가는 바가 없지는 않지만, 리더 결정은 중요한 문제다.

모두가 기대하는 대답을 기다렸는데, 호리키타는 스마트폰 화면을 보느라 반응이 조금 늦었다.

이야기를 제대로 듣고는 있었는지 화면을 끄고 이렇게 대답했다.

"응, 물론 그렇게 할 생각이야. 다른 사람의 의견을 들어보고 싶어서 보류했던 거지, 처음부터 리더를 받아들일 생각이었어. 더는 이의가 없다면——."

"잠깐만."

호리키타로 결정. 그런 분위기가 형성되려는데, 마에조노가 머뭇거리면서 손을 들었다.

"난 조금, 그러니까, 의논할 여지가 있다는 생각이 들어."

요스케의 표정이 순간 굳었지만, 그래도 미소는 잃지 않았다.

평소 같으면 빈틈을 보이지 않는데 오늘은 그답지 않다.

반에서 퇴학자가 나올 위험이 있는 특별시험에서 비롯한 경계심 때문이겠지.

"물론 호리키타는 믿을 만하다고 생각해. 책임져야 하는 리더를 맡겠다고 말해주는 것도 정말 고맙고. 하지만……이번 특별시험은 절대 지면 안 되잖아? 만약에 최하위가 되고 탈락자가 있으면 반에서 퇴학자가 나오게 돼. 그러니까 제일 이길 확률이 높은 사람을 리더로 세워야 하지 않을까?"

안전을 보장받기 위해 리더가 되고 싶다는 발언이었다면 요스케가 바로 반대했겠지만, 아무래도 리더로서 호리키타의 능력에 의문을 제기하는 듯했다.

"물론 마에조노의 말대로 이길 확률이 가장 높은 사람이 리더가 되는 게 제일 좋지. 하지만 호리키타라면 충분히, 승리하기 위한 결단을 내려주지 않을까?"

요스케는 호리키타가 가장 적임자라고 확신하는 만큼 곧바로 되물었다.

"딱히 호리키타의 실력을 의심하는 건 아니야. 다만 정말로 최고인지 묻는다면 의논의 여지가 있달까. 가장 나은 결단을 내릴 수 있는 사람이 우리 반에 또 없을까?"

마에조노는 특정한 누군가를 가리키는 게 아니라 요스케를 포함한 모두에게 호소했다.

요스케는 미소를 유지하며 몇 번인가 고개를 끄덕였지만, 바로 대답하지는 못했다.

마에조노의 의문이 그리 의아한 것은 아니었으나 골치 아픈 문제였기 때문이다.

잘못했다간 나쁜 분위기로 흘러갈 수 있다.

그러던 중 예상치 못한 반응을 보인 사람은 별로 깊은 생각은 없어 보이는 이케였다.

"그럼 마에조노는 누구 생각하는 놈이 있어? 난 잘 모르겠는데."

"일단 진정해. 내 개인적인 의견이지만, 말해도 될까?"

이케의 물음에 긍정한 마에조노는 떠오르는 인물이 있는 모양이었다.

그 누구에게도 발언을 막을 권리는 없으므로 마에조노는 계속해서 말을 이었다.

"만장일치 특별시험 때 호리키타는 쿠시다가 퇴학당할 흐름에서 의견을 바꿨잖아? 그때 책임져야 했던 사람은 계속해서 반대표를 던진 학생이어야 했는데. 뭐랄까 계속 밀어붙여야 하는 상황인데 밀어붙이지 않았던 것 같아서. 이번에는 리더가 전부 결정해야 하잖아? 탈락자 중에서 퇴학자를 뽑아야 한다는 부분도 무시할 수 없고. 아, 혹시 몰라서 말해두는데 그때 한 판단이 틀렸다는 말은 아니야. 문제가 전부 해결된 건 아니지만 쿠시다가 우리 반에 남아서 좋게 작용한 부분도 크니까."

절대 무의미하게 쿠시다를 싫어하는 건 아니라고 강조하면서 차근차근 말을 이었다.

물론 이야기 도중에 자기 이름이 언급된 것만으로도 쿠시다는 속으로 짜증 내고 있겠지.

반에서는 가면을 벗을 기회도 많아졌지만, 어쨌든 지금은 미소를 유지하고 있다.

다만 그 미소가 따뜻한 것인지 어떤지는 한 번 생각해 볼 여지가 있지만…….

어디까지나 마에조노가 하고 싶은 말은 호리키타에게 우유부단한 점이 있지 않은지, 또다시 믿어도 될지 의구심을 품고 있다는 것.

"리더의 결단력이라는 부분이 걸린다는 말이야. 다른 누가 가장 적절한지는 일단 둘째 문제고, 정말 이번 시험에서 호리키타가 리더를 맡아도 될 인물로 베스트일까? 하는 이야기지."

또 한 번 호리키타에게 맡겨도 될지 모두 함께 고민해 봐야 한다고 주장했다.

호리키타의 결단력, 판단력이 완벽한지 묻는다면 현재까지 그 대답은 노다.

그래서 환영해야 할 좋은 의문 제기라고 생각한다. 이건 호리키타에게도 중요한 문제다. 앞으로 성장하는 데 있어 주변 평가와 생각을 흡수할 기회가 될 테니.

그나저나 마에조노가 꽤 유창한 언변으로 호리키타의

능력에 의문을 던질 수 있는 인물이었다니 좀 놀랍다.

"그렇구나…… 뜨끔한 얘기네. 물론 네 말대로 그때 난 망설였어. 그리고 반 아이들 다수가 원하는 의견을 거부하고 개인적인 이유로 결정을 번복했어. 그건 틀림없는 사실이야."

딱딱한 표정을 짓고 있던 하세베의 옆얼굴이 순간 흐려졌지만, 그래도 호리키타를 노려보거나 하지는 않았다. 그때는 호리키타에게도 괴로운 결정이었음을 지금은 잘 이해하고 있겠지.

"내가 생각해도 난 미숙한 부분이 많아. 리더로서 내가 제일 낫다고 단언하지는 못해. 하지만 지금은 아무도 리더로 나서려고 하지 않는 상황이야."

"나서지 않아도 추천하면 되지. 나까지 포함해 다른 사람들한테 물어보면 더 적합한 후보자가 나올지도 몰라. 한 번 물어볼 가치는 있지 않을까?"

"그렇구나, 추천. 하긴 반에는 내가 아닌 다른 사람이 더 낫다고 생각하는 애들도 있겠지. 그런데 모두에게 한 번 물어봤잖아. 리더를 맡을 의지가 있는 사람이 있었다면 손을 들었을 거야. 스스로 입후보하지 않는 사람에게 판단을 맡겨도 괜찮을까?"

"그건——."

"아니면 유일하게 이 회의에 참여하지 않은 코엔지한테 물어볼까? 그 애는 수완가로서의 면모도 있고 결단력은 틀림없이 있을 텐데."

마에조노의 의견을 바로 수용해서 말을 쏟아냈다.

코엔지가 그 어떤 의문에도 바로 대답할 수 있을 만큼 자기주장이 강하다는 것만은 분명하리라.

마에조노는 순간 욱한 표정을 지었지만, 반론이 떠오르지 않는지 말을 머뭇거렸다.

"네 생각도 옳아. 더 강하고, 더 신속하게 좋은 결단을 내릴 수 있는 사람을 찾아야 한다는 의견에는 나도 찬성이야. 그러니까 방금 한 마에조노의 이야기를 듣고 모두가 있는 앞에서 말해줬으면 해. 이번 특별시험에서 리더가 되어 반을 승리로 이끌 자신이 있는 학생은 손을 들어주길 바라. 나보다 더 적합해 보이는 사람이 나타나면 기꺼이 리더 자리를 양보할게."

특정 인물이 나를 가리키는 것은 명백했고 실제로 나를 쳐다보는 사람도 있었지만, 물론 나는 꿈쩍도 하지 않을 것이다. 호리키타가 리더로 성장해 나가는 과정, 그 경험의 장을 빼앗을 생각이 조금도 없기 때문이다.

그리고 내가 절대 입후보하지 않으리라는 걸 호리키타는 애초에 누구보다도 잘 알고 있다.

그래서 일부러 반에서 결단력 있는 사람을 찾자는 정도로 모호하게 나오는 것이다.

숨겨진 실력만으로는 싸울 수 없다.

스스로 손을 들지 못하는 사람에게는 역시 특별시험을

맡길 수 없다.

"호리키타의 말이 맞아. 스스로 입후보하지 않는 사람을 리더로 삼을 수는 없지."

정당한 주장 앞에서 마에조노는 자신의 의견을 거두었고 그렇게 상황이 진정되었다.

비슷한 이야기의 반복이지만, 마에조노의 발언은 불필요한 것도 비난을 살 것도 아니었다. 호리키타가 리더여야 한다는, 아이들이 점점 빠지고 있는 편견을 멈추는 것은 무척 중요하다.

현재까지 이 반의 리더로 호리키타가 가장 나은 답인지 아닌지. 그때마다 다시금 확인하며 답을 도출해 나가는 동안에 그 부분은 걱정 없다고 봐도 되겠지.

그리고 다음에 그 의문이 완전히 해소되었을 때야말로 호리키타는 반의 모든 학생에게 인정받는 리더로 성장하는 것이다.

"이제야 진전이 있을 것 같네. 그럼 다시 이번 특별시험이 어떤 건지 얘기해 보자. 밥 먹으면서 하는 게 좋을 거야, 다들 손이 멈춰 있는데."

긴장된 분위기라 그런지 많은 학생이 점심을 하나도 먹지 않고 있었다. 요스케의 말에 그제야 생각났다는 듯 허둥지둥 밥을 입으로 가져가는 사람도 보였다.

이후, 호리키타와 요스케를 중심으로 다시 한번 특별시험의 개요와 규칙을 설명해 나갔다.

호리키타가 말할 때는 요스케가 밥을 먹고, 요스케가 말할 때는 호리키타가 밥을 먹었다.

차바시라 선생님이 설명할 때 물어보지 못한 것까지 포함해서 점심시간이 다 끝나갈 무렵에는 모두가 더 깊이 이해할 수 있게 되었다.

그리고 의견을 교환하는 시간이 되자, 줄곧 생각하던 게 있었는지 스도가 살짝 힘주어 발언했다.

"여기 없는 놈 말인데, 코엔지는 어떻게 할 거야? 그 녀석을 꼭 프로텍트해야 하나? 그런 약속이었지?"

코엔지는 졸업 전까지의 가불이라면서 무인도 시험 때 단독 1위라는 쾌거를 올렸다. 그리고 그 대가로 완전한 자유를 허락받았다. 이는 코엔지를 무조건 보호해 주는 것을 의미한다. 이번 특별시험은 당연히 코엔지도 탈락과 퇴학의 위기가 있다.

무인도 시험 직전에 맺은 이 약속은 당시에 반 아이들 대부분이 들었고, 시험이 끝난 후에 호리키타가 이미 설명까지 한 만큼 모두가 잘 알고 있는 사실이었다.

"때마침 좋은 화제야. 아까 정중한 문자 한 통이 왔는데 이런 내용이었어. 『굳이 말할 필요도 없겠지만, 내가 퇴학당하지 않게 반드시 보호해 주지 않으면 곤란하단 거 알지?』라고."

그렇게 대답하며 스마트폰 화면을 공개해 실제 문장을 아이들에게 보여주었다.

"최악 아니야?! 그럼 프로젝트 자리가 강제로 네 개로 줄어들잖아!"

코엔지를 항상 프로젝트한다는 사실을 공격 측이 눈치채면 당연히 지명을 피할 것이다. 하지만 그렇다고 공격하지 않는다는 보장은 또 없으므로, 약속을 지키기 위해서는 계속 프로젝트해야 한다.

"미리 앞서나가지 마. 언제나 프로젝트할 필요성이 있다고 꼭 단정할 수는 없어. 대책을 생각해 볼게. 지금은 자세히 언급하지 않겠지만, 너무 과하게 불안해하지 마."

전략이 얽힌 부분인 만큼 지금 이 자리에서는 섭사리 논의할 수 없다.

의논이 과열되면 그만큼 시간이 드는데, 지금은 점심시간이니 절대 부족하겠지. 남은 시간을 고려한 호리키타는 필요 사항을 다시 확인하고 그와 관련된 질문만 받는 선에서 그쳤다.

또 전략에 기인하는 이야기는 정보 누설이라는 관점에서 봐도 신중을 기울여야 한다며, 아이디어 등은 수시로 받겠지만 사람이 많은 교실이나 사람들이 오가는 복도, 그리고 스마트폰 등 쉽게 기록이 남는 것으로 논의하는 행동은 금지했다.

3

학교가 끝난 후 나는 케이와 케야키 몰로 향했다.

오늘은 원래 갈 계획이 없었지만, 들르고 싶다고 케이가 부탁했기 때문이다.

그런데 정작 케이는 평소처럼 웃는 얼굴이 아니라 계속 낯빛이 어두웠다.

"아까부터 표정이 안 좋네. 무슨 일 있어?"

"아…… 응……."

뭔가 하고 싶은 말이 있는 눈치였는데, 잠시 망설이더니 나를 쳐다보았다.

"이, 있지, 키요타카. 이번 시험, 나 어떻게 될까……. 만약 계속 표적이 된다면 정답을 다 맞히는 건 절대 무리인데…… 나 지켜줄 수 있어?"

불안한 표정을 감추지 않고 두려워하며 물었다.

"케이만 자신 없는 게 아니야. 반 애들 대부분이 크든 작든 불안해하고 있을 거야. 물론 리더를 맡은 호리키타도 그걸 잘 알고 있고."

"키요타카가 리더면 좋겠는데……. 그럼 꼭 지켜줄 텐데……."

그런 맹신에 대한 대답은 일부러 피하겠지만, 지금은 불안을 없애주는 것이 우선이다.

"호리키타가 반 애들을 지킬 거야. 하지만 그렇다고 해도 질 가능성이 0이 될 수는 없어. 그때 필요한 결단은 누구를 배제하는가. 케이 이외에 탈락자가 몇 명 나왔을 경우 여자애들을 통솔할 수 있는 케이를 쉽게 선택하진 않겠지. 그리고 내 여자친구라는 점도 호리키타는 잘 이해하고 있어. 내가 지켜주지 않아도 호리키타가 너를 대상으로 찍긴 어려울 거야."

내가 의도적으로 유도하는 게 아니라 어디까지나 호리키타가 알아서 해석하는 시점.

앞으로도 내 도움을 받고 싶다면 아무래도 케이를 배제하기란 어렵다.

다만 이건 케이 이외에도 탈락자가 있을 때의 얘기로, 그런 조건을 더해 케이의 우선순위가 올라갈 필요가 있지만.

케이와 요스케라는 양자택일의 상황이라면 아무리 내 여자친구라는 위치가 있어도 내가 강제로 개입하지 않는 한 호리키타의 판단을 바꾸기란 불가능하겠지.

"그, 그렇지. 난 키요타카의 여자친구인걸. 호리키타가 쉽게 나를 고르진 않을 거야."

"그래. 그리고 마흔 명 가까이 되는 애 중에 확실하게 지킬 수 있는 프로텍트는 매번 5명. 그 조건까지 더하면 탈락자가 적지 않을 거야. 20턴이나 반복하면 반마다 탈락자가 넘칠걸. 예를 들어서 10명이 탈락했다고 하면 여자애들의 리더인 케이가 뽑힐 일은 없어. 안 그래?"

"……그러네."

탈락자가 많아지는 것은 A반 같은 우등생 반도 예외가 아니다.

탈락자가 한 명도 나오지 않게 하는 행동은 오히려 반의 목을 조이는 것이다.

극단적으로 말해서 반의 절반이 탈락하더라도 꼴찌만 피하면 그만이다.

조금이라도 더 안심시키기 위해서는 이렇게 감싸는 것도 헛된 일이 아니다.

자신의 가치가 절대 낮지 않다는 걸 이해시켜 두기만 해도 마음의 부담을 덜 수 있다.

내 여자친구인 것이 안심 요소임은 사실.

다만 생각하기에 따라서는 오히려 위험한 요소가 될 수도 있다.

나에게 타격을 주고 싶은 사람이 있다면 간접적으로 케이를 공략하는 것도 충분히 가능한 이야기니까.

여하튼 이번 특별시험은 학생 개개인의 가치를 다시금 확인할 수 있는 측면도 있다.

누가 반에 필요하고 필요 없는지. 내외부로 드러나게 되겠지.

4

케야키 몰에서 돌아오는 길. 나는 벤치에 누워 있는 모리시타를 발견했다.

"뭐 하는 거야……."

옆에 있던 케이도 이상하다는 듯 (살짝 깬다는 표정으로) 모리시타를 보았다.

햇볕이 따뜻한 것도 아닌데 벤치에 엎드려 눈을 감고 있는 이유가 뭔지 도무지 모르겠다.

눈은 다 녹았다지만 아직 1월 중순으로 한겨울인데.

"죽었나?"

낮은 확률이라도 모리시타라면 그럴 수도 있지 않을까 해서 그렇게 말했더니…….

"에이, 그건 아니지."

옆에서 케이가 부정했다.

"정답입니다, 안 죽었어요."

몸을 일으킨 모리시타가 살짝 졸린 얼굴로 우리를 올려다보았다.

아무래도 잤던 모양이다.

이렇게 추운 날씨에 잘도 잠이 오나 보네.

"이런 데서 뭐 해?"

"궁금해요?"

"안 궁금할 수가——."

"그럼 알려드리죠. 나는 뭔가를 감추고 있는 듯한 아야노코지 키요타카를 기다리고 있었답니다."

케이가 일단은 궁금하다는 수준으로 물어보려고 하는데, 말을 덮듯이 이유를 밝혔다.

역시 높임말을 쓰면서도 이름을 막 부르는 게 마음에 좀

걸린다.

"둘이 아는 사이였어?"

당연히 옆에 있는 케이도 놀랐겠지.

"아는 사이……랄 것도 없어. 딱 한 번 얘기해 본 게 전부라."

"호오? 다른 반 여자애를 잘도 알고 있네요, 키요타카 군."

교사가 학생을 추궁하는 것처럼, 팔짱을 끼고서 속을 캐보듯 나를 올려다보았다.

"내가 먼저 말 건 것도 아니야."

"누가 먼저인 건 상관없지요. 얘기했다는 것 자체가 문제지."

거참 터무니없는 의견이로군.

물론 진심이면서도 진짜로 하는 말이 아니라는 건 잘 알지만.

"나를 기다렸다고 했는데, 우리가 말 안 걸었으면 어쩌려고 했어?"

나는 모리시타를 못 본척해도 상관없었는데 그냥 우연히 말을 건 것뿐이다.

"걱정하지 마세요. 살짝이지만 눈을 뜨고 있었기 때문에 지나갔으면 알아차렸어요."

잤던 게 아니라면 왜 그런 자세였는지 더 이유를 모르겠다.

모리시타의 행동에 대해 깊이 생각하면 지는 것 같은 기분이었다.

"나를 기다린 이유는?"

"뭐일 것 같아요?"

설마 되물을 줄이야……

"전혀 상상도 안 가는데."

"실은 행운이 날아들어서요. 바로 거기 있는 여자친구에 대해서예요."

"앗, 나?"

자신과 상관있다고 하자 자기도 모르게 깜짝 놀라 자신을 가리키는 케이.

"네. 어떤 분인지 흥미가 생겨서."

"흥미라니?"

"조사하다 보니 묘하게 이상한 부분이 있더라고요?"

느릿느릿 자리에서 일어난 모리시타는 졸린 눈을 하고서 케이에게 가까이 다가갔다.

"뭐야, 뭔데?"

히요리와는 또 다른 독특한 분위기가 있는 모리시타.

차분함이라든지 온화함 같은 것과는 다르고, 그냥 이상했다.

케이도 그런 모리시타의 독특함을 바로 감지했는지 살짝 뒤로 물러났다.

"카루이자와 케이. 당신은 원래 히라타 요스케와 사귀었죠?"

아, 역시 케이와 요스케의 이름도 막 불러 젖히는군.

"그, 그게 뭐 어쨌는데?"

"왜 히라타 요스케와 사귀었어요? 아니, 애초에 왜 히라타 요스케는 당신 같은 여자랑 사귄 건가요?"

마치 탐정이 범인을 궁지로 몰 듯 케이의 주위를 뱅뱅 돌았다.

"잠깐, 잠깐, 말하는 게 좀 예의 없네, 이 아이."

"나 나름대로 히라타 요스케에 대해서도 조사했는데, 그는 학교에서도 손꼽히는 인기남이라죠. 인기를 끄는 요소인 축구부 소속에다 학력도 나무랄 데 없고, 준수한 외모에 남녀 평등하게 대하고 친절하고 배려심 넘치고 공부도 잘하고."

걸리는 표현도 있지만 어쨌든 요스케의 평가로는 타당하고 적확했다.

표면상으로는 과연 스펙이 높은 학생이라고 말해도 과하지 않겠지. 마음에 상처를 잘 받고 자신을 몰아붙이는 버릇은 있지만, 그런 말은 퍼트릴 수 없으니 생략한다.

"그런 그가 당신 같은 '귀둥대둥'을 고른다고요?"

"……귀둥대둥이 무슨 말이야?"

"글쎄. 나도 처음 들어보는 단어인데."

거짓말이다.

귀둥대둥은 뭐든 대충하고 무책임한 것. 되는 대로 아무렇게나 구는 것. 그런 뜻을 가진 단어다.

지금 여기서 케이에게 알려줬다간 갈등의 불씨가 될 테니까.

당황하는 케이의 뺨에 모리시타가 검지를 슬쩍 갖다 댔다.

"멋대로 만지지 마."

"지금은 안 하는 모양이지만 입학 초기에는 고등학교 1학년인데도 불구하고 화장을 진하게 했다죠."

"그, 그거야 내 마음이지."

"귀둥대둥에 내세울 것 하나 없고 화장만 두껍고. 그런 그때의 당신을 히라타 요스케가 고른 이유를 당최 모르겠네요."

"그야 뭐, 귀어워서?"

학교폭력 피해자라는 과거를 감추기 위한 위장으로 요스케에게 도움을 청했다는 것은 조금도 티 내지 않고, 자신에게 유리한 쪽으로 평가했다.

"두꺼운 화장을 가면으로 바꿔 생각하면 이해하기 쉽죠. 당신은 겁 많고 마음이 섬세한 사람. 하지만 그렇다면 승부욕 강하고 기가 센, 여학생들의 리더라는 부분에 모순이 생겨요."

독특한 아이인 건 틀림없다. 하지만 모리시타는 정보를 수집하고 의문을 알아차릴 만큼 영리한 학생 같았다.

"뭐야, 너……."

전부 꿰뚫어 보는 듯한 추리에 케이가 움찔했다.

계속 둘이 대화하게 내버려 뒀다간 그리 좋은 방향으로

나아가지 않겠지.

"연애에 이유 같은 건 없다고 생각해. 케이랑은 느낌이 통해서 사귀게 된 거야. 무슨 문제 있어?"

보호하듯이 케이 쪽으로 몸을 기울이자, 케이는 깜짝 놀라면서도 내 말이 기뻤는지 미소 지었다.

"그렇군요. 난 연애 경험이 없어서 이유가 없다는 말을 부정하진 못하겠네요."

이것저것 계산해서 성립하는 게 연애라면 나도 이렇게까지 긴 시간을 들이지 않았다.

"여러 가지로 무례한 얘기를 한 건 사과할게요. 카루이자와 케이."

케이 앞으로 돌아간 모리시타가 깊이…… 과하게 깊이 머리를 숙였다.

심지어 그 상태에서 움직이지 않았다.

"그, 그렇게까지 사과 안 해도 돼, 알았으니까."

"그래요? 그럼 사과도 끝냈으니 아무 문제 없는 거죠?"

"뭐? 음…… 그렇기는 하지만, 뭔가 찜찜한데?"

그 기분은 너무 잘 알겠지만, 어쩔 도리 없을 듯하다.

"더 있으면 방해될 것 같으니 이만 끝낼까 싶어요."

"그건 잘 아네…… 의외로 착한 애인가?"

여기서 모리시타를 돌려보내는 게 가장 무난하지만, 접촉할 기회는 그리 많지 않다.

나는 조금 마음에 걸리던 의문을 꺼내 보기로 했다.

"사카야나기 반 애치고는 꽤 개성 있네. 주위에서 그런 말 안 해?"

옆에서 케이가 붙잡는 거야? 하는 표정을 지었지만 개의치 않고 대답을 기다렸다.

"그런 말 많이 듣긴 하죠. 개성 있다고."

그렇겠지. 아무리 봐도 개성 있는 사람이다.

"그런데 참 이상해요. 난 원래부터 개성 있는 사람이라는 걸 자각하고 있고, 늘 내가 특별하다고 생각해요. 굳이 개성 있네요, 하고 매번 확인받는 건 기분이 좀 별로예요."

"미안. 하지만 난 지난 2년 동안 사카야나기의 반에 모리시타 같은 학생이 있는 줄은 몰랐거든."

"아하. 그러니까 몰개성하다고 생각한 학생이 사실은 개성적이라 놀랐다고요?"

"그래."

"난 흥미를 느끼지 않으면 먼저 움직이지 않아요. 사카야나기 아리스, 카츠라기 코헤이가 리더로 반을 이끌어가는 흐름 속에서, 언제나 그들이 A반 전체를 보호했기 때문에 아무것도 할 필요가 없었죠. 개성을 드러낼 필요도 없었고요. 그냥 조용히 지내면 그대로 졸업할 수 있는 환경이었어요. 몰개성적으로 보여도 어쩔 수 없었다고 생각해요."

자신들의 상황을 숨기지 않고, 내가 왜 그렇게 느낄 수밖에 없었는지 설명했다.

모리시타의 말은 과연 납득이 가는 이유였다.

지금의 나는 모리시타 같은 학생이 눈여겨볼 정도로 주목받고 있다.

모리시타 역시 몰개성적이고 눈에 띄지 않는 학생이었는데 이제 호리키타와 동급 이상으로 주목하는 경계 대상이 되었다.

물론 그건 내가 의도적으로 움직였기 때문인데, 만약 입학 때부터 모리시타와 같은 A반이었고 사카야나기가 나와 아무 접점 없는 관계였다면 상황은 완전히 달라졌겠지.

아무것도 하지 않고 얌전히 지시에 따르기만 해도 A반의 지위를 탄탄히 다져 준다.

이보다 더 편한 일이 어디 있겠는가.

나는 평범하고 개성 없는 학생으로 느긋한 나날을 보냈겠지.

그 누구의 의심도 사지 않고 그 누구의 경계도 받지 않고 졸업을 맞이하는 길.

모리시타는 반쯤 이 조용한 루트 위에 그저 느긋하게 몸을 내맡겼다.

"오늘 두 사람을 만나서 좋았어요. 이런 나를 상대해 줘서 고마워요."

"처, 천만에요."

무슨 영문인지 케이가 모리시타에게 맞추듯 높임말을 썼다.

"이 학교에 입학한 학생은 대부분 A반으로 졸업하길 바라죠. 물론 나도 그중 한 사람이고요. 그래서 위기감을 느껴서 다양한 학생과 대화해 보려고 한 거예요. 아야노코지 키요타카는 지금 꽤 주목받는 존재이기도 하고요."

케이도 있는 이 자리에서, 말을 건 이유를 다시 한번 자세히 말했다.

"앞으로도 만날 일이 있을지 모르겠는데, 그때 모쪼록 친절하게 대해 주세요. 아야노코지 키요타카, 카루이자와 케이."

또 과하게 깊이 머리를 숙인 후, 모리시타는 걸음을 떼다가…… 바로 다시 멈춰 섰다.

그리고 뒤돌아보았다.

"두 사람 다 지금 돌아가는 길이죠?"

"그런데……?"

"나도 기숙사로 돌아가던 길인데 같이 가지 않을래요? 이야기라도 나누면서."

"뭐……? 깔끔하게 대화 다 끝내놓고 다시 얘기하자고? 눈치 없네……."

"모처럼 온 기회니까 사양하지 말고 나한테도 질문해 주세요."

"아니, 전혀 궁금한 게 없는데……!"

"그렇게 말하지 말고요. 뭣 하면 연락처라도 교환해요, 물론 아야노코지 키요타카도."

"아니 아니, 교환 안 할 거야! 그렇지?"

"난 딱히 교환해도 상관없는데?"

"야!"

"친구는 한 명이라도 많은 게 더 좋으니까."

"멋진 생각이네요. 완전히 동의해요."

"윽~, 키요타카의 그런 점, 귀여워서 화를 못 내겠네!"

그렇게 해서 우리는 (케이는 마지못해) 연락처를 교환하기로 했다.

채팅 앱을 쓰기도 편리하고, 서로 알아둬서 손해는 없으니.

단지 하나 신경 쓰이는 건 모리시타의 채팅 앱에 몇 명밖에 등록되어 있지 않다는 점이다.

지금까지 정말 조용히 살았는지, 친구를 별로 사귀지 않았구나 싶어서.

독특한 사람이라는 부분도 큰 것 같지만.

○음식을 두고 간 사람의 정체

특별시험이 고지된 다음 날 금요일 방과 후.

어제 점심시간에 회의한 이후로는 모두 모여 의논한 적이 없어서 특별히 시험에 관여하는 행동은 하지 않았다.

하룻밤 사이에 리더로서 반을 책임지게 된 호리키타의 전략과 생각도 진전이 있음을 기대하고 싶지만, 자세한 것은 드러난 게 없다. 나에게 조언을 구하려는 낌새도 보이지 않았다.

아직 일주일이 남아 있기도 하고 서두를 필요는 없으니 찬찬히 고민해 보았으면 한다.

"아야노코지 군…… 저기, 잠깐 시간 좀 내줄 수 있어요?"

혼자 교실에서 나가려고 준비하고 있는데 미짱이 말을 걸었다.

케이는 이번 주말에 친구들과 밤까지 노는 약속이 있어 이미 보이지 않았다.

고로 지금 나는 완전히 자유였다. 그러니 개의치 않고 시간을 낼 수 있다.

"무슨 일인데?"

"교실에서는 좀…… 가능하면 다른 곳에서 얘기하고 싶어요."

주위에 우리를 신경 쓰는 학생은 없었지만, 미짱은 여기서 이야기하기가 불안한 모양이었다.

그 모습으로 짐작하건대, 다소 심각한 내용일까.

"알았어. 돌아가면서 얘기해도 될까?"

"물론이에요."

교실에 계속 남아 있을 이유도 없어서 가방을 들고 바로 움직였다.

굳이 사람 없는 장소를 찾아갈 필요는 없겠지.

학생들이 쏟아져 나오는 방과 후는 복도든 현관이든 학생이 많아 그만큼 소음이 크다.

"그런데 나한테 무슨 이야기를?"

그렇게 재촉하니 미짱은 혹시 모른다며 슬쩍 주위를 살피고 나서야 마음이 놓이는지 입을 열었다.

"예전에 제가 학교에 나오지 않았을 때, 기억해요? ……한심한 얘기지만 히라타 군의 일로…… 그러니까…….."

만장일치 특별시험 때 미짱이 좋아하는 사람을 쿠시다가 폭로한 이후, 그러니까 9월 하순의 이야기다.

"그게 왜?"

"제가 방에 틀어박혀 있는 동안 음식을 가져다준 사람이 있었는데요."

"아아, 기억해. 매일 놓고 갔다면서."

그 사람이 내가 아닌지 미짱이 물어봤던 것을 떠올렸다.

"아야노코지 군에게 그 이야기를 한 것도 있고 해서, 좀 상담하고 싶은……."

시간이 꽤 많이 지났는데, 이제 와서 이 이야기를 꺼낸다는 건──.

"누가 줬는지 알아낸 거야?"

"그게, 아직은 몰라요. 하지만, 확인하면…… 알 수 있을 것 같아요."

"확인하면 알 수 있다고?"

미짱은 고개를 끄덕이고는 머뭇머뭇 이야기를 시작했다.

용기 내어 학교에 다시 등교하게 된 이후로도 미짱은 자신을 도와준 사람이 누군지 쭉 궁금했던 모양이다. 나는 그 일을 완전히 포기한 줄 알았는데, 자신을 도운 사람을 찾아 감사를 전하고 싶은 강한 마음을 줄곧 가지고 있었던 것 같다.

단서를 찾을 방법은 두 가지. 하나는 미짱에게 주는 것임을 알 수 있게 음식이 든 봉지 안에 들어 있던 방 번호만 적힌 종이다.

필체가 인상적이면 상대를 특정 짓는 것으로 이어지는 중요한 단서가 될 텐데, 그 사람도 여간내기가 아닌 듯하다.

미짱이 종이를 챙겨와 보여주었는데, 누구의 필체인지 알아보지 못하도록 일부러 이상하게 적혀 있었다.

"보통이 아니네, 음식 두고 간 사람."

"그러니까요."

그럼 남은 방법은 하나뿐.

전부 편의점에서 산 음식이라는 건 이미 드러난 사실이다.

미짱은 받은 것들을 전부 메모로 남겨두었다.

요컨대 그 상품들을 편의점 직원에게 말하고, 똑같이 사간 학생이 없는지 확인하면 된다.

편의점 직원에게 물어보는 것은 음식을 두고 간 사람을 찾는 방법의 정석.

다만 시간이 흐르면 흐를수록 당연히 직원의 기억이 흐릿해지기 마련이므로 빨리 알아보는 편이 좋다.

그걸 모를 미짱이 아니라고 생각했는데, 의외의 대답이 돌아왔다.

"학교에 복귀하자마자 편의점을 찾아 직원에게 물어봤어요, 이 일에 대해서."

그 결과 돌아온 대답은 기뻐할 만한 것이 아니었다.

미짱이 물어본 직원은 편의점에서 일한 지 얼마 되지 않아 그 당시에는 아직 근무하지 않았다고 한다. 음식을 사간 시기에 중점적으로 일한 시프트 리더*는 다른 지점으로 옮긴 상태였다.

형사라면 감시 카메라라도 확인하겠지만, 당연히 그건 불가능하다.

"일단 제가 생활하는 층 여학생들에게도 물어봤는데 다들 몰라서. 거기서 일단 포기하고 말았죠."

단서가 없으면 평범한 학생들은 더 이상 어떻게 손쓸 방법이 없다.

---

*그 근무 시간대에 리더 역할을 맡은 직원.

"정말 포기할 수밖에 없겠네."

"그렇죠……."

자세하게 알아내지 못한 채 시간이 흘러가 버린 듯했다.

그렇게 속수무책이던 미짱에게 뜻밖의 정보가 들어왔다.

얼마 전에 물건을 사려고 편의점을 찾았을 때, 직원이 말을 걸었다.

지점을 옮긴 시프트 리더와 지금 학교에서 일하는 직원이 우연히 만날 기회가 있었는데, 미짱이 물어본 게 떠올라 물어봐 주었다는 것이다. 별 기대는 하지 않았던 모양인데, 마침 지점 이동 직전에 생긴 일이기도 해서 유력한 학생을 기억하고 있다고 했다.

그래서 시프트 리더에게 들은 학생의 이름을 미짱에게 알려주려는 모양이었다.

그런데——.

"방심하고 있었달까, 너무 갑작스러운 이야기에 마음이 요동쳐서, 다음에 다시 자세히 들으러 오겠다고 하고 도망쳐 버렸어요."

"도망쳤다고?"

"도망, 쳐버리고 말았어요……."

왜 그 상황에서 도망쳐야 했는지는 미짱밖에 모를 일이다.

"그런데 그 이야기를 들은 게 언제야?"

"그게…… 저기……."

티 나게 말하기 어려워하는 것을 보니, 어제오늘 있었던 일이 아니라는 게 어렴풋이 느껴졌다.

"······오늘로 6일째, 예요."

"꽤 오래 도망쳤네."

"도망, 쳤죠······."

창피하다는 듯, 아니 한심한 자신이 부끄럽다는 듯 얼굴을 붉혔다.

"이제는 찾아가야 한다고 생각은 하는데, 뭐랄까, 긴장된달까······. 누군지 모른 채로 있으면 그냥 넘어갈 일도, 알아 버리면 무시하기도 어려워지고. 무엇보다도 제게 음식을 가져다준 그 사람은 지금까지 자신을 밝히지 않았잖아요. 그러니까 알려지고 싶지 않을 가능성도 있는 거겠죠?"

고마움을 표시하고 싶은 마음은 그 사람의 정체를 모르는 동안에도 계속 가지고 있었을 것이다.

하지만 누군지 모르니까 어쩔 수 없다는 마음도 있었다.

시간이 지나면 지날수록 그 마음이 점점 커졌겠지.

"그건 뭐 그렇지."

자신을 드러내지 않고 몰래 미짱을 도와주었다.

자신을 드러내지 않는 이상, 그럴 만한 사정이 있어도 이상하지 않다.

"어떤 이유를 생각해 볼 수 있을까요?"

"그거야 다양하겠지."

지금 가진 재료만 가지고 이유를 좁히기란 불가능하리라.

"같은 반 학생이라는 건 틀림없다고 보고······ 저는 친구가 별로 많은 편은 아닌데, 굳이 감출 아이들은 아니라고 생각하거든요. 왜일까요…….”

미짱은 아무래도 자기 주변 인물일 거라고 짐작하고 있다.

그야 그렇겠지. 보통 자신과 아무 상관도 없는 사람이 음식을 가져다줬다고 생각하긴 어렵기 때문이다.

“이건 그냥 어디까지나 하나의 가정일 뿐이지만── 아니다.”

“뭐죠? 알려주세요.”

말을 꺼내놓고 미짱의 심신에 부담이 갈 가능성을 고려해 말끝을 흐리자, 미짱이 몸을 앞으로 내밀며 물었다.

“알려주세요.”

다시 한번, 확인하듯 물어봐서 하려던 말을 마저 잇기로 했다.

“네가 깐 전제를 무너뜨려서 미안한데, 일단 꼭 우리 반이라고 단정 지을 수는 없어. 미짱이 쉰 이유는 몰라도 학교를 쉬고 있다는 걸 알기는 어렵지 않으니까.”

“그건 그렇긴 한데…… 하지만 다른 반 사람과는 접점이 거의 없는걸요.”

“그런 거랑은 별로 상관없어. 가깝고 말고는 필수 조건이 아니야. 여학생이라고 단정할 수도 없고.”

“뭐, 뭐라고요?”

남학생과는 접점이 더 없다, 그런 얼굴이었다.

“쉽게 말해서 예를 들어 남몰래 미짱을 좋아하는 남학생이 그랬을지도 모르잖아? 좋아하는 여자가 학교에 안 나온다는 걸 알고 걱정돼서 음식을 두고 간 경우지."

"앗, 으아아앗?!"

넘어질 것처럼 동요하니, 남들 눈에 띄지 않으려고 해도 띄고 만다.

그것을 깨닫자마자 바로 호흡을 가다듬었는데, 어깨가 격하게 들썩거렸다.

"어디까지나 가정 중 하나야. 그렇게 당황할 건 아니고."

꼭 그렇다는 게 아니라 예상하지 못한 이유가 숨어 있을지도 모른다는 것을 예시로 들었을 뿐.

"그그그그그그, 그런 거죠?!"

하지만 전혀 진정할 기미가 보이지 않았다.

역시 너무 과하게 가정했나?

"이야기가 좀 벗어났는데, 다시 본론으로 돌아오는 편이 좋겠다."

이미 이유를 대충 알겠지만, 그래도 미짱의 입으로 듣는 게 낫다.

"이제 와서 이런 말 하는 것도 그렇지만 어떻게 해야 좋을지 모르겠어요. 정체를 알아내는 게 맞는 건지, 그래서 감사를 표시해야 할지⋯⋯."

"그만두려면 지금밖에 없을 테고."

자신 없는 투로 살짝 고개를 끄덕이는 미짱.

"아야노코지 군이라면 이런 상황일 때 어떻게 하시겠

어요?”

“나라면 어떻게 하겠느냐고?”

조금 고민은 되지만, 생각을 솔직하게 말해야 하겠지.

“참고가 될지는 잘 모르겠는데 나라면 정체를 알아내고
싶은 마음이 이길 것 같아. 상대가 누구인지 안 다음 만날
지 말지를 고민하겠지.”

“정체를 알게 되더라도 고마운 마음을 표현하지 않을 가
능성을 남겨둘 거라는 뜻인가요?”

“어디까지나 나라면 그렇다는 거야. 아까 든 예는 아니지
만, 관계성이 전혀 없는 학생이었으면 역시 망설여지고 찾
았다는 걸 괜히 알리지 않는 게 더 나은 경우도 있잖아?”

“그러네요, 그건 확실히 그런 것 같아요.”

좋아하는 사람을 몰래 도왔다.

그런데 그 사람이 실은 편의점에서 누군지 듣고 고맙다
고 말하러 왔다, 라고 하면 깜짝 놀라겠지.

이건 꼭 연애와 상관없는 경우라도 마찬가지다.

“상대가 밝혀지고 싶지 않아서 가만히 있는 거라면, 괜
히 일만 성가셔지는 거고.”

“……네.”

“그리고 미짱이 정체를 알고도 물을 수 있는 성격인지
아닌지는 또 다른 문제잖아. 오히려 내가 봤을 때 미짱에
게 이런 방법은 안 맞을 것 같아.”

“그렇, 죠…….”

아마도 답을 알아 버린다면 표정에 다 드러나서 제대로 감추지도 못할 것이다.

"그만두는 것도 나쁘진 않아."

"그건⋯⋯ 그렇지만."

그래도 미짱은 자신을 도와준 사람에게 미안함을 느끼고 있다.

겨우 희미해진 개운치 않은 감정을 다시 불러일으킨 것이나 다름없으니까.

여기서 누군지 듣지 않는 선택지를 골라도 기억이 완전히 지워지려면 꽤 많은 시간이 들 것이다.

"답이 들어 있는 상자를 한번 열어버리면 두 번 다시는 닫을 수 없어."

미짱의 흐트러지기 쉬운 마음을 생각하면 도망친 것도 어쩔 수 없는 일이다.

오히려 정체를 모르고 끝날 수 있었다고 긍정적으로 받아들여야 할지도 모른다.

키다리 아저씨의 정체를 알아 버리면 그게 누가 됐든 앞으로 보는 시각에 다소 변화가 생길 것이다.

"저는――."

고민하던 미짱이 시간을 들여 천천히 결론을 내렸다.

"여, 역시, 알고, 싶어요⋯⋯."

"나중에 후회하더라도?"

"네――."

각오한 건가, 그렇다면 내가 더 뭐라고 할 말은 없다.

"그럼 편의점에 다녀오면 되지."

그렇게 대답했는데, 미짱은 나를 보고 머뭇거리며 움직이지 않았다.

"…………."

"…………."

기묘한 공기가 흘렀지만 미짱이 무엇을 바라는지는 잘 알았다.

"지금 같이 편의점에 갈까?"

"그, 그래도 될까요?"

정체를 알아낼 각오는 했어도 혼자 들을 자신은 없는 모양이었다.

"같이 가주는 것 정도는 할 수 있어. 그렇게 해서 조금이라도 용기가 생긴다면 그쯤이야."

"네…… 넷. 감사해요, 아야노코지 군!"

오늘 본 모습 중 가장 힘차게 고개를 끄덕인 미짱과 함께 그 길로 편의점에 가기로 했다.

1

얼마 지나지 않아 편의점 앞에 도착한 나와 미짱.

먼저 안으로 들어가려는데 미짱이 내 소매를 잡아당겼다.

"잠깐만 기다려 주시겠어요…… 다른 학생들도 있는 것

같아서."

"아무도 없을 때까지 기다리려고?"

"가능성은 작겠지만, 저를 도와준 사람이 있을지도 모르고요."

"그러네."

섬세한 미짱다운 말이었다. 지금은 그 말에 따를 수밖에 없나.

주말이라 편의점을 찾는 학생이 많았는데 머무는 시간은 기본적으로 짧다.

잠시 기다리니, 가게 안에 손님이 아무도 없는 상황이 곧 찾아왔다.

"들어갈까."

"네, 네엣."

느긋하게 굴었다간 다음 손님이 온다.

우리는 빠른 걸음으로 편의점 안에 들어갔다.

"어서 오세—— 아."

직원은 이십 대 정도의 여성으로 최근 들어서 자주 보이던 사람이었다.

미짱의 얼굴을 보자마자 말을 멈췄다가 다시 미소 지으며 입을 열었다.

"어서 오세요."

"아, 안녕하세요. 저기, 지난번에는 도망쳐서 죄송했어요!"

머리를 팍 숙이자, 직원이 다정하게 웃었다.

"괜찮아, 괜찮아, 전혀 아무렇지도 않았어. 듣는 게 무서워졌던 거지?"

속마음을 알아주는 것 같아서 미짱이 몇 번이나 고개를 끄덕였다.

"남자친구가 응원하면서 여기 데리고 와준 거구나?"

"네엣?"

고개를 든 미짱이 어리둥절한 표정을 지었다.

"남자친구 멋있네, 좋겠어."

"네, 네, 네엣? 나, 남자친구라니요?"

"이름이 아야노코지 군…… 이라고 했던가?"

"제 이름을 어떻게?"

"왜, 결제할 때 학생증 내잖아? 그래서 나도 모르게 학생들 이름을 기억하게 돼."

하긴 결제할 때 본인 사진과 이름이 나오는 학생증을 쓰니까.

자주 물건을 사다 보면 기억해도 이상하지는 않다.

"그런데— 너, 다른 여자애랑 자주 팔짱 끼고 오지 않았어? 얼마 전에도…… 으앗?!"

"뭔가를 깨달은 듯한 반응인데요, 전제가 틀렸어요. 얘는 그냥 친구예요."

손가락으로 미짱을 가리키며 대답하자, 그에 맞춰서 미짱도 고개를 마구 끄덕였다.

"뭐야, 그런 거야? 하지만 의외로 썸을—."

"안 타요!"

처음 볼 만큼 미짱이 강하게 부정했다.

하긴 요스케를 좋아하는 미짱으로서는 절대 오해를 사고 싶지 않겠지.

"그래서 저기, 제가 찾는 사람 말인데요……."

"아, 응. 으음, 알려줘도 될까? 괜찮겠니?"

미짱의 마음을 걱정해서 다정하게 확인을 구하는 직원.

"……네. 그러려고 왔어요."

"그렇구나. 그럼 알려줄게."

한 번 숨을 쉰 직원은 미짱이 오래 찾아왔던 인물이 누구인지 말해주었다.

"전의 시프트 리더는 그 아이의 이름을 기억 못 했지만, 굉장히 특이한 아이여서 그 이야기를 들으니까 느낌이 확왔어. 너랑 같은 반의 코엔지…… 으음, 로쿠스케 군, 이었나. 그 애가 네가 받은 음식과 일치하는 상품을 사 갔다는 것 같아."

"네……?"

줄곧 알고 싶었지만 알 수 없었던, 음식을 두고 간 사람의 이름.

그게, 설마 했던 코엔지라고?

코엔지가 왜?

옆에 있는 미짱도 확실히 놀랐다. 아니, 아연실색했다고 말해도 좋겠다.

……그렇게 처음에는 생각했는데, 실은 의외도 아닌가?

코엔지와 미짱이라는 조합, 접점은 많지 않다.

하지만 코엔지가 비교적 온화한 태도로 미짱을 대하던 것을 본 적이 있다.

그 정도로 무슨, 하고 보통은 생각하겠지만, 다른 사람도 아니고 코엔지니까.

"저, 정말로 코엔지 군, 이에요?"

맥 빠진 질문에 직원은 틀림없다며 고개를 끄덕였다.

"시프트 리더가 기억하는 사람은 금발에 키 큰 남학생이었어. 그리고 굉장히 특이한 행동을 많이 하고 늘 거만하고 잘난 척했대. 편의점 유리에 비친 자기 모습을 넋을 잃고 바라보기도 하고 손거울을 들고 머리를 손질하는 남자애. 그리고…… 특징을 들자면 끝이 없는데, 이거 딱 코엔지라는 애잖아? 왜냐하면 나도 그런 행동을 봤으니까."

아무리 생각해도 코엔지다.

비슷한 인물은 현재까지 이 학교에 절대 존재하지 않는다.

앞으로도 없을지도 모른다.

"틀림없어, 보이네요."

"그러네. 너에게 준 음식들도 코엔지답다고 하면 코엔지답고. 지금 생각하니까 수긍이 가."

"……네."

아직 상황이 잘 받아들여지지 않지만, 납득은 하는 수밖에 없다.

직원에게 감사하다고 인사한 다음 편의점에서 나왔다.

밖으로 나온 후에도 미짱은 멍했고 머리가 잘 돌아가지 않는 듯했다.

"코엔지 군이……? 왜 그랬을까요?"

"글쎄. 전혀 설명이 안 되네. 어떤 의미에서는 제일 이유를 알 수 없는 애가 그 정체였어."

"어쩌죠……."

감사 표시를 해야 할지 고민하는 걸까, 아니면 코엔지라고 하니 도대체 영문을 알 수 없어서일까.

"그런데 뭐, 코엔지라면 그냥 넘어가도 괜찮지 않을까?"

"네, 네에엣?! 아, 안 되죠, 그건!"

"안 되나?"

"하지만…… 같은 반이기도 하고. 저한테 준 거 돈이 꽤, 많이 들었어요."

코엔지는 프라이빗 포인트를 많이 가지고 있지만, 그래도 돈은 돈이다.

올곧은 성격인 미짱으로서는 역시 그냥 넘어갈 수 없는 걸까.

"답례로 선물을 사러 가려고 해요. 주신 것과 비슷한 금액이면 될까요?"

"그건 너무 과해. 절반 정도면 될 것 같은데."

선의? 의 선물일 테니, 고마운 마음을 전하면 충분하겠지.

"아, 알겠어요. 그렇게 해야겠어요."

"그럼 잘 답례하길 바라."

여기서 이만 헤어지자며 혼자 걸어가려는데…….

"……같이, 안 가실래요?"

"응?"

"그러니까, 코엔지 군한테."

"왜……라고 되물으면 좀 그렇겠지? 하지만 내가 있으면 이상한데."

불안해하는 미짱을 도와주고 싶은 마음도 있긴 하지만 역시 부자연스럽다.

그리고 코엔지가 음식을 두고 간 이유도 아직 모른다.

"만약에 내가 들었던 가정이 맞는다면 기분 상하지 않을까? 아무리 내가 케이랑 사귀는 사이라지만 자기가 좋아하는 애 옆에 다른 남자가 있으면 뭔가 느끼는 게 있을지도 몰라."

"하지만 코엔지 군, 이잖아요?"

"코엔지도 평범한 남자 고등학생…… 평범한 남자 고등학생……은 아닌가."

만약 내가 같이 있어서 동요한다면 그건 그것대로 보고 싶은 마음도 든다.

"뭐, 그럼 일단 같이 갈까. 상황에 따라서는 코엔지를 만난 후에 난 바로 돌아갈지도 모르는데 미리 양해를 구할게."

내가 있으면 싫어하리라는 건 충분히 예상할 수 있으니.

"알겠어요. 그렇게 부탁드릴게요."

그 이상은 바랄 수 없다는 걸 미짱도 잘 알아서 흔쾌히 고개를 끄덕였다.

"언제 갈래?"

그렇게 묻자, 미짱은 오른손으로 스마트폰을 꺼내 캘린 더를 열었다.

마음이 진정이 안 되는지, 머리를 묶은 고무줄 부근을 이따금 왼손으로 슬쩍 만졌다.

"갑작스럽겠지만 내일 일찍 가도 괜찮을까요? 괜히 시 간 끌면 신경 쓰여서 잠을 못 잘 것 같아서……."

밤새 침대에 누워 코엔지에 대해 이래저래 상상하는 건 가혹한 일이겠지.

내일은 아침부터 케이와 데이트가 잡혀 있지만, 시간을 조정하면 어떻게든 될 것이다.

"오늘 감사했어요. 내일도 미리 감사드려요."

그렇게 말하고 정중하게 고개를 숙였다.

일이 해결되면 따로 사례도 하고 싶다고 말했지만, 그럴 필요 없다고 사양해 두었다.

2

다음 날인 토요일 아침. 오전 11시 반 전.

미짱과 기숙사 로비에서 만나기로 약속한 나는 소파에 앉아서 기다렸다.

금요일 밤 남들 몰래 내 방에 자러 와 아침까지 함께 시간을 보낸 케이는 지금 푹 잠들어 있다. 원래 아침에 잡힌 데이트를 오후로 바꾸기 위한 밤샘 조치다.

　설치된 모니터에 엘리베이터를 타고 내려오는 미짱이 보였기 때문에 깊숙이 앉아 있던 소파에서 몸을 일으켰다.

　"안녕."

　"안녕하세요, 아야노코지 군."

　손에는 어제 산 것으로 보이는 답례품이 종이가방에 든 채 들려 있었다.

　"그래서? 코엔지랑은 어디서 만나기로 했어?"

　"네?"

　"응? 아니, 지금 코엔지를 만나러 가는 거잖아?"

　"그렇죠."

　"그러니까 코엔지랑 약속을 잡았을 거 아냐?"

　"……안, 했, 는데요…….."

　그렇게 대답한 미짱과 나의 주변 공기가 굳었다. 그리고 침묵, 시간만 흘러갔다. 하지만 언제까지고 입 다물고 있을 수만은 없기에 내가 먼저 움직였다.

　"그러니까 코엔지는 오늘 일에 대해 아무것도 모른다는 말이네."

　고개를 끄덕인 미짱이 갑자기 울상을 지었다.

　"다, 당연히 해야 하는 거였는데요. 제가, 거기까지, 그러니까, 긴장해서, 그런 부분에 생각이 전혀 못 미쳐서. 코엔지 군의 연락처도 모르고, 아야노코지 군이 자리를 만들어 주는 건가, 하고 멋대로 해석해 버려서는…… 죄송해요 오오옷!"

말하면서 점점 참을 수 없었는지 울음을 터뜨린 미짱.

다행히 로비에 아무도 없었는데, 누가 보면 큰일이다.

"일단 진정하고. 나도 코엔지랑 연락하는 사이는 아니지만, 방법이 전혀 없는 건 아니니까."

"저, 정말요?"

확실하진 않지만, 꽤 높은 확률로 만날 방법이 있다.

"아마 이 시간이면 코엔지는 헬스장에 있지 않을까 싶어."

"……헬스장, 이요? 케야키 몰 2층에 있는?"

"응. 나도 요새 다니고 있거든. 코엔지는 토요일이랑 일요일 오전에 자주 나와."

그리고 정오쯤에 운동을 마치고 나가는 모습을 몇 번인가 목격했다.

전망이 밝아지자 안정을 되찾은 미짱과 함께 케야키 몰로 향했다.

가는 도중, 아직 약간 눈시울이 붉은 미짱을 곁눈질하며 생각했다. 공부도 잘하고 얌전한 성격이지만, 자기 예상에서 벗어나면 쉽게 흔들리고 속수무책이 된다.

보기 드문 타입이라는 말이 아니라, 많지는 않아도 어디에나 있을 법한 그런 여고생이란 뜻이다.

그렇기에 코엔지와의 접점이 뭔지 궁금한 대목이다.

좋고 싫고는 둘째치고, 객관적으로 봐서 미짱의 외모는 평균 이상이다.

코엔지의 취향에 우연히 들어맞아 남몰래 호감이라도 품고 있는 걸까.

하지만 코엔지가 좋아하는 여자 앞에서 순한 양이 되는 인상은 전혀 없는데.

오히려 반에 자기 마음에 드는 상대가 있으면 적극적으로 어필할 것 같다.

자기 자신에게 절대적 자신감을 가진 남자가 좋아하는 여자에게 말도 못 걸다니, 그건 틀림없는 모순이 아닌가. 그걸 인정한다면 코엔지에게는 절대적 자신감이 없다는 사실을 증명하는 셈이 되기도 한다.

──아니 꼭 그렇다고 단언할 수는 없나.

사람의 생각은 다 다르니까. 좋아하는 여자와는 일부러 거리를 두고 애지중지하는 걸 선호한다는 둥, 그렇게 코엔지가 말할 가능성도 있다. 여러 가지로 생각해 봤지만 역시 결론은 하나밖에 없는 것 같다.

코엔지의 생각을 파악하려고 하는 만큼 시간 낭비라는 것.

결국은 직접 만나 진의가 뭔지 본인 입으로 듣지 않는 한에는 아무것도 모른다.

우리는 이미 오픈한 케야키 몰에 입장해 아무 데도 들르지 않고 곧장 2층으로 올라갔다.

그리고 미짱을 헬스장 앞에서 기다리게 한 다음 안을 확인해 보기로 했다.

"역시 있군."

예상했던 대로 코엔지는 운동하고 있었다.

벤치프레스 중이었는데 아마 그게 마지막 순서일 것이다.

코엔지는 반드시 제일 마지막에 벤치프레스를 한 다음 헬스장을 나가니까.

이제 지쳤을 텐데도 200kg에 육박하는 바벨을, 좋은 땀을 흘리며 웃으면서 하고 있다.

고등학교 2학년 중에 저걸 아무렇지도 않게 드는 사람이 과연 또 있을까.

여하튼 다 끝나간다. 이제 샤워하고 나올 게 분명하다.

괜히 나를 발견하면 일이 성가셔지므로 곧바로 트레이닝 룸에서 나왔다.

그 후 헬스장 직원 아키야마 씨가 말을 걸어서 가볍게 인사를 나눈 후 헬스장을 빠져나왔다.

마시마 선생님과 한 약속도 있지만, 오늘은 그냥 넘어가도 괜찮겠지.

"어떻게 됐어요?"

"앞으로 2, 30분 정도 있으면 나올 것 같아. 괜찮으면 여기서 기다릴까?"

"아, 네엣."

그리하여 우리는 헬스장 입구와 가까운 벤치에 앉아 때를 기다렸다.

"…………."

"…………."

특별히 대화도 없이 그저 케야키 몰에 흐르는 음악에 귀를 기울였다.

"조금 긴장되기 시작했어요."

점점 시간이 다가오면서 드디어 그 순간을 실감했겠지.

"난 코엔지가 어떻게 나올지 전혀 상상도 안 가."

"저도요."

"그런데 선물은 뭘 샀어?"

"아, 그게, 많이 고민해 봤는데요, 페이스타월이랑 핸드타월로 골랐어요."

"그것참…… 상당한 변화구네."

"그렇게 생각하실지도 모르지만, 제 나름대로는 기뻐해주실 것 같다고 생각했거든요. 코엔지 군이 평소에 둘 다 쓰는 걸 봐서요."

"그랬나. 손거울은 알았는데 그건 몰랐어."

"네. 고급 오가닉 타월이라면 받아주시지 않을까 하고. 아……."

"돈 많이 들었겠는데."

저렴해도 괜찮다고 했던 내 조언을 아무래도 듣지 않은 듯하다.

"윽…… 네, 네에. 죄송해요……."

"얼마 들었는데?"

"그게…… 12,000엔 정도, 요."

받은 선물의 총액과 같거나 좀 더 나가는 건가.

남한테 이러쿵저러쿵 말할 자격은 없지만, 미짱의 성격상 충분히 예상할 수 있었던 사태다.

"괜찮겠지, 뭐. 기뻐하면 좋겠다, 코엔지가."

"네. 도와준 답례는, 제대로 해야 하니까요."

어제오늘 긴장하고 동요하기만 했는데, 그런 미짱이 힘주어 대답했다.

결과적으로는 예산 오버라도 납득할 수 있는 선물을 고르는 게 정답인지도 모른다.

예상에서 조금 벗어나 최종적으로 40분 정도 기다렸을 때, 코엔지가 헬스장에서 나왔다.

"나, 나왔어욧."

시선을 보아하니 우리를 바로 알아본 듯했지만, 코엔지는 딱히 표정 변화 없이 말도 걸지 않고 그냥 스쳐 지나가려고 했다. 흥미 대상에서 제외, 그런 느낌이었다.

아무리 봐도 미짱을 좋아하는 것 같지 않았고, 음식을 두고 가며 뒤에서 몰래 도와주었다는 인상조차 품을 수 없었다.

하지만 편의점 직원의 증언으로 99% 코엔지임을 알고 있다.

그렇다면 본인에게 진실을 확인할 수밖에 없다.

벤치에서 허둥지둥 일어난 미짱이 코엔지를 쫓아갔다.

"저, 저기, 코엔지 군! 잠깐만 시간 내줄 수 있나요!"

등 뒤에서 소리치자, 코엔지가 걸음을 멈추고 우아한 동작으로 뒤돌아보았다.

"나한테 무슨 용건일까, 왕 걸."

"앗, 와, 왕 걸?"

아마도 미짱의 본명인 왕 메이유이의 왕에 걸(girl)을 붙인 거겠지만, 이 세상에서 오직 코엔지만 부를 법한 호칭이니 당황스러운 것도 무리는 아니다.

미짱은 이해하지 못한 눈치였지만, 어쨌든 목청을 가다듬으며 마음을 차분히 가라앉혔다.

두 손으로 들고 있던 종이봉투 손잡이를 꽉 움켜쥔 미짱.

"실은 할 얘기가 있어요. 잠시 시간 괜찮으신가요?"

코엔지를 향해, 크지는 않은 성량이지만 애쓰고 있다는 게 느껴지는 정중한 말투로 말했다.

순간 생각하는 척하던 코엔지는 팔을 휙 들면서 고개를 가로저었다.

"미안하지만 지금은 좀 급한 일이 있어서. 다음에 다시 찾아와. 핫핫핫."

그렇게 우리를 향해 웃으면서 대답하고는 다시 뒤돌아 걸어가 버렸다.

"으, 으아앗……."

모든 일을 성실하게 미리 계산하는 타입 같은 미짱은 여기서 코엔지에게 거절당할 줄 몰랐는지 분명 동요하고 있었다. 나 역시 놀랐다고 할까 뭐랄까.

"어어어, 어떻게 해야 좋을까요……?"

"처음부터 다시 도전?"

"으으윽, 겨우 용기 낸 건데…… 다시 도전했다간 회복하기 어려울지도 몰라요."

하긴 미짱이 코엔지를 상대로 또 같은 상황을 만드는 것은 난도가 높을 것 같다. 그렇다면 오늘 어떻게든 해결할 수밖에 없다.

"그럼 코엔지를 따라가는 방법밖에 없겠는데."

"하지만 그럼 엄청난 민폐가 아닌지……."

"보통은 그렇지. 하지만 다음에 다시 도전하기 힘들면 민폐라도 갈 수밖에 없지 않아?"

민폐가 옷을 입고 걸어 다니는 것이나 마찬가지인 상대에게라면 굳이 신경 안 써도 될 듯한 느낌도 든다.

"어떻게 할래. 놓치면 포기할 수밖에 없고."

"어떻게, 하죠……."

결정을 못 내리겠는지, 한 발 앞으로 내딛으려다가 다시 거두기를 반복했다.

그런 모습을 봤을 때 따라가고 싶은 마음이 앞선다는 건 분명하니, 지금은 이제껏 그랬던 대로 내가 주도하는 편이 나으려나.

"쫓아갔다가 뭐라고 하면 내가 책임질게. 가자."

"네, 네에. 미행이네요!"

그렇게 해서 우리는 코엔지의 뒤를 쫓기로 했다. 그것도 미행으로.

몰래 쫓아갈 필요는 없다고 보지만, 미짱이 의욕을 내게 됐으니 쓸데없는 소리는 하지 않기로 한다. 코엔지가 에스 컬레이터를 타고 내려가 걸어간 방향을 확인하면서 나는 미짱을 뒤에 오게 하고 계단을 이용해 천천히 내려갔다. 그러는 동안에도 코엔지는 긴 다리로 성큼성큼 몰 안쪽으 로 들어가고 있었다.

"안 서둘러도 되나요? 놓치고 말 텐데."

"놓칠 것 같은 이 정도가 딱 좋아."

누구나 매일 이용하는 케야키 몰. 대부분은 학생들의 머 릿속에 지도가 들어 있다.

코엔지가 간 쪽에는 당연히 가게가 몇 군데 있었는데, 플로어가 깊숙한 편이 아니라서 어떤 가게든 들여다보면 손님을 바로 확인할 수 있었다. 게다가 막다른 곳에는 탁 트인 카페가 있고, 도중에 몇 군데 있는 출구로 나가지 않 는 한에는 놓칠 염려가 없었다.

게다가 기숙사로 돌아가는 거라면 그 출구보다는 반대 방향으로 틀어 원래 왔던 길로 돌아가는 게 훨씬 빠르다.

특정 출구를 이용해야만 하는 경우는 확률상 그리 높지 않다.

계단을 다 내려가자, 작아진 코엔지의 등이 시야에 들어 왔다.

"아무래도 카페가 목적지인 것 같다. 알기 쉬워서 다행이네."

"그, 그러네요."

코엔지가 주문을 마치고 컵을 드는 것을 멀리서 확인한 후 가까이 다가갔다가, 2인석에 앉는 코엔지와 한 여학생을 목격했다.

"저분은…… 누구시죠?"

"3학년 B반 에노시마 미도리코 같은데."

"아는 사이예요?"

"OAA에서 본 적 있을 뿐이야. 좀 더 가까이 가보자."

"하지만 더 가면 코엔지 군이 알아보지 않을지?"

코엔지의 일정이 끝날 때까지 근처에서 기다렸다, 정도가 가장 무난할 터.

혼자 있을 때까지 숨어 있었다고 하면 확실히 수상하다.

딱히 무슨 이야기를 나누는지 관심도 없고.

"이렇게 된 김에 코엔지 군이 평소에 어떤 대화를 나누는지 알고 싶어요."

그런데 미짱에게 이상한 스위치가 켜졌는지, 그에게 들키고 싶지 않아 보였다.

"몰래 엿듣자고?"

"바, 바람직한 행동은 아니지만…… 저에게 음식을 주고 갔다고 솔직하게 말할지도 잘 모르겠고, 저기서 어떤 힌트를 얻을지도 모르잖아요."

아니, 전혀 상관없어 보이는 에노시마와의 대화 속에 힌트가 들어 있을 것 같진 않은데…….

"미행, 계속해요."

"그렇게 해서 미짱이 받아들일 수 있겠다면 이의는 없지만. 그럼 내가 앞장설게."

코엔지는 에노시마와 담소를 나누는 중이라 주위를 별로 의식하지 않겠지만, 자기 눈에 보여도 꼭 그럴 거라고는 단언할 수 없다. 우리는 옆쪽 출구를 통해 일단 몰 밖으로 나갔다가 반대쪽으로 다시 들어오기로 했다.

도는 데 몇 분은 들지만, 코엔지는 이제 막 음료를 받은 상태기 때문에 당분간은 카페에 머물러 있을 거라고 봤다.

그런데―.

우회해서 몰에 다시 입장해 카페에 들어왔는데 코엔지가 보이지 않았다.

에노시마 혼자 스마트폰을 보며 계속 앉아 있을 뿐.

"화장실에 간 걸까요?"

"……아니. 코엔지가 시킨 음료도 안 보이니까 그건 아닐 거야. 에노시마와 할 얘기 짧게 다 마치고 벌써 가버렸는지도."

"그런…… 그럼 오늘은 이제 못 만난다는 건가요?"

"순간 그럴지도 모른다고 생각했는데, 아무래도 초조해할 필요는 없겠다."

우리는 당당하게 모습을 드러내 원래 온 길로 돌아가는

코엔지의 모습을 발견했다.

"코엔지 군!"

"어라? 왕 걸에 아야노코지 보이. 또 내 뒤를 쫓아온 건가? 나 참 인기인은 이래서 피곤하다니까. 후후후후후."

엄청난 착각인데, 여하튼 코엔지의 볼일은 다 끝났다고 봐도 되겠지.

"시간 괜찮으세요?"

허둥지둥 쫓아간 만큼 긴장해서 머뭇거릴 여유도 없기에 미짱이 부드럽게 말을 꺼냈다. 주문했던 컵이 손에 없는 건 일찌감치 다 마셨기 때문일까.

"상관없어. 개인 용건이 의외로 빨리 끝나서."

선배 에노시마와 몇 분 만났을 뿐. 무슨 이야기를 나누었는지 짐작조차 가지 않는다.

"제가 학교에 나오지 않는 동안 제 방 앞에 편의점에서 산 음식을 두고 간 사람이 코엔지 군 맞나요⋯⋯?"

줄곧 찾았던 조력자. 그 존재에게 이유를 확인해 본다. 과연 코엔지는 순순히 인정할까, 놀라고 당황할까. 아니면 부인할까──.

"내가 갖다 놓고 갔지. 그런데 그게 왜?"

주저하거나 거짓말하지도 않고 바로 인정한 코엔지.

언제나 예상에서 벗어나는 그다운 태도다.

"아, 앗, 그게, 왜⋯⋯ 그러신 거예요?"

"왜냐니? 힘든 일을 겪는 사람이 있으면 돕는 거지, 넌 그런 사람 아니야?"

"……네?"

너무 당연한 대답에 미짱은 말문이 막힌 듯했다.

"내 대답을 이해했다면 이만 돌아가도 괜찮을까?"

미짱은 그 말에 아무런 대답도 할 수 없어 보였다.

"잠깐만. 상관없는 내가 끼어드는 것도 좀 그렇지만, 마음에 걸리는 점이 있어서. 물론 힘든 일을 겪고 있는 사람을 돕는 건 인간으로서 자연스러운 행동이지. 그렇지만 이렇게 말해서 미안한데, 코엔지 너의 평소 모습을 보면 아무나 도와주진 않을 것 같은데. 그런데 미짱을 도왔어. 순간적인 기분에 그랬다고 하기엔 횟수도 많고, 다른 특별한 이유가 있는 줄 알았는데."

탐색하듯 그러면서 모호한 표현을 써가며 지적해 보았다.

"너다운 단어 선택이로군, 아야노코지 보이. 내가 순간적으로 그냥 그러고 싶었다고 정리하지 못하게 먼저 워드를 초이스한 모양인데. 뭐, 물론 내가 왕 걸을 도운 건 순간적인 기분 때문이 아니야. 난 위선을 싫어하거든. 하지만 도리를 가볍게 여기는 것도 아니야. 순수한 도움을 받았다고 느끼면 그에 보답하는 건 당연하다고 생각해. 그것뿐이야."

왠지 멋있는 말을 하는 것 같긴 한데, 당연히 미짱은 뭐가 뭔지 모르는 눈치였다. 아직 얼어 있었다.

다만 한 가지 확실한 사실은 혹시나 했던 연애 감정 따위와는 역시 거리가 멀어 보인다는 것.

"이제 됐을까?"

코엔지가 그렇게 말하자 멈춰 있던 미짱의 시간이 다시 흐르기 시작했다.

"……저, 코엔지 군에게 뭔가를 한…… 도와드린 기억이 없는데요. 방금 하신 이야기대로라면, 제가 예전에 코엔지 군을 도왔다……고 받아들여지거든요."

미안하다는 듯, 하지만 확실하게 이해한 후에 묻자 코엔지가 천천히 머리카락을 쓸어 넘겼다.

"홋홋후."

그리고 유쾌하다는 듯 웃었다.

"이러니까 그게 위선이 아니라 선의라는 거야. 다만 떠올릴 필요조차 없는 아주 사사로운 일이었어."

그러니까 해석하면 이런 건가. 코엔지는 예전에 미짱에게 어떤 도움을 받았다. 그리고 그건 위선이 아니라 자연스러운 선의에서 비롯한 도움. 그래서 평상시에 미짱에게는 의외로 코엔지답지 않게 돕는 행동을 했다. 이번에 학교에 나오지 않았을 때도 그 선의를 보답하려고 도와주었다——라는 것.

"저는 전혀 기억에 없지만…… 이, 일단 이건 받아주세요."

그렇게 말하며 자신이 준비한 답례품, 타월 세트가 든 종이봉투를 내밀었다.

"됐어. 답례받을 일이라고 생각하지 않으니까."

"윽……. 선물이 마음에 안 드시면 거절하셔도 어쩔 수 없어요. 하지만 그럼 돈으로라도 보답할 순 없을까요? 저한테 주신 것들도 싸지 않은데."

"공교롭게도 지금 난 금전적으로도 어려움이 없어서. 필요 없어."

그 발언에는 위화감이 느껴졌다.

물론 평범한 학생의 귀에는 별로 걸리는 부분이 없을 것이다.

무인도 시험에서 돈을 쓸어모은 코엔지는 거금을 가지고 있다고 보는 게 일반적인 생각이다.

하지만 코엔지는 낭비벽이 심한 이미지가 강하다.

예전에 본인도 그날 번 돈은 그날 써버리는 주의라고 말했었고 말이지.

물론 지금은 절약하고 있다고 하면 그것으로 끝이지만, 얼마 전에도 대형 텔레비전을 사 가던 모습을 본 것까지 생각하면 돈이 계속 나가고 있을 가능성이 있다.

단순히 미짱에게서 포인트를 받지 않기 위한 거짓말, 방편인 걸까.

"하, 하지만 그러면 곤란해요! 그러니까…… 죄송한 마음이, 가시지 않는다고요……. 그럼 적어도, 제가 코엔지 군에게 무슨 도움을 드렸는지 알려주시지 않겠어요?"

"나 참. 너 정말 성가신 성격이네. 내가 말했잖아? 기억을 떠올릴 필요조차 없는 세세한 일이었다고. 그 이상도 그 이하도 아닌, 말할 것도 없는 일이었어."

미짱은 더 이상 코엔지에게 말을 붙일 방법이 없다고 생각하는 듯했다.

풀 죽은 모습으로 다시 한번 코엔지에게 머리를 숙였다.

"이제 그만 가도 되지?"

"네, 네에."

"미안한데 내가 개인적으로 물어보고 싶은 게 생겼어."

"남자한테 인기 끌고 싶진 않은데, 너도 참 캐묻는 걸 좋아하는군."

"중요한 일이야. 그럼 은혜를 갚아야겠다고 느끼면 앞으로 반에 협력할 가능성이 있다는 얘긴가?"

"넌센스네, 아야노코지 보이. 반이 이기기 위해 내가 필요하고, 그러기 위해서 나한테 선의의 행동을 한다? 그건 위선이 되어 버리고 마는데, 알잖아?"

보답을 바라고 한 행동을 순수한 선의로 받아들일 수는 없다. 당연하긴 당연한가.

"이 학교의 룰 속에서 생활하는 한 선의는 생길 수 없어. 아닐까?"

"그럴지도 모르지."

"이미 알고 있겠지. 무슨 수단을 쓰든 나를 아군으로 만들 수는 없다는걸."

"하긴. 지금까지 계속 머리를 굴려봤지만 완전한 협력을 구할 방법을 찾지 못했어."

"그렇겠지. 난 졸업 때까지, 아니 졸업 후에도 변하지 않아. 주위에서 아무리 얕은꾀를 짜내도 내 마음엔 닿지 않고 울리지 않아. 거기엔 당연히 너도 포함되어 있다."

"그럼 이번 특별시험은 어떻게 할 거야? 호리키타가 너를 프로텍트하지 않는 방침으로 나간다면? 약속을 깰 가능성이 전혀 없다고 단언할 순 없어. 뒤늦게 소리쳐도 퇴학을 면치 못할 수도 있고."

협박해서 억지로 협력하게 만드는 쪽으로 방향을 트는 것도 가능하니까 말이지.

"나를 지키는 건 언제나 나 자신. 그 이상도 그 이하도 아니야."

요컨대 프로텍트의 대상이 되지 않아도 극복할 자신 있다는 뜻.

"그렇다면 얘기가 빠르겠네. 호리키타한테 너는 지킬 필요 없다고 전해둘게."

반에서 지킬 필요가 없는 학생이 한 명 생긴 것만으로도 좀 더 우위에 설 수 있다.

물론 호리키타는 신뢰를 배반하는 짓을 하지 않겠지만.

"좋을 대로 해라. 어찌 됐든 나한테 대가를 바라고 생색내봐야 안 갚을 거니까."

아무리 애써도, 쓸모없는 장식품이 된 코엔지.

그럼 차라리 내가 분위기를 잘 몰아서 코엔지를 배제해 버릴 수도 있을까.

코엔지는 능력이 출중하지만, 그의 존재는 양날의 칼.

특별시험의 내용에 따라서는 앞으로도 호리키타의 발목을 잡을 위험이 있다.

단호히 말하건대, 만약 내가 반의 리더라면 코엔지의 존재는 필요치 않다.

무인도에서의 약속은 호리키타와 한 것이지, 제삼자와는 아무 상관도 없다.

작은 선물 삼아, 지금 제거해 버리는 것도 한 가지 방법인데──.

"그런데, 말이지."

조금 전까지 표표하게 굴던 코엔지가 갑자기 눈빛만 날카롭게 변했다.

"나를 배제하려고『누군가』가 획책을 꾸민다면 그땐 각오해야 할 거야."

내 생각을 읽었다, 아니 야성의 직감인가.

"각오? 어떻게 하려고?"

"그건 뚜껑을 열어보면 알겠지."

그 특정한 누군가를 공격할 것이다, 그렇게 단순한 이야기는 아니겠지.

반의 위치를 흔들 만한 행동에 나선다고 생각하는 게 좋다.

"그 뚜껑을 네가 열어볼래? 뭐, 스스로에 대한 과대평가를 바로잡게 되겠지만."

"유감이지만 그럴 생각은 없어서. 반의 리더는 호리키타
니까."

"그래? 난 이제 데이츠가 있어서 슬슬 가보도록 하지."

일부러 데이트를 데이츠라고 이상하게 발음한 의도는
모르겠지만, 더는 코엔지와 말을 섞을 일은 없겠지.

오랜 시간 같은 반에서 코엔지를 봐왔는데 정말로 독특
하다.

시련이긴 하지만, 이 남자를 품고 승리해야 한다는 것도
사실이다.

"저, 저기…… 아야노코지 군."

"미안. 코엔지한테 뜻밖의 얘기를 들은 김에 이것저것
물어보고 싶었어."

내버려 두고만 미짱에게 가볍게 사과했다.

"그건 괜찮은데요…… 저기……."

"응?"

"아, 아니, 아무것도 아니에요."

내가 코엔지에게 반쯤 협박조로 말하긴 했으니. 그런 부
분이 미짱의 마음에 좀 걸렸는지도 모르겠다.

○조언

음식을 두고 간 사람의 정체도 알게 된 휴일이 지나고 주말이 끝났다.

월요일, 화요일이 되어도 호리키타는 의견을 구하러 오지 않았다.

그리고 벌써 특별시험이 모레 앞으로 다가온 수요일 방과 후.

한 남자가 뜻밖의 말을 꺼냈다.

"대박…… 나, 굉장한 전략이 떠오른 것 같아…… 이기는 전략……!"

의자를 끼익 끌면서 손으로 책상을 힘껏 짚은 이케가 자리에서 일어났다.

아직 모두가 교실에 남아 있었기 때문에 당연히 크게 주목을 모았다.

다만 기대 어린 눈빛은 하나도 없고 죄다 회의적인 시선들뿐이었다.

"에, 에엥? 칸지가? 설마."

여자친구인 시노하라가 가장 많이 놀랐고, 못 믿겠다는 반응도 제일 크게 보였다.

"아, 진짜라니까. 아아, 그런데 조금만 기다려 주라, 한 번만 더 계산해 볼 테니까……."

그렇게 말하고 손가락을 접기 시작하는 이케.

손가락만 가지고는 힘든지 서둘러 스마트폰을 꺼냈다.

그리고 끙끙거리면서 계산했다.

무정한 사실은 그러는 동안 학생들이 하나둘 돌아갔다는 것이다.

갑자기 떠오른 아이디어 따위, 못 믿겠다는 생각이겠지.

아이들이 가는 줄도 모르고 재확인을 마친 이케가 고개를 끄덕였다.

"틀림없어! 이거 이겨버리겠는데?! 말해도 돼?!"

"이케. 일단 진지하게 듣긴 하겠지만, 여기서 전략을 얘기하는 건 피했으면 좋겠어. 무슨 말인지 알지?"

"아, 아아, 그런가. 나의 완벽한 작전이 새어나가면 큰일이니까……!"

"호리키타, 늘 가는 곳으로 자리를 옮기는 게 어때?"

그렇게 제안한 사람은 요스케였는데, 그동안 호리키타와 계속해서 남몰래 논의하고 있었던 모양이다.

그런 일면을 이 대화를 통해 파악할 수 있었던 것만으로도 수확이 크다.

당연하다면 당연하지만, 특별시험 준비를 잘하고 있군.

"그래. 관심 있는 사람은 같이 가자. 단, 사람이 너무 많으면 일이 성가셔지니까 여기서 손을 들어줄래?"

시노하라는 일단 손을 들었고, 이어서 혼도와 미야모토도 손을 들었는데 그게 전부였다.

그만큼 이케의 아이디어를 아무도 기대하지 않는 듯하다.

개인적으로 어떤 전략인지 흥미가 생긴 나는 일단 손을 들기로 했다.

"너도? 무슨 바람이 분 거니? 분명한 이유가 있어?"

먼저 손을 든 세 사람은 친한 친구이기도 해서 별로 신경 쓰이지 않은 모양이지만 나에게는 이유를 물었다.

"궁금해하면 안 되나? 이케가 자신만만하게 이기는 전략이라고 했으니까. 들어보고 싶잖아."

"……그렇구나. 그런 거라면 상관없어. 오늘은 특별히 모일 예정도 없었으니까."

그런 대화에 귀를 기울이면서 여섯 명이 움직이기 시작했다. 학교 건물에서 빠져나와 바로 케야키 몰로 향했고 도착한 곳은 노래방이었다. 역시 내밀하게 이야기 나누기에 좋은 곳이다.

과자와 드링크 바도 있으면서 값이 저렴하다. 이용하지 않을 이유가 없다.

"사츠키는 늘 마시는 걸로?"

"응. 칸지도?"

이케와 시노하라는 아주 대놓고 찰싹 달라붙어서 메뉴표를 들여다보며 둘만 알아듣는 이야기를 했다.

"호리키타."

"왜?"

"노래방에서 노래하든 안 하든 자유면서 음료수는 꼭 주문하는 거, 진지하게 생각해서 좀 혼란스럽다. 여기는 어쨌든 노래 부르러 오는 시설 아닌가?"

"뭐? 듣고 보니 그렇긴 한데…… 이상한 걸 궁금해하는 면이 있구나, 너."

"아야노코지, 이 바보야. 1인 1잔으로 정해져 있으니까 그렇잖아."

내 말을 들은 이케가 잘난 척하며 알려주었다.

난 그저 화두를 던진 것뿐이지만, 그런 이케에게 넋을 잃은 듯한 시노하라의 눈에서 빛깔을 빼앗고 싶지는 않으므로 그냥 말하게 내버려 둔다.

나는 단말기를 손에 쥐고 지금 어떤 곡이 유행인지 순위를 살펴보았다.

"……그렇구만."

영 모르겠다.

아니, 아는 제목도 언뜻 보이긴 하지만, 모르는 곡이 훨씬 많다.

지금은 일본이 아닌 다른 아시아권의 곡이 많이 유행하는 모양인지 순위에 몇 곡이 올라 있었다. 곡 센스는 꽤 높은 수준 같군.

"이제 너만 주문하면 돼, 아야노코지."

순위를 보는 사이에 다른 사람은 음료를 다 고른 모양이었다.

"그럼 매실 콤부차로."

호리키타가 모든 주문을 마치고, 우선 음료수가 올 때까지 기다리기로 했다.

　하긴, 회의 도중에 들어오게 하는 건 최대한 피하고 싶을 테니.

　직원이 듣는 건 상관없지만, 혹시라도 밖으로 새는 사태는 피하는 게 좋다.

　몇 분 뒤, 주문한 음료가 들어왔다.

　"자, 바로 이야기를——."

　그럼 철저하게 청자가 되어볼까. 나는 방금 받은 매실 콤부차를 입으로 가져갔다.

　"앗, 뜨거…… 아, 미안. 계속해."

　모두가 내게 분위기 깨지 말라는 눈빛을 보내서 사과하고 고개를 숙였다.

　혀끝이 찌릿찌릿 마비될 것만 같이 차 온도가 뜨겁다. 조심해서 마셔야겠군.

　"흠. 이제 이케가 생각한 아이디어를 들려줄래?"

　대부분 상대도 하지 않는 이케의 이야기를, 리더로서 일단은 진지하게 귀 기울이려고 했다.

　그 표정에 장난기가 없어서 이케의 표정도 덩달아 조금 진지해졌다.

　"그럼 바로 본론으로 들어가서, 만약에 반이 확실하게 68점을 딸 수 있다면? 충분히 승산 있다고 생각해도 되는 거겠지?"

시노하라를 한 번 보고 윙크한 이케가 꽤 흥미로운 이야기를 꺼냈다.

　"68점? 68점이면 확실히 승산이 충분히 있다고 보는데, 점수가 구체적이네?"

　이번 특별시험은 과제 내용을 알 수 없는 불투명함 때문에 각 반이 몇 점을 가져갈지 예측하기 어렵다. 그런데도 이케는 68점을 딸 수 있다고 말했다. 그 부분에 호리키타가 강한 위화감을 품었다. 반응이 왔음을 안 이케는 주문한 탄산 주스를 절반 정도 들이켜 목을 적신 다음 자신이 생각한 아이디어를 들려주었다.

　"내 전략이면 확실하게 68점을 딸 수 있어. 그 방법은 바로! 시험을 시작하자마자 꾀병 부리는 거야. 우리 반은 총 38명. 그러니까 리더랑 방어할 다섯 명만 남기고 나머지 32명 전부 탈락시키는 거지."

　"뭐라고? 그게 무슨 소리야. 그랬다간 시작하자마자 32점이나 마이너스인데. 너, 규칙도 제대로 이해 못 한 거 아니야?"

　혼도가 곧바로 어이없어하면서 두 손으로 소파를 짚고 천장을 올려다보았다.

　하지만 호리키타는 진지하게 경청했다. 당연하다. 32명 탈락에 68점이라는 보장.

　더하면 100이 나오는 것은 우연일 리 없다.

　"괜찮다니까, 그렇게 해도. 탈락한 만큼 32점이 깎여도

68점은 반드시 받으니."

대체 무슨 소리야? 하고 혼도와 미야모토가 당혹스러워했다.

시노하라는 미리 전략을 들었는지 웃고 있었다.

"아니, 상대가 지명할 수 있는 학생은 다섯 명뿐이잖아? 그러니까 프로텍트로 매번 5명을 보호할 수 있지. 그런데 우리 쪽에는 지명할 수 있는 학생이 다섯 명밖에 안 남게 되잖아?"

"아——."

혼도보다 미야모토가 더 빨리 이해했는지 탄성을 내질렀다.

"그러니까 총 20번의 대결 모두 5점씩 얻을 수 있으니까 퍼펙트가 되잖아?"

이케치고 흥미로운 착안점으로, 그런 발상이 가능할 줄은 생각지도 못했다.

"심지어! 아무도 시험에 대비해서 공부할 필요조차 없다고! 나쁘지 않은 아이디어지?!"

"하, 하지만 말이야, 32명이나 꾀병 부리는 걸 학교에서 받아들이겠어? 아니 너무 부자연스러운데."

이케가 생각했다는 게 도저히 믿기 어려울 만큼 논리적인 전략이어서 당황한 혼도가 허점을 찌르려고 이의를 제기했다.

"아무리 봐도 꿍꿍이가 있는 것 같잖아, 안 그래?"

미야모토도 회의적인 의견이었다. 하긴 시험 당일에 반에서 32명이나 동시에 아프다니. 정상적인 사고를 갖추고 있다면 말도 안 되는 전략으로 보이기도 할 것이다.

"꾀병 부리는 방법이라. 규칙상으로는 상당히 수상해도, 아무리 부자연스러워도 학교 측은 분명 막지 못할 거야. 아무도 꾀병을 증명할 수 없으니까."

우연히 32명이나 동시에 아픈 건 일반적으로 말이 안 되는 일이다.

따라서 학교 측도 99%는 꾀병임을 알아차리겠지만, 그래도 절대라는 보장은 없다.

그렇다면 받아들일 수밖에 없겠지.

아픈 사람이 나와도 탈락자로 간주할 수밖에 없다고만 명기되어 있었다.

아픈 학생이 몇 명 이상 나와서는 안 된다는 제한은 딱히 없었다.

"네가 생각한 것 치고 아주 좋은 아이디어야. 과연 높은 점수를 남길 만한 전략 같아."

"그렇지? 그렇지? 이 방법 어떤데?!"

기대도 하지 않았던 호리키타의 높은 평가에, 난색을 드러냈던 혼도와 미야모토도 받아들이기 시작했다.

"반드시 68점을 따는 전략이라니…… 이야, 굉장한 것 아니야?"

"나도 칸지한테 듣고 깜짝 놀랐잖아. 좋은 아이디어지?"

확실하게 68점을 딸 수 있다는 부분에 강하게 주목하고 있는데, 그것 이외에도 메리트는 있다.

이 전략에는 실력, 운, 사전 준비 등이 일절 필요 없다는 사실이다. 시험 시작 전이라면 당일에 바로 실행 가능하고, 다른 반도 절대 방해 못 해서 68점 확보를 막을 길이 없다.

게다가 만에 하나 최하위로 떨어져 패배해 버린다고 해도 32명 중에서 자유롭게 퇴학자를 고를 수 있으므로 능력이 부족한 학생을 배제하기 쉽다는 점도 내포하고 있다. 실현하긴 조금 힘들겠지만, 미리 어떤 방법을 써서 퇴학자를 정하고 승낙을 얻어두면 사후 처리도 원활하다.

프로텍트 포인트를 가진 사람을 탈락자로 고를 경우 퇴학 위험도 0으로 만들 수 있다.

언뜻 보기에는 나쁘지 않은 이케의 아이디어지만, 이 안건이 채택될 일은 절대 없을 것이다.

"만약 이번 특별시험에서 『어떤 규칙』이 없었더라면 채택 안건 후보로 남겼을지도 모르겠네."

이케의 흥미로운 아이디어도 그 규칙 때문에 실현하기 어렵다고 호리키타가 대답했다.

어떤 점이 큰 족쇄로 작용할지, 이야기를 들은 단계에서 호리키타의 눈에도 보였던 모양이다.

"어, 어째서. 아니, 꼭 채택해달라는 말은 아니지만⋯⋯."

자기 아이디어가 제일 낫지 않을까.

그런 자신감에서 나온 것인 만큼 이케는 물고 늘어지듯
이유를 물었다.

"만약 류엔의 반이 시험을 시작하자마자 그 전략을 쓴다
고 가정해 보자."

호리키타는 가상의 적이 이케의 전략을 썼다고 예를 들
며 이야기를 시작했다.

"그 반은 퇴학자가 1명 나왔지만 카츠라기가 들어가서 현
재 40명이지. 리더랑 다섯 명을 빼면 탈락자는 34명. 즉,
확실하게 66점을 딸 수 있어. 당연히 나쁘지 않은 점수지
만, 이는 바꿔 말하면 그 이상은 절대 받을 수 없다는 뜻.
나머지 세 반이 67점 이상 획득하면『절대 이길 수 없는』
전략이 되어 버리고 마는 거야."

이미 뺄 인재를 다 빼버린 시점에서 자기 쪽의 득점을
늘릴 방법이 없다.

공격 측으로서, 상대가 실수를 연발해 주길 비는 수밖에
없어진다.

"그, 그건 그렇지만. 세 반이 67점 이상 딴다는 보장이
없잖아? 최하위로 떨어질 위험은 있을지 몰라도 1위를 차
지할 확률이 더 높지 않나?"

"아니. 그 전략을 쓴 류엔의 반은 십중팔구 최하위가 될
거야."

"……왜? 시험 당일까지 난이도가 어떤지 모르잖아? 그
럼——."

최하위가 거의 확정이라는 의미를 이해하지 못하는 이케.

"잘 들어. 꾀병 부려서 탈락자를 대거 만드는 전략을 쓰려면 당연히 첫 번째 턴부터 행동하겠지. 두 번째 이후로 미뤄서 얻을 이익이 별로 없으니까."

뒤로 끌면 끌수록 확보 가능한 상한 득점이 적을 위험이 크니까.

"게다가 이 전략은 너무 눈에 띄어. 세 반이 바로 알게 되지. 그 전략을 알게 된 우리 반의 상황을 한 번 상상해 봐. 망했다, 기막힌 방법을 생각해 냈구나. 그렇게 나올까, 과연?"

"그, 그렇지…… 않을까?"

"아니. 그 반대야. 오히려 그 전략을 들고나오면 나머지 세 반은 바로 수월해져."

그렇게 말한 호리키타가 옆에 둔 스마트폰을 들어서 보여주었다.

"스마트폰……? 아, 시험 도중에 쓸 수 있다고 했었나."

"그래. 그러니까 표적이 나타난 순간, 이걸로 세 반이 힘을 합치면 돼. 류엔의 반이 66점까지밖에 못 얻는다면 세 반이 연대해서 그 이상을 목표로 하는 거지. 져줄 반이 나타났다고 판단한다면 이치노세와 사카야나기도 긍정적으로 검토할걸."

"잠깐. 잘 모르겠는데, 나머지 반이 연대하면 진다는 말이야?"

"져. 누구를 지명하고 누구를 프로텍트할지. 이것만 의논해도 류엔의 반이 노리는 두 반도 50점은 확실히 딸 수 있어. 그러니까 나머지 17점만 모으면 돼. 이번 시험의 규칙상 딴 점수를 써서 난이도를 올릴 수 있지만, 반대로 점수가 0 아래면 평균 난이도로만 상대방을 공격할 수 있어. 즉, 17점 이상 따기가 그리 어렵지 않지."

정답률로 말하자면 34% 이상이면 된다. 아무리 과제 내용이 불투명해도 크게 하향 조정되지 않는 한에는 안전권. 게다가 여기에 프로텍트 요소도 더해지므로, 실제로 요구되는 정답률은 조금 더 낮아도 괜찮으리라.

확실하게 딸 수 있는 66점.

그것은 장점과 함께 큰 단점도 내포하고 있다.

이후 상황 변화에 압도적으로 약한 전략이라는 점.

시작하자마자 탈락자 34명이라는 마이너스를 떠안은 류엔 반이 플러스로 올라가는 것은 일곱 번째 턴의 방어 종료 후부터. 상대를 공격하기 위해 고난도를 고르면 당연히 자신들이 최종적으로 얻을 수 있는 점수는 65점, 64점으로 점점 깎인다.

"66점에 걸고 승리를 노리는 것과 10번의 턴 안에 자력으로 17점 이상 따면 승리인 것 중에 어느 쪽이 더 우위인지는 이미 알겠지?"

설명이 끝나자, 처음에는 기고만장하던 이케가 마치 구렁텅이에 빠진 것처럼 어깨를 힘없이 떨구었다.

"젠장! 이거면 이긴다고 생각했는데! 나 때문에 모였는데 미안하다!"

생각보다 너무 심하게 낙담하는 이케를 보고 호리키타가 살짝 당황했다.

"사과할 일은 아니야. 이케의 전략은 정말 제대로 고민한 거였어. 이야기를 듣기도 전에 틀림없이 도움이 안 될거라고 단정 지었던 거 사과하고 싶어."

"엇, 아, 어어…… 왠지 기쁜 것 같기도 하고, 조금 복잡한……."

"네 전략은 승산이 있어. 대책을 세워야 하게 된 세 반이 만약 서로 협력하지 않는다면 그만큼 승률이 올라갈 거고, 자기들끼리 작당한다고 해도 이길 가능성은 일단 남아 있어. 전체적으로 능력이 낮은 반이라면 그 전략에 한 가닥 희망을 걸어보는 것도 나쁘지 않아. 하지만 난 지금 우리 반은 그 방법에 의지하지 않아도 이길 능력이 있다고 생각해."

그래서 이케가 생각한 훌륭한 전략을 채택하지 않는 것이라고 호리키타가 말했다.

"그리고 넌 또 한 가지 좋은 것을 나에게 알려주었어."

"좋은 것……?"

"이번 특별시험은 반끼리 손잡으면 일이 아주 성가셔진다는 거. 그 사실이 다시금 부각되었어."

공방전이 전후반에 반대가 된다는 것은 다시 말해 양쪽 반이 서로 공격, 방어한다는 뜻. 서로를 치고받는 것이다.

그러니까 그 두 반끼리 협력 관계를 맺으면 50점을 확보할 수 있다.

세 반이 협력하면 만점인 100점을 받는 것도 불가능하지 않다.

물론 이 방법을 다른 반이 쉽게 받아들일지는 모를 일이지만.

서로 손잡는다는 건 동률로 골인한다는 뜻.

일부러 서든 데스*로 몰고 가 결승전을 치르는 것도 한 가지 방법이지만, 조정하기란 어렵겠지.

현재까지 네 반의 반 포인트 차이를 생각하면 류엔과 이치노세가 있는 하위 두 반은 1점이라도 더 많은 반 포인트를 원할 것이다. 물론 호리키타의 반 역시 조금이라도 더 위로 가고 싶어한다. A반만 적으로 삼기란 그리 어렵지 않지만, 윗반을 붙잡는 것만으로는 이상적인 전개라고 말하기가 도저히 어렵다.

이번 시험은 어디까지나 절대적 승자가 반드시 한 반밖에 나오지 않으니까 말이지.

"용기를 잘 내서 말해주었네."

"그, 그런 거면, 뭐랄까, 응, 다행이다. 헤헤."

호리키타가 칭찬해서 기뻤는지, 아니면 수줍어서 그러는지 이케가 뒤통수를 긁적거렸다.

"시노하라도 혼도도 미야모토도. 생각 나는 게 있으면

*동점으로 끝나 연장전에서 들어갔을 때 먼저 득점하는 팀이 이기는 것.

뭐든 말해주면 좋겠어. 이 자리에 없는 아이들에게도 다시 한번 그렇게 전해주고. 처음부터 부정적인 시각으로 보지 않겠다고 약속할게."

호리키타가 말했듯 떠오른 아이디어는 최대한 말하는 게 좋다.

완벽한지 아닌지는 둘째 문제고, 이런 식으로 서로 의견을 나누는 것이 중요하다.

실제로 완벽하지는 않았던 이케의 아이디어였지만, 주위 사람들에게 장단점을 지적받으면서 아쉬움과 동시에 납득하고 깊게 이해할 수 있었다.

이것만으로도 논의 시간을 가진 것에 어느 정도 의미와 의의가 있었다고 본다.

잠시 후 이케와 아이들은 모두 웃는 얼굴로 담소를 나누면서 노래방에서 나갔다.

"호리키타는 이제 뭐 할 거야?"

"이만 돌아가야지. 어제까지 매일 여기서 히라타랑 의논했는데, 하루 정도는 쉬기로 해서 오늘 시간을 비워두었어."

그런 날에도 이런 자리를 마련하다니 그것만 해도 대단하다.

호리키타는 노래방 음료가 질렸는지 거의 손도 대지 않았다.

뭐, 빈말이라도 카페 수준의 품질이라고 말하긴 어려우니까.

값싸면서 빨리 나오고 많이 마실 수 있다는 장점은 아주 중요하지만.

"그나저나 네가 이케의 이야기를 들어보고 싶어 해서 놀랐어. 그 애의 전략은 흥미롭긴 했지만, 너라면 이미 한번 생각했던 것 아니니?"

긍정도 부정도 하지 않고 한 귀로 흘린 나는 호리키타에게 새로운 제안을 하기로 했다.

"괜찮으면 잠깐 장소를 바꿔서 얘기 더 할래?"

"딱히 다음 일정이 없긴 한데, 네가 먼저 얘기하자니 별일이 다 있네. 혹시 카루이자와랑 무슨 문제가 있어서 그러는 거라면 사양하고 싶은데."

농담을 섞어 그렇게 말한 호리키타가 계산서를 들고 자리에서 일어났다.

"만약 그런 일이라면 호리키타가 적임자가 아니라는 건 확실한데."

"그렇지?"

"이번 특별시험에 대해 일대일로 얘기하고 싶어서."

그렇게 대답하자 호리키타는 눈을 동그랗게 뜨면서 놀라움을 감추지 않았다.

"네가? 특별시험 일로?"

"그렇게 놀랄 일인가?"

"내가 먼저 이야기하자고 한 적은 많아도 네가 먼저 이렇게 나오는 건 드문 일 아니야?"

"그럴지도 모르지."

누가 먼저 몇 번, 그런 걸 구체적으로 의식한 기억은 없어서 확실하게 말하지는 못하겠지만, 비율을 따지면 틀림없이 호리키타 쪽이 많겠지.

"그리고 나도 언제나 너만 의지할 수는 없으니까. 그래서 이번에는 괜히 처음부터 너한테 기대려고 하지 않았던 거야."

"딱히 전략을 알려주겠다, 뭐 그런 이야기는 아니고. 그냥 네 생각을 들어보고 싶어서."

"그렇구나. 내가 잘 싸우기 위한 준비를 잘 마쳤는지 채점하고 싶다는?"

살짝 화난 것 같기도 하고 난감한 것 같기도 한, 어린애처럼 투명한 태도를 보였다.

"싫어?"

"설마. 그런 거라면 거절할 이유를 찾는 게 더 어렵지. 어디로 갈까?"

"카페 어때? 맛있는 커피가 마시고 싶어졌어."

매실 콤부차도 나쁘진 않았지만, 지금은 조금 쌉쌀한 맛을 원한다.

"남들 눈과 귀가 신경 쓰인다고 말한다면 자의식 과잉일까……."

"괜찮아. 네가 걱정하는 일은 일어나지 않아."

"그래, 네가 그렇게 말한다면 됐어. 바로 가볼까."

망설임 없이 믿어준 것 같아서, 호리키타와 함께 노래방에서 나왔다.

1

이동 도중에는 별다른 대화 없이 바로 목적지인 카페에 도착했다.

평일인 것도 있어서 비교적 한산했기 때문에 자리를 자유롭게 고를 수 있었다.

호리키타에게 뭐가 마시고 싶은지 물어본 다음 창가 자리를 가리키며 먼저 가 있으라고 했다.

카운터로 향한 나는 먼저 줄 서 있는 두 사람 뒤에 서서 얌전히 차례를 기다렸다.

자리를 잡은 호리키타는 어딘지 불안한 모습으로 나를 보고 있었다.

잠시 후 내게 무슨 이야기를 들을지 짐작이 가지 않아 당혹스럽겠지.

대결 방식, 방침과 생각, 무엇을 우선하고 무엇을 뒤로 미룰지. 그 상세한 내용을 알고 싶은 마음은 없다. 그런 건 리더인 호리키타에게 전부 맡기고 싶기 때문이다.

그럼 나는 무엇을 하려는 것인가. 무엇 때문에 호리키타와 둘만의 시간을 마련했는가.

호리키타에게 새로운 힘을 주고 싶어서다.

특별시험이 조금씩 가까워지고 있는 만큼, 반드시 맡겨야 한다고 결정한 것.

마음이 성장해 성숙기로 접어들고 있는 지금이야말로 가능한 일이다.

자신을 알고 반을 알고, 그리고 친구를 알았다.

그렇기에 이제 다음 스텝을 밟을 수 있게 되었다.

내 차례가 와서 브랜드 커피를 두 잔 주문하고 음료 받는 곳 근처에서 음료가 나오기를 기다렸다. 2분 정도 지나 나온 커피잔 두 개를 들고 호리키타가 기다리는 자리로 향했다.

"고마워. 돈은——."

"됐어. 네가 노래방비를 냈으니까. 지난번에 점심도 사줬고."

"그래, 그럼 고맙게 잘 마실게."

그리고 우리는 우선 뜨겁지만 깊이 있는 커피의 맛을 천천히 음미했다.

후후 숨을 불어넣는 호리키타의 옆얼굴에서 피로가 언뜻 내비쳤다.

평일이고 휴일이고, 자는 시간 이외에는 열심히 머리를 쓰고 있을 테니까.

"……내 얼굴에 뭐 묻었니?"

대놓고 옆얼굴을 관찰하는 것이 마음에 들지 않았는지 노려보았다.

"아니, 갑자기 든 생각인데, 머리카락이 꽤 많이 긴 것 같아서."

얼버무리려고 둘러댄 말이라도 당사자가 원래 신경 쓰던 부분이라면 꽤 효과가 있다.

손가락으로 머리카락 끝을 만지는 호리키타의 동공이 흔들렸다.

"맞아, 자르고 나서 1년 가까이 흘렀으니까. 그렇게 생각하니까 시간 참 빨리 흘러간다."

"그때 아주 펑펑 울었었는데."

"지금 갑자기 불행한 사고가 일어나 네 몸을 붙잡고 셔츠 안에 뜨거운 커피를 쏟아부으면 어떻게 될까?"

"틀림없이 화상 입을 거고, 틀림없이 사고가 아니라 고의겠지."

"하지만 지금 있는 힘껏 커피를 뿌리면 피할 거 아냐?"

예전에 노래방에서 류엔에게 난데없이 오렌지주스를 맞을 뻔했을 때 호리키타도 바로 옆에서 봤었으니까. 확실하게 맞게 하고 싶으면 붙잡는 게 정답이긴 한데…….

혹시라도 맞았을 때 입을 타격은 오렌지주스 따위와 비교도 되지 않겠지.

"왜 자리를 바꾸려고 하니? 내가 정말 그런 짓을 할 리 없잖아? 가게에 민폐 끼치는 행동은 안 해."

"같은 반 친구한테 큰 화상을 입힐 걱정을 우선해 주라."

"진짜…… 넌 정말 특이한 애라니까."

"이 대화의 어디에 나의 특이한 부분이 있었지? 특이한 건 너야."

특이한 호리키타한테 오히려 휘둘리기만 했는데.

"난 평범해. 다만 조금…… 성실함이 다른 쪽으로 향할 때가 있을 뿐이야."

해석하기에 따라서는 충분히 특이한 사람이라고 할 수 있지만, 물론 입이 찢어져도 그렇게 말 못 한다.

"그래서? 이런 잡담이 네 목적은 아닐 거 아냐? 특별시험에 관해서 이야기하자며……."

하긴 이제 슬슬 본론으로 들어가는 게 좋겠군.

"아직은 주위를 경계하지 않아도 되겠지만, 괜히 전략의 내용을 말할 필요는 없으니까. 내가 알고 싶은 건 좀 다른 부분이야. 이번 특별시험, 네가 어떤 마음가짐으로 임할 건지 확인하고 싶어서."

"……음. 미안한데 네 의도를 파악하기가 좀 어렵네. 마음가짐이라니?"

"시험에서 이기는 것. 그러기 위해 지혜를 짜내는 것. 그리고 고민해서 결단을 내리는 것. 그런 건 네가 이제 다른 사람과도 할 수 있게 되었다는 말이야. 요스케와 매일, 그리고 때로는 이케 무리랑 의논하듯이. 지금 내가 하고 싶은 건, 아직은 우리 둘만 나눌 수 있는 이야기야. 이번 특별시험은 퇴학자라는 문제가 따르지. 돌이켜 보면 바로 알 수 있겠지만, 만장일치 특별시험 때랑 지금, 너한테 어떤 변화가 생겼는지 나한테 말해줬으면 좋겠다."

구체적인 과거를 언급함으로써 호리키타도 마음가짐이라는 게 무슨 뜻인지 이해했다.

"내가 너한테만 할 수 있는 얘기인 건 확실하네……."

속마음을 보여주는 것.

동료를 의지하는 것도 중요하지만, 리더가 약점을 드러내는 건 그리 쉬운 일이 아니다.

"만약 내 마음가짐이 잘못되었다고 생각한다면 네가 수정해 줄 거라고 받아들여도 될까?"

"적절한 조언을 해줄 수 있을지와는 별개로 내 개인적인 견해는 밝힐 생각이야."

그렇다면, 하고 호리키타는 자세를 고치고 내 눈을 응시했다.

이제 이야기를 시작하려나 생각했는데, 호리키타는 눈을 가늘게 뜨고 입가로 손을 가져갔다.

"영 수상한데."

소리 내서 말할 생각은 없었는지 몹시 당황했다.

"미안해. 너무 노골적으로 말해버렸네."

"그렇게 수상한가?"

"하지만 네가 친절하게 구니까 어쩐지 꺼림칙하잖아."

"이해가 안 되는 건 아니지만, 꺼림칙하다니 말이 좀 지나친데."

"그것도 그러네. 응, 제대로 대답할게."

그렇게 말하고 자세를 바로 했다.

"솔직하게 물어볼게. 이번 특별시험에서 최하위가 되면 어떻게 할지 정했어?"

퇴학자를 만들고 싶지 않다.

하지만 퇴학자를 선택해야만 한다.

내용은 완전히 달라도, 만장일치 특별시험 때와 똑같은 결단을 내려야 할 수도 있다.

"알고는 있지만 바로 대답하기 어려운 문제네."

"그렇겠지."

"그날 이후로 난 계속 자문자답해 왔어. 올바른 결단이었다고 믿으면서도 이따금 미안함과 죄책감이 엄습해 오곤 해. 한심한 얘기지만."

눈을 살짝 아래로 깔면서 그렇게 중얼거렸다.

"앞으로 있을 일을 확실하게 정했다고는 말 못 해. 나뿐 아니라 반 애들 모두 매일 조금씩 성장하고 있어. 능력만으로 서열을 매기려고 해도 순위가 올라갔다 내려갔다 하니까."

그것은 부정할 수 없다. 이케가 꼴찌인 날이 있는가 하면 혼도가 꼴찌인 날도 있다. 꼴찌에 계속 머물러 있을 것 같냐면서 절차탁마하기 때문에, 지금은 미래의 퇴학자를 확정 짓기 불가능한 게 당연하다.

"하지만 이번 특별시험은 달라. 적어도 난 최하위로 떨어졌을 경우를 대비해 두 가지 선택지를 들고 임할 계획이야.

하나는 상처가 적은 선택, 다른 하나는 고심 끝의 선택. 단, 상처가 적은 선택지 쪽은 여러 가지로 장애물도 있어서 실현 가능하다는 보장은 없지만…….”

머릿속으로 꼼꼼히 생각하고 있는 모양이었다.

“꼴찌가 되면 퇴학자를 고르는 게 불가피해. 탈락자가 한 명도 나오지 않고 패배하는 꿈같은 이야기도 없어. 구제할 만큼 프라이빗 포인트도 없고. 그런데도 두 가지 선택지를?”

후자의 고심 끝의 선택이란 당연히 어쩔 수 없이 퇴학자를 고르는 걸 말하겠지. 탈락자 중에 싫어도 선택해야만 하는 리더로서의 책임.

“어쨌든 망설이지 않고 고를 수 있는 지침을 내 나름대로 세웠어.”

이 자리에서 센 척해봐야 아무 의미도 없다. 만약 그저 허세에 불과하다면 그냥 딱 거기까지인 사람이다.

순수하고 올곧은 눈빛으로 꿰뚫을 듯 쳐다보는 호리키타는 어떤 선택이 됐든 결단을 내리기로 각오했다는 걸 알 수 있었다.

“잘 알겠어. 꼴찌가 됐을 때 우왕좌왕해서 곤란할 일은 없겠군.”

“원래라면 지는 걸 생각하면 안 될지도 모르지. 하지만 퇴학자라는 리스크가 있는 이상 아무래도 미리 결심하고 싶은 문제였어. 한심한 이야기라고 네가 비웃을지 몰라도…….”

"비웃을 요소가 어디에 있는데?"

"그래…… 그렇지만…… 넌 졌을 때를 미리 생각하지 않을 것 같달까……."

"미리 생각하든 나중에 생각하든, 마지막 순간 승리하는 게 목표라면 틀리지 않았어. 반을 생각하는 마음이 있으니까 이렇게 졌을 때의 상황을 미리 생각한 거지, 단지 그것뿐인 얘기잖아."

"……응, 고마워……."

감사받을 일은 하지 않았지만, 일단은 조언해 주는 입장이니까. 그것을 알아서 호리키타가 솔직할 수 있었는지도 모른다.

"내 기우로 끝나서 다행이다. 만일의 사태가 일어났을 때 맡겨도 괜찮을 것 같군."

"만장일치 특별시험 때는 네 도움을 받았는걸. 아, 혹시 네가 알고 싶다던 내 마음가짐이란 건 이걸로 끝이니?"

아주 조금 마음이 가벼워진 호리키타가 가진 의문인데, 유감이지만 그건 아니다.

"아니, 이제부터가 본론이라고 생각해도 좋아."

"그렇구나…… 그럼 뭐니? 이기기 위한 전략도 아니라면, 이긴 이후에 대해 알고 싶어? 아니, 그럴 리는 없는데……."

"이번 시험에서 이긴다는 건 다시 말해서 다른 반을 떨어트리는 일이지. 그리고 떨어트리면 당연히 최하위 반이 생기고. 누군가 퇴학자가 나올 가능성이 아주 높지."

"그렇지."

"그런데 그 사람은 호리키타가 정하는 게 아니야. 당연하지만 내 말이 무슨 뜻인지 알지?"

"물론이야. 각 반의 리더가 검토해서 결정하잖아."

"너는 우리 반에서 퇴학자가 나오면 어떻게 대처해야 하는지 지난 실패를 통해 배웠어. 그런데 만약 그때 내가 돕지 않았다면 지금쯤 우리 반이 어떻게 됐을지는 모를 일이야."

"분하지만 네 말대로야. 그때 반이 무너졌어도 이상하지 않지."

"실패하면서 성장하는 것은 중요하지만, 매번 실패한다는 법은 없으니까. 누가 도움을 주는 것도 아니고. 기본적으로는 처음 선택으로 정답을 계속 골라 나가고 차근차근 돌파해 나갔을 때 비로소 실력자임을 증명하게 되기도 해."

조금 식은 컵을 손에 든 호리키타가 조용히 커피를 홀짝였다.

"네 말이 맞는다고 생각해."

"구체적으로 말할게. 앞으로도 특정 반이랑 대결할 기회가 반드시 있을 거야. 그때 너한테는 세 가지 미래가 있어. 하나는 반이 승리하는 거고, 또 하나는 반이 패배하는 거고, 나머지 하나는 그 어느 쪽도 아닌 무승부. 넌 어떤 미래를 원해?"

"질문이 이상하네. 반이 이기는 것 말고 다른 선택지는 없어."

"그러면 거기에 조건 하나를 더 붙일게. 반이 승리하는 대신 패배한 상대 반에서 퇴학자가 발생해. 그럼 넌 뭘 선택할 거야?"

"미안한 마음은 들겠지만, 반의 승리를 우선할 거야. 그게 옳은 행동이잖아?"

"변함없이 반의 승리를 고르겠다는 거지?"

내가 다시 묻자 호리키타는 입을 꾹 다물었다.

"이번 특별시험의 조건과 같아. 승리를 우선하겠다는 생각이 틀렸니?"

"아무도 틀렸다고 말하지 않았어. 그럼 마지막으로 하나만 더 조건을 붙여볼게. 그 특정 반이 류엔의 반이고, 퇴학자가 이부키 미오라면? 그럼 세 가지 미래 중에 뭘 고를 거야?"

당연한 대답을 계속하던 호리키타에게 가정해 본 적 없을 조건을 붙이자 그대로 굳어버렸다.

"……이부키……?"

"왜 그래? 넌 세 가지 중 어떤 선택지를 고를 거야? 승리, 패배, 무승부."

"잠깐만. 하지만 이부키는 류엔과 가까운 인물이잖아. 제일 먼저 퇴학당할 사람 같지 않은걸. 가정이 성립하니?"

"가정이 성립하냐고? 그거야말로 이상한 소리지. 가정은 어디까지나 가정이야."

"하지만——."

"이부키의 입장과 안전은 꼭 확립된 게 아니야. OAA 상의 능력을 봐도 배제할 후보로 충분해. 류엔의 성격까지 고려하면 현실적인 이야기지. 게다가 애당초 꼭 류엔이 퇴학자를 지명한다는 보장도 없어. 불가피한 사고도 있을 수 있고."

내가 강한 어조로 말하자, 여전히 욱한 모습의 호리키타가 입을 열었다.

"……반이 승리하기 위해서니까 특정 인물이 이부키라고 해도 승리를 고르는 건 당연해."

"바로 대답하지는 못했지. 고르고 싶지 않은 미래라는 것도 부정 못 했고."

"하고 싶은 말이 뭐니."

"내가 호리키타의 교우관계를 속속들이 다 아는 건 아니지만, 적어도 이부키가 다른 반 애 중에는 너와 가깝다고 느껴. 친하고 아니고를 떠나서."

"안 친하다는 걸 포함해도 상관없다면, 그래, 부정은 안 할게."

시선을 피하지 않고 그게 뭐 어쨌느냐는 식의 태도를 보였다.

부정하지 않는다고 말했지만 그건 잘못되었고, 부정하지 않는 게 아니라 부정할 수 없다, 가 올바른 표현이다.

당사자조차 깨닫지 못한, 본능적으로 나오는 방어 본능.

인정하고 싶지 않은, 인정해버리면 지장이 생긴다는 걸

알고 있다는 증거다. 시각적인 정보만이라면 속일 수 있을지 몰라도, 청각까지 동시에 속이려면 고등 기술이 필요하다. 태도를 신경 쓰려고 할수록 말을 의식하기 어렵다.

"하지만 이번 특별시험은 규칙상 다른 반이 개입해 퇴학시킬 수 없잖아. 다시 말해서 처음으로, 예상하지 못한 학생이 퇴학할지도 몰라."

"이부키도 예외가 아니란 소리구나."

"만약 류엔이 이부키를 퇴학 후보에 넣었고, 탈락하면 높은 확률로 제외할 방침인 게 만천하에 드러났다고 가정하면 반의 승리를 위해 이부키를 탈락시키는 쪽으로 지휘할 수 있어?"

이 정도까지 속으로 동요하면서도 호리키타는 승리를 선택하겠다고 대답했다.

허세 부려서라도 무너지지 않았던 자세가 처음으로 완전히 무너졌다.

간접적이라도, 자기 손으로 이부키를 퇴학시킨다.

일 년 전이었다면 호리키타는 아무 망설임 없이 실행에 옮겼겠지.

하지만 환경이 바뀌었다.

이부키를 알게 되었다. 어떤 성격이고 어떤 사람인지 깊이 알게 되었다.

적이지만 틀림없는 친구였다.

"왜…… 그런 걸 묻는 거니?"

답을 내놓지 않고 회피하듯 억지로 다시 공을 던졌다.

"이번 특별시험은 떨어트리고 싶은 학생을 배제할 절호의 기회이기도 하지만, 떨어트리기 쉬운 곳을 떨어트리는 것 또한 전략의 기본이야. 전략상 이부키를 공략하면 우위에 설 수 있다는 걸 알게 됐을 때 네가 리더로서 망설임 없이 진두지휘를 맡을 수 있을지. 그 확인이 대전제야. 그리고 지금이라도 그런 의식을 가져주길 바라서야."

이 이야기를 당일에 하면 제한된 시간과 대결이라는 긴장감 때문에 냉정하게 처리하기 힘들 것이다. 그래서 꼭 지금 말해야 했다.

"이부키를…… 그와 같은 위치에 있는 사람도 떨어트릴 각오를 하라는 말이구나."

"아니야. 의식하는 게 중요하다는 말이야. 자기 반만 눈이 가고 다른 반의 상황을 제대로 파악 못 하고 있어. 다른 반의 누구를 떨어트리고 싶다, 누구는 떨어트리지 않았으면 좋겠다 같은 가벼운 망상만 했겠지. 명확한 감각을 가지고 이 특별시험을 준비했어?"

"……아니…… 그렇지는 않아. 난 졌을 때 어떻게 하면 타격을 덜 입을지, 만일의 사태가 일어나면 우리 반에서 누구를 퇴학시켜야 할지. 그리고 반이 승리하려면 어떻게 처신해야 할지, 그것만 생각했어."

더 이상의 부정은 무의미함을 깨닫고 단념한 듯 호리키타가 인정했다.

쓰러트릴 상대를 명확하게 생각하진 않았다.

물론 쓰러트리고 싶은 상대가 있다고 해도 쉽지 않다. 탈락자가 여러 명 나올 가능성이 높으니, 어차피 유능한 학생은 리더가 남길 것이다. 그래서 생각하지 않았다.

거기서 생각을 멈춰버리면 상황 변화에 따라갈 수 없다.

"그런 문제는 내가 어떻게 하는 게 좋을까……?"

"말했잖아. 그냥 의식하고 있으면 그걸로 충분해. 사람은 각자 자기에게 맞는 싸움 방식이 있어. 류엔은 누가 됐든 인정사정 봐주지 않지. 최대한 강한 적을 쓰러트리기 위한 길을 항상 생각하고 있잖아? 그리고 사카야나기는 강하든 약하든 상관없이 싫어하는 인물을 노리는 경향이 있어. 토츠카가 좋은 예지. 이치노세 같은 경우는 반대로 상대를 쓰러트리려는 생각은 하지 않아. 이런 식으로 본인의 경향과 각자 맞는 방식이 있어."

"하지만 난…… 나한테 어떤 방식이 맞는지 아직 잘 모르겠어."

"그걸 찾아내기 위한 싸움이 임박했다는 말이야. 상대를 쓰러트리는 것과 자신을 지키는 것, 둘 다 의식하고 있으면 어떻게 싸워야 할지 보이게 돼. 그저 만연한 태도로 싸우지 마. 의식을 가져. 그렇게만 해도 보이는 세계가 완전히 달라질 거야."

눈을 감은 호리키타는 입술을 조금 움직여 자신에게 어떤 말을 들려주었다.

나는 호리키타가 다시 말할 때까지 그 모습을 조용히 지켜보았다.

"……솔직하게 말할게. 난 아직은 그런 의식을 갖추지 못한 것 같아."

"그래?"

"하지만 특별시험 전까지 계속 나를 타이를게. 그래도 안 되면 그 이후에도 계속. 어디까지 가능할지는…… 모르겠지만. 미안해. 답이 없네, 나……."

제대로 부응하지 못하는 자신이 한심하다며 자조했다.

"절대 그렇지 않아. 넌 이미 충분히 의식을 갖기 시작했어. 그렇게 내가 만들었으니까."

완전해지는 것이 지금일지, 내일일지, 좀 더 나중일지의 차이에 불과하다.

나는 호리키타 스즈네라는 인물에 대한 분석을 거의 다 마쳤다.

다른 평범한 사람에 비해 유능하고 사회에 나가도 통하고 인정받을 만큼의 능력이 있는 사람.

앞으로 계속될 기나긴 인생에, 행복한 삶을 영위할 자격을 갖춘 사람이다.

하지만 장차 대성해서 이름을 남길 만한 위업을 달성하고 후세에 길이 공적을 남기진 않겠지. 재능 있는 많은 사람을 능가하는 특출난 능력은 없다.

그래도 이곳은 아직 사회가 아니다. 미성숙한 아이들이

모인 학교라는 작은 세계. 이 모형 정원 같은 환경에서는 내 예상을 넘어 가능성을 보일 소질이 있다.

이건 호리키타 마나부가 내게 가르쳐 준 새로운 시야 덕분이다.

그가 가르쳐주지 않았더라면 그녀에게서 빛날 수 있는 소질을 알아보지 못했으리라.

"내가 말하고 싶은 건 그것뿐이야."

호리키타가 내 눈을 물끄러미 바라보았는데, 돌릴 것 같으면서도 돌리지 않고 계속 똑바로 응시했다.

"있지── 너, 대체 뭐야?"

"뭐냐니, 그게 무슨 의미야?"

"그대로의 의미야. 난 널 잘 모르겠어……."

"알려고 할 필요가 있을까?"

"적어도 지금은 리더를 맡은 이상 같은 반 학생에 대해 알아두는 건 나쁘지 않아. 자세히 파악해야 다음 특별시험 때도 우위에 서서 싸울 수 있잖아."

개인 과제와 관련해 장단점을 미리 알고 있으면 과연 그렇다고도 말할 수 있겠다.

"그럼 코엔지랑은 서로 잘 알고 있고?"

"서로는 불가능하지만 적어도 난 파악했다고 생각해. 내 말이 틀렸니?"

"……맞는 말이지."

화제 대상을 나에게서 바꾸려고 머릿속에 떠오른 코엔

지의 이름을 언급한 건데, 하긴 코엔지가 어떤 인물인지는
아주 심플하고 알기 쉽나.

"A반으로 올라가는 데 관심 없고, 기본적으로는 조용하
고 무뚝뚝하고. 그런데 어느새 카루이자와와 사귀고 있고,
반을 위해 뛸 각오로 도와주고, 네가 하는 행동에 일관성
이 없어. 아니니?"

"단순히 성장한 걸로 봐줄 순 없어? 존재감 없던 중학생
남자애가 고등학교에 올라와 조금씩 용기를 갖게 되었다.
마침내 A반으로 올라가는 것을 목표로 삼고 고군분투하기
시작한 결과가 지금―― 같은."

"그렇게는 못 보겠는데. 넌 어디에나 있을 법한 카테고
리 안에는 절대 들어가지 않아. 난 이미 확신하고 있어. 네
가 하는 행동에는 평범한 사람이 생각할 수 없는 이유가
반드시 있다고. 그도 그럴 게……."

그도 그럴 게, 까지 말한 호리키타가 말을 멈췄다.

"……어떻게 하면 이런 인격이 될 수 있어? 넌 어떤 아
이였니?"

"화제를 바꾸네. 어떤 아이였냐고 해 봐야 지금도 앤데,
보이는 그대로 아닌가?"

"그게 아니라 좀 더 어렸을 때 말이야. 초등학교는 어디
나왔어?"

"말해도 넌 모를 텐데."

"꼭 그렇다고 볼 수도 없지 않아? 의외로 같은 지방일지

도 모르고."

"전에도 비슷한 이야기를 했지. 두 번 말하고 싶진 않은데."

"……그랬나? 미안한데 기억이 안 나, 한 번만 다시 말해줄래?"

이래저래 회피해 봐도 집요하게 캐물었다.

"남한테 말할 게 못 돼서 그래. 혼자 간직하고 싶은 것도 있는 법이잖아."

더 깊이 캐묻는 것은 기분이 별로라고 강하게 어필하자, 호리키타도 어쩔 수 없이 알아차려 준 듯했다.

너무 많은 정보를 한꺼번에 받아들인 바람에 그녀도 머리가 많이 지친 상태였다.

"생각을 정리하기 위해서라도 한 템포 쉬어가는 게 좋아."

나를 보고 다음 행동을 취하지 않는 호리키타에게 그렇게 조언했다.

"그래, 그러네……."

이 자리를 파하기 위해서라도 일단은 음료를 다 마셔야겠군.

나도 거의 손도 대지 않은 커피잔을 들었고, 우리는 거의 동시에 마셨다.

혀에 닿는 온도가 제법 미지근해져 있었다.

"다 식었다."

"다 식었네."

"따라 하지 마."

"따라 하지 말아줘."

별것도 아닌데 서로의 생각이 일치한 게 괜히 웃겼다.

"으엣――?"

펄쩍 뛰었다는 표현은 좀 과장이지만, 호리키타가 갑자기 눈을 커다랗게 뜨면서 목소리를 흘렸다.

"왜 그래?"

"아니…… 그게…… 방금…… 아야노코지가 살짝 웃어서……."

"뭐? 그런데 그게 왜."

"하지만 너의 그런 얼굴, 지난 2년 동안 한 번도 못 봤던 것 같아서……."

"실례잖아. 태어나서 처음 웃은 아기도 아니고."

전에 누가 비슷한 소리를 한 적 있었는데, 웃음을 의식하고 의도적으로 웃은 적은 많다. 딱히 드문 일도 아니다.

아니…… 하지만.

"듣고 보니 드문 일 같기도 하네."

방금은 웃으려고 의식한 기억이 전혀 없었던 게 확실하다.

의도하지 않았던 감정 표현.

그런 경험이 지금까지 얼마나 있었던가.

연기한 것이 아니라, 그 자리의 분위기를 읽고 한 것도 아니라, 정말로 자연스럽게.

그것이 얼마나 어려운 일인지 잘 아는 만큼 몹시 흥미로웠다.

새하얀 스케치북에 색깔을 한 방울 떨어트린, 그런 느낌일까.

케이의 앞에서도 아니고, 요스케 같은 친구 앞에서도 아니고.

왜 호리키타의 앞에서 발현되었는지 나로서도 모를 일이다.

"내가 왜 웃었지? 너도 웃었으면 그 이유를 알아?"

호리키타라면 명확한 답을 갖고 있을 거라고 기대했다.

그만큼 재미있고 웃긴 상황이었는지. 눈을 보며 물었다.

하지만 호리키타는 시선을 피하며 당황한 투로 대답했다.

"그, 그런 걸 진지한 얼굴로 물어봐도, 나도 몰라."

"특별히 재미있는 상황이었던 건 아니다, 그 말인가?"

"⋯⋯그러니까 물어봐도 모른다고."

다른 쪽을 쳐다보던 호리키타가 약간 퉁명하게 말한 후 한숨을 푹 내쉬었다.

"네 이상한 사고방식 때문에, 똑같이 웃은 내가 바보 같잖아⋯⋯."

남은 커피를 마저 들이마신 호리키타가 자리에서 일어났다.

"이제 얘기 다 끝났지? 일정 있어서 이만 돌아갈게."

"아까는 일정 없다고 하지 않나?"

"갑자기 생각났어."

그러고는 빈 컵을 손에 들었다.

"내 나름대로 생각해 볼게. 다음 특별시험에 대해, 그리고 앞으로의 일에 대해서도."

"그러는 게 좋아."

호리키타는 먼저 돌아가려고 하다가 뭔가 떠올랐는지 걸음을 멈추었다.

"아, 그렇지, 미안해. 너한테 하나 확인해야 할 게 있었는데."

"특별시험에서 제외할 과제 말이야?"

"맞아."

"다른 애들은?"

"너 빼고 모두한테는 연락받았어. 너도 이제 슬슬 정하지 않으면 곤란해."

아무래도 내가 느긋하게 구는 사이에 다른 학생들은 호리키타에게 알려준 모양이다.

"뭐, 너라면 굳이 제외 안 해도 괜찮겠지만, 어때?"

"예능이랑 음악, 그리고 서브컬처지."

"공부와는 거리가 먼 장르니까. 나랑 완전히 똑같이 골랐네."

"그거 말고도 고민인 장르는 있었지만, 잘 모르는 분야를 제외하고 싶지."

뉴스, 생활, 식도락. 이런 종류는 알 것 같으면서 잘 모르는 것도 많겠지.

다만 제외한 세 장르가 그것보다도 더 어렵다고 판단해서 내린 결정이다.

"그럼 그렇게 등록해 놓을게."

"부탁한다."

의도치 않게, 자기 자신에 대해 생각하게 된 자리가 된 듯하다.

○게임 체인저

특별시험이 내일로 다가온 목요일 아침, 오늘은 특별히 쉬는 날이다.

평소에는 잘 자는 편인 나는 웬일로 잠 못 드는 밤을 보냈다.

"수면 부족이 몸에 안 좋다는 게 사실이었군…… 졸려."

몸을 일으켜 스마트폰을 확인하니 키토의 메시지가 한 통 들어와 있었다.

"공주 씨의 방침이 정해졌나 보지."

전날이긴 하지만, 드디어 반의 간부들을 모아 의논할 모양이다.

하지만 말이 의논이지, 전략을 자세히 들려주지는 않을 것이다.

사카야나기는 언제나 혼자 생각하고 혼자 행동한다.

그 행동을 위해 필요한 것만, 수족으로 부리는 학생들에게 전달할 뿐.

"쳇……."

키토의 메시지 이외에도 수십 통의 메시지가 들어와 있는 것을 알아차렸다. 지금 사귀고 있는 여자의 연락이다.

어제 어느 정도 늦은 시간까지 대화를 주고받은 기억이 있는데, 계속 시답잖은 이야기를 이어가며 도무지 끝날 기미가 보이지 않아 도중부터 그냥 놔두었었다.

　다음엔 어디 갈까?

　그거 먹고 싶어, 이거 갖고 싶어.

　뭐가 좋고, 싫어.

　만나고 싶어, 외로워.

　그런 아무래도 상관없는 이야기뿐.

　『미안, 깜빡 잠들었어. 다음에 제대로 사과할게.』

　귀여운 일러스트 스탬프와 함께, 사실은 아무 감정 없이 답장을 보냈다.

　일단은 이걸로 만족할 거라고 판단했다.

　집요하게 굴면 버려도 그만이긴 한데, 아직은 모아야 할 정보가 남아 있다.

　어느 반의 그 어떤 사소한 것이라도, 정보는 얼마든지 있어서 나쁠 게 없다.

　일단 여자는 잊고, 사카야나기에 대해 생각하자.

　내가 어제 잠 못 든 이유와 직결된 문제.

　특별시험을 어떤 방식으로 치를지.

　그리고 그 전에 무엇을 해야 할지.

　학년말 시험이 점점 다가오면서 나의 불안은 나날이 커지고 있었다.

　반 포인트가 대량으로 이동할 직접 대결에서 류엔에게

질지도 모르는 미래.

　이것만은 반드시 피해야 한다.

　그러기 위해 할 수 있는 일은 뭐든 해야 하잖아?

1

　사카야나기는 시간과 장소를 가리지 않는다.

　남들 눈을 피하기 위한 노래방 또는 기숙사의 자기 방.

　특별동이든 체육관 뒤편이든, 좌우지간 내밀한 이야기를 나누는 장소가 얼마든지 있었다.

　뭐, 사카야나기 입장에서야 비밀을 털어놓을 리도 없으므로 별로 신경 쓰지 않는 것뿐이겠지만.

　오늘도 케야키 몰에서 가장 활기 넘치는 카페를 장소로 정했다.

　심지어 인기 있는 자리에서 카무로, 키토를 거느리고 우아한 한때를 보내고 있는 모양이었다.

　"미안, 공주 씨, 내가 좀 늦었네."

　잊지 않고 사카야나기를 공주라고 칭하며 나는 빈자리에 가서 앉았다.

　"꽤 친밀해 보이는 여자친구가 있더군요."

　"……어라, 어디서 봤어?"

　작년까지면 A반 학생만 주시하면 됐었는데, 2학년이 된 후로는 후배들도 신경 써야 한다. 그래서 놓쳤나.

아니, 하지만 2학년 복도에 1학년이 있으면 알아봤을 텐데.

──그렇다는 건.

예전부터 반 내부에 몰래 키우고 있는 장기 말이 있는 건가.

카무로와 키토, 혹은 나를 쓰는 경우가 대부분인데, 사카야나기는 정기적으로 스마트폰으로 누군가에게 연락해 정보를 얻었다. 예전에 넌지시 사카야나기에게 물어본 적 있는데 누군지 말해주지 않았다. 그 녀석이 봤을 가능성이 있겠군.

같은 반 아이라면 급하게 알아낼 필요가 없다고 판단했는데, 만약 이게 우연이 아니라 의도적으로 나를 감시한 거라면 이야기가 달라진다.

"연애는 제법 서툴러서 말이지, 비밀로 해주라."

"후후, 말 안 해요."

"그래서? 오늘은 무슨 이야기를 하려고?"

"안 물어봐도 알 거 아냐, 마스미 짱."

"야. 마스미라고 부르지 말랬지."

"미안, 미안. 나도 모르게 버릇이 돼서."

"버릇은 무슨 버릇. 별로 많이 부르지도 않았으면서."

"마음속으로는 계속 마스미 짱이라고 불렀단 말이야."

"꺼림칙해."

카무로는 방금 그 말이 진심으로 짜증 났는지 마스미 짱이라는 호칭을 강하게 거부했다.

그야 그렇겠지. 만약 반대 입장이라면 나도 꺼림칙할 것 같다.

하지만 익살꾼을 연기할 때 그런 호칭은 임팩트를 주는 데 도움이 된다.

"그럼 시작해 주라, 공주 씨. 특별시험 얘기겠지?"

"특별시험? 아뇨, 아니에요, 하시모토 군. 오늘은 그냥 차 모임이랍니다."

나의 단정을 비웃기라도 하듯 사카야나기는 그렇게 바로 부인했다.

나는 의자에서 미끄러지는 리액션을 취했다.

"그럼 간부들을 모을 것까진 없었잖아, 공주 씨."

"대외 어필이에요."

"A반이 작전 회의를 한다는 게 알려지면 다른 반 학생들은 필연적으로 정보를 공유하고 긴장감이 커지겠지요. 이기기 위한 노력을 최대한 아끼지 않을 거예요."

뭐가 대외 어필이야, 웃기지 말라고.

바로 어제까지 꾹 참고 있었는데, 결국 아무것도 말해줄 생각이 없다니.

"그런 걸 해서 무슨 이익이 있는지 난 잘 모르겠는데, 좀 알려줄래?"

"이익은 있어요. 세 반의 진심을 더욱 끌어낼 수 있잖아요?"

"……그게 이익이 맞아?"

카무로의 말처럼 이익은 무슨, 오히려 손해만 가는 애기다.

조금이라도 더 방심, 자만하게 만들어도 모자랄 판에 오히려 정신 바짝 차리게 해서 어쩔 셈인가 이 말씀이야.

"승부를 즐기고 싶잖아요? 최근에는 문화제에 수학여행 같은 놀이의 연장이 이어져 왔으니까."

이길 확률을 낮춰서라도, 불이익을 감수해서라도 자신의 즐거움을 우선한다.

지금까지도 내 눈앞에 있는 사카야나기는 그렇게 반의 리더로 군림해 왔다.

하지만 반 아이들이 관용적으로 받아들였던 까닭은 그만큼 결과가 따라왔기 때문이다.

착실하게 반 포인트를 쌓아왔다는 실적.

바꿔 말하면 그게 사라졌을 때, 사카야나기의 가치는 단숨에 폭락한다.

그런 불확실한 미래를 보는 사람이 나 말고 또 있을지는 모르겠지만…… 말이지.

정말로 그냥 차 모임을 마친 후 나는 동쪽 출입구 근처에 있는 화장실에 들어갔다.

용변 때문은 아니었다. 누군가와 밀담을 나누기 위해서도 아니었다.

버리지 못하는 단순한 습관이다. 제일 안쪽 칸에 들어가

문을 걸어 잠갔다. 그런 후 자동으로 뚜껑이 열린 변기 위에 바지도 내리지 않고 앉았다.

케야키 몰의 화장실 칸은 언제나 청결함을 유지하고 있어서 불쾌감이 들지 않는다. 구린내도 나지 않는다.

뭐, 어느 정도 더럽고 냄새가 난다 해도 별로 신경 쓰진 않지만.

몰에 흐르는 음악만은 좀 거슬리지만, 눈을 감고 두 무릎 위에 팔을 올린 채 몸을 앞으로 수그렸다.

이곳은 마음이 편안해지는 장소.

원점으로 돌아가는 장소. 몸을 피할 곳이 별로 없는 학교 안에서 가장 소중하고 구원이 되는 곳.

고도 육성 고등학교에 와서는 꼭 화장실일 필요가 없어졌는데, 습관이란 정말 쉽게 바뀌지 않는군.

그렇게 30분 정도 스마트폰도 꺼내지 않고 머물렀다.

"이만 돌아갈까."

세면대까지 포함해 인기척이 완전히 사라졌을 때 일어나 물을 내리고 나와, 손을 씻고 말린 후 화장실에서 나왔다.

"똥 오래도 싸네."

"아, 깜짝이야. 언제부터 있었어?"

입구 옆쪽 벽에 기대 스마트폰을 들고 있던 류엔이 코웃음 쳤다.

"상황이 어떤가 해서. 따라와라."

"좀 봐주라. 내일 특별시험이잖아? 이런 데서 너랑 같이

있는 걸 누가 보기라도 하면 무슨 의심을 할지. 내 방으로
오거나 다른 방법도 있었잖아."

"결백하면 당당하게 굴면 되지."

"무슨 그런 억지가 다 있어. 그러면 짧게 끝내."

내가 먼저 접촉하는 건 상관없지만 반대로 불시에 접촉
해 오는 건 불쾌하다.

특히 류엔 같은 경우는 어디서 무슨 말을 꺼낼지 모르
니까.

다만 상대 반의 속사정을 알려면 이 녀석과의 대화를 피
할 수 없다. 거센 파도지만 눈에 보이는 만큼 아직은 그 파
도를 탈 수 있을 테니까 말이지.

2

휴일, 아침부터 케야키 몰에서 케이와 종일 시간을 보
냈다.

내일 있을 특별시험에 대한 불안을 종종 토로하면서도
케이는 비교적 평온한 마음으로 있지 않았을까. 시시콜콜
한 이야기를 주고받으면서 함께 기숙사로 돌아오는 길.

도중에 스마트폰이 울려서 발신자를 확인하니 칸자키의
이름이 떠 있었다.

누가 건 전화인지 궁금해하며 케이가 들여다보았는데
이름을 보고 바로 흥미를 잃고 자기 스마트폰을 꺼냈다.

둘이 거의 동시에 걸음을 멈추었고, 나는 전화를 받았다.

"무슨 일이야."

『지금 어디야? 방에 찾아갔는데, 아직 안 돌아온 것 같아서.』

"지금 가는 중이야. 왜?"

『괜찮으면 시간 좀 내줄래? 그리고 여기에 와타나베도 있어. 괜찮을까?』

만나면 대화를 나누긴 해도, 이렇게 미리 약속도 없이 직접 방을 찾아오는 경우는 드문데.

"지금 가는 중이니까 와타나베한테도 그렇게 전해줘."

『그래. 그럼 이대로 방 앞에서 기다려도 되는 거지?』

나는 승낙하고 통화를 마쳤다. 그에 맞춰서 케이도 스마트폰을 주머니에 넣었다.

"칸자키가 뭐래? 와타나베 이름도 나오던데."

"글쎄. 할 얘기가 있다고 방 앞에서 기다리겠대. 미안하지만 오늘은 일단 헤어져야겠어."

"그거야 상관없지만. 그 두 사람이랑 키요타카가 친했었나?"

"와타나베랑은 수학여행 때 같은 그룹이었거든. 요새 와서는 꽤 접점이 생긴 편이야."

"호오~. 이래저래 친구가 점점 많아지는 느낌이네."

기쁜 감정도 넣어서 감탄한 케이가 몇 차례 고개를 끄덕였다.

둘이 엘리베이터를 타고 올라가 4층에서 내렸다. 문이 열렸을 때 시선 끝에 와타나베와 칸자키가 보였다. 우리를 알아본 와타나베가 손을 흔들었다.

"그럼 나중에 연락해. 아, 천천히 해도 상관없어."

남자들만 있으면 걱정할 것 없고, 가끔은 오히려 환영이라는 듯 케이가 웃으면서 말했다.

관계가 회복된 후로는 마음에 여유도 생긴 모양이었다.

"갑자기 찾아와서 미안하다. 혹시 이후에 둘이 있을 예정이었어?"

만나자마자 칸자키가 사과하면서 물었다.

"신경 안 써도 돼. 그보다도 두 사람이 나를 다 찾아오고 별일이 다 있네. 들어와."

문을 열고 안으로 초대했다. 방이 컬러풀하고 여자 취향이 강한 색깔이 꽤 강조된 부분이 있어서 그런지 둘 다 당황한 투로 거실을 둘러보았다. 손님을 자리에 앉히고 무엇을 마실지 물어본 다음 부엌으로 향하자, 얼마 지나지 않아 칸자키가 가까이 다가왔다.

"올 수 있을지 모르니까 말하지 말라고 했는데, 때마침 아야노코지를 만났다고 얘기하니까 올 수 있다는 거야. 갑자기 추가해서 정말 미안하지만, 두 사람 더 불러도 괜찮을까?"

"그래? 그럼 그것까지 생각해서 준비해야겠네. 누가 오는데?"

"이치노세랑 아미쿠라야."

인원이 늘어난 건 딱히 문제 되지 않지만, 그 네 명의 조합으로는 상황을 파악할 수 없다.

칸자키는 지금 이치노세와 반이 변하길 바라면서 움직이기 시작한, 말하자면 개혁파.

반면 이치노세는 현 상태를 유지하고 싶은 사람, 수구파였다.

다만 이치노세는 칸자키의 움직임을 알고도 지켜보고 있는 모양이지만.

아니면 내가 너무 깊이 생각하는 것일 뿐일까. 칸자키를 보조하는 히메노와 하마구치도 보이지 않고.

"이번 특별시험에 관해 반의 방침이 정해지기도 해서, 이치노세가 마지막으로 아야노코지랑 가볍게 확인하고 싶다고 했어. 너한테는 이익이 없는 이야기일지도 몰라."

미안해하면서 동시에 오늘 일이 별로 내키지 않는다고도 말했다.

"난 괜찮아. 그런데 와타나베와 아미쿠라가 오게 된 경위는?"

"와타나베는 완전히 우연이야. 아야노코지의 방에 오던 도중에 마주쳐서."

"맞아, 맞아. 우연."

아미쿠라가 오는 걸 어디선가 알고 따라온 게 아닐까. 지나친 억측일까?

딱히 어느 쪽이든 상관없어서 구태여 물어보지는 않았다.

그 후 우리는 텔레비전을 켜두고 잠시 아무 내용 없는 잡담을 나누면서 시간을 보냈다.

15분 정도 지나 초인종이 울려서 나가보니, 예정대로 이치노세와 아미쿠라가 모습을 드러냈다. 방문한 선물로 케야키 몰에서 과자를 사 온 모양이었다.

모두가 마실 음료를 다시 준비한 다음 나는 이야기를 들을 자세를 취했다.

"이미 칸자키한테 들었을지도 모르겠지만, 내일 있을 특별시험에 관해서 아야노코지랑 꼭 이야기 나누고 싶었거든. 갑자기 미안해."

싶었거든, 이라는 말투는 갑자기 떠오른 게 아니라 전부터 한 생각이라는 뜻.

"그건 상관없는데, 미안하지만 나는 리더가 아니야. 우리 반의 속사정에 대해 알고 싶거나 방침이 궁금하면 호리키타를 직접 만나는 수밖에 없어."

"괜찮아. 말하자면 우리 반 사정을 들어줬으면 하는 느낌이랄까."

"잠깐만. 아야노코지한테 말하기 전에 먼저 대답해 줬으면 하는 게 있어."

"응? 뭔데?"

"담합하고 싶다거나 그런 이야기를 꺼낼 거면 난 단호하게 반대야."

선수 치듯 칸자키가 그런 말을 했다.

　두 반의 협력을 우려하는 것은 아니고, 담합이라는 표현을 쓴 걸 봐서도 무엇을 가리키는지는 뻔했다.

　"내가 네 반 모두 점수를 똑같이 맞출 가능성을 걱정하는구나?"

　"솔직하게 말하자면 그래."

　"그런데 왜 반 회의 때는 그 이야기를 꺼내지 않았어?"

　"내가 담합을 반대한다고 말해도 이치노세가 긍정하면 다른 애들도 다 받아들일 테니까. 그런 흐름으로 가는 것만은 피하고 싶었어. 나 모르게 수면 아래에서 일이 진행되면 어쩔 수 없지만, 내 눈앞에서 그 이야기를 하게 둘 수는 없어."

　그래서 지금까지 화제로 꺼내지 않고 피했던 모양이다. 더 은밀한 장소에서 말할 수도 있었겠지만, 칸자키 나름대로 생각이 있겠지.

　반의 개혁에 도움을 주고 있는 내가 있으면 반대하는 쪽의 편이 될 수 있다.

　그런 계산도 분명 있었을 것이다.

　"특별시험이 당장 내일이잖아? 지금 네 반이 담합하기엔 너무 늦지 않았어?"

　그런 이야기를 하려는 건 아니지 않을까, 하고 이치노세의 옆에 앉은 아미쿠라가 말했다.

　그건 지당한 말로, 상식적으로 생각했을 때 지금 움직이기에는 너무 늦었다.

"보통은 그렇지. 하지만 다른 사람도 아니고 이치노세잖아. 퇴학자가 나올 위험을 피하고자 마지막까지 고민했어도 놀랍지 않다고. 반 아이들을 지키기 위해서라면 임박한 순간에 가서도 판단을 바꾸잖아."

"만약 네 반이 나란히 클리어하는 게 확실하다면 그 제안도 검토할 여지가 있으니까. 반 포인트를 잃더라도 모든 반이 똑같으면 불공평해질 일이 없고. 칸자키가 말한 것처럼 그 아이디어는 지금 당장이라도 실현할 수 있지 않을까 하는 생각이 들고 말아."

"역시……. 하지만 그럼 우리가 올라갈 기회를 잃는──."

두려워하던 전개라고 지레짐작한 칸자키가 반론을 펼치려는데, 이치노세가 부드럽게 말렸다.

"걱정하지 마. 아야노코지한테 담합을 부탁하러 온 게 아니니까. 만약 그럴 생각이었으면 호리키타에게 바로 말하는 게 맞고."

그러니 안심해도 된다고 이치노세가 전했다. 그래도 칸자키의 속마음은 평온하지 않겠지. 담합이 아니라도 퇴학자를 만들지 않는 전략을 전면적으로 내세운다면 어차피 그게 그거다. 자신들이 불리해지는 한이 있더라도 친구를 지키는 자세를 밀고 나간다면 승리와는 멀어질 확률이 높다.

그런 불안을 겉으로 드러내지 않으려고 칸자키는 어설프게 안심하는 척했다.

"그렇다면 다행이야. 갑자기 말 끊어서 미안. 난 항상 왜 이럴까. 말을 잘하지 못하는 것도 한번 고민해 봐야 할 문제네. 늘 민폐만 끼치고."

그렇게 사과해서, 마음 쓰지 않아도 된다고 말해두었다.

"칸자키, 아야노코지랑 꽤 친해진 느낌이네."

"……그런, 가?"

"응. 예전의 칸자키는 무슨 생각이 있어도 반의 속사정을 알아차리게 할 이야기는 쉽게 하지 않았잖아? 만약 이 자리에 있는 사람이 예컨대 히라타라든지 카네다였다면 태도가 완전히 달랐을 거야."

그런 이치노세의 지적에 칸자키는 무슨 말인지 모르겠다며 고개를 갸우뚱거렸는데, 그래봐야 헛수고겠지. 칸자키가 히메노 등과 함께 움직이기 시작한 지 얼마 지나지 않아 이치노세는 스스로 이변을 알아차렸다.

"내 얘긴 됐으니까 하던 얘기 계속해 주라."

그렇게 재촉하자 이치노세는 웃으면서 고개를 끄덕이더니 다시 자세를 고치고 내 쪽으로 몸을 돌렸다.

"내가 호리키타가 아니라 아야노코지한테 제일 먼저 온 건——."

무슨 이야기가 튀어나올지 몰라 각오하던 나였는데, 막상 입을 여니 별 이야기도 아니었다. 반 아이들과 함께 이기고 싶다, 지고 싶지 않다라는 포부에 가까운 수준. 굳이 측근인 칸자키를 데리고 오지 않아도 됐을 정도의 이야기였다.

도중까지 딱딱한 표정으로 경청하던 칸자키도 경계심이 풀릴 정도였다.

그 이야기가 끝나고 난 후에는 특별시험 따위와는 전혀 상관없는 잡담으로 바뀌었다.

분위기 메이커인 와타나베가 있어서 이야기도 비교적 활기를 띠었고, 단순히 친구들 모임 같은 자리로 완결되었다.

6시로 접어들면서 창문 너머로 보이는 바깥이 어두워지기 시작했을 무렵, 칸자키가 이제 슬슬 자리를 마무리 짓자고 제안하면서 이번 모임을 마치게 되었다.

먼저 현관을 나선 이치노세와 아미쿠라, 그리고 칸자키, 와타나베로 이어졌다.

"이야~ 오늘 어떻게 되려나 싶었는데 완전 즐거웠다."

아미쿠라와도 스스럼없이 잔뜩 말할 수 있어서? 하고 눈으로 신호만 보내자, 와타나베로부터 또렷한 미소가 돌아왔다.

그럼 이만 가볼게 하는 목소리와 함께 현관문이 닫히자, 이내 정적이 돌아왔다.

조금 전까지만 해도 귀에 들어오지 않던 텔레비전 소리가 괜히 시끄럽게 느껴져 바로 껐다.

테이블 위에 남은 컵이라도 치우려고 손을 뻗는데——.

띵동, 초인종이 울렸다.

아직 케이에게는 연락하지 않았으니 허락도 구하지 않고 찾아올 리는 없다. 누구지?

살짝 의아해하면서 현관문을 열었다.

무슨 일인지 혼자 돌아온 이치노세가 밖에 서 있었다.

"미안해, 아야노코지. 스마트폰 놔두고 간 것 같아⋯⋯."

무슨 일인가 궁금했는데 이유가 바로 밝혀졌다. 단순히 잊어버린 모양이다.

"스마트폰? 어디 뒀는데? 가져올게."

"음, 아마도 테이블 밑에 있을 것 같아. 정말 미안해."

꼭 이치노세만이 아니라도 스마트폰을 깜빡 두고 가버리는 건 별로 드문 일이 아니다. 생활필수품이기도 한 스마트폰은 꺼내두는 시간이 긴 만큼 자기도 모르고 놓고 가버릴 때가 종종 있는 법이다. 그리고 잊어버리기 쉬운 물건이기도 함과 동시에 잊어버렸다는 걸 바로 떠올릴 수 있는 물건이기도 하다.

케이도 내 방에 자주 스마트폰을 놔두고 갔다가 당황하면서 돌아오곤 하니까.

"잠깐만 기다려."

현관에 이치노세를 세워두고 테이블 밑을 확인하러 갔다.

이치노세가 앉았던 곳에 정말로 스마트폰이 덩그러니 놓여 있는 것을 바로 알 수 있었다.

10초 정도 만에 돌아가서 이치노세에게 스마트폰을 건넸다.

"고마워. 그럼 정말 가볼게."

"다음에 보자."

"……아, 그렇지. 잠깐만 얘기 좀 더 해도 괜찮을까?"

꽤 많이 얘기했는데, 여자들은 그런데도 할 이야기가 계속 생기는 생물이니까 말이지.

놀라움보다 납득 쪽이 더 강해서, 나는 알겠다며 고개를 끄덕였다.

"괜히 둘만 있는 모습을 누가 보면 오해 사기 쉬우니까 문을 잠글까?"

이치노세가 먼저 그렇게 제안하고 몸을 돌려 현관문 잠금쇠로 손을 뻗다가 바로 관두었다.

"아니네. 만약 문을 잠근 상태에서 누가 오면…… 그게 더 아웃이겠네."

하긴 둘이 있는 모습을 누가 보는 것만으로는 그래도 아무 일도 없었다는 것이 성립한다.

실제로 직전까지 이치노세의 반 아이들도 있었고.

하지만 둘만 있는데 문까지 걸어 잠근다면 이야기는 완전히 달라지겠지.

마음에 걸리는 행동, 남들에게 보이고 싶지 않은 짓, 그런 뭔가가 있다고 생각할 수 있다.

"마코 쨩이랑 애들이 돌아간 지 얼마 안 됐고. 내가 아야노코지의 방에 스마트폰을 놔두고 갔다는 것도 말해뒀으니까 만약에 누가 보더라도 잘 설명할 수 있어."

혼잣말, 은 아닌 듯하다. 내게 의도를 설명하는 것으로밖에 보이지 않는다.

문을 잠그려고 하다가 그만뒀다가. 그런 상황을 굳이 말로 설명하고 있다.

"둘만 있으려고 일부러 스마트폰을 두고 간 거야?"

내게 그 말을 끌어내고 싶었는지 이치노세가 웃었다.

"아야노코지는 어떻게 생각하는데?"

설마, 내게 진의를 확인해 올 줄이야.

"아마도, 내 생각이 맞겠지. 두고 간 건 의도적인가."

그 질문에 이치노세는 도저히 참을 수 없었다며 고개 숙이면서 인정했다.

"만나고 싶었어. 어떤 형태든 좋으니 아야노코지랑 둘만. ……이런 나, 기분 나쁘게 느껴, 질까……?"

"기분 나쁘다니? 내가 왜?"

"왜냐니…… 여자친구 있는 남자를, 이런 방식으로 만나러 왔는데……."

하긴 남녀를 바꿔서 이 상황을 보면 이해하기 쉬운가.

즉각 스토커로 간주해도 이상하지 않다.

하지만 결국 그런 행동은 받아들이는 사람이 생각하기 나름이다.

그 대상을 혐오한다면 스토커가 되고, 호감이 있다면 스토커가 아니게 된다.

"여자친구 있는 남자를 당당하게 만나러 오는 게 더 이상하잖아. 넌 오히려 배려해 준 거지."

억지로 찾아왔다면 케이에게 둘러대기도 힘들고 내 입장만 난처해질 뿐.

이런 상황을 만들면 단둘이 만나도 불가항력이었다고 정리할 수 있다.

"……정말? 정말로, 기분 나쁘지 않아?"

"그래."

내가 지금의 이치노세를 보고 느끼는 게 있다면 오직 하나.

점점 더 흥미로운 대상이 되어가고 있다.

그런 것이다.

직후, 그녀는 천천히 다가와 내 가슴에 몸을 기댔다.

"이건 사고야…… 발을 헛디뎌서, 넘어질 뻔한 걸 아야노코지가 잡아준 것뿐…… 그렇지?"

"그래. 아니라고 할 요소가 어디에도 없어."

그렇게 대답하니, 보이진 않아도 이치노세가 웃었다는 걸 알 수 있었다.

"아야노코지가 너무너무 좋아……. 살면서 사랑 같은 거 해본 적 없었는데. 그랬는데, 이게 처음이자 마지막 사랑이 아닐까 하는 생각이 강하게 들어—— 사랑인 거지."

처음 만났을 때의 이치노세라면 상상도 못 할 수단을 태연하게 쓰고 있었다.

거기에는 이성으로서도 매력적이라고 해석할 요소가 들어 있었다.

이치노세에게 연애는 원동력. 자신이 가진, 본인도 모르는 잠재력을 더욱 끌어내 자신을 위해 써서, 원하는 전개를 만들어 내고 있다.

이치노세의 변함없는 착한 성향.

거기에 파문을 던지려고 칸자키와 히메노 같은 이분자를 준비했는데, 이제는 예상과 다르게 라인이 늘어났다. 물론 나에게는 나쁘다기보다 기뻐할 만한 일이기도 하다. 두 방향에서 접근해 반의 향상으로 이어지게 시도할 수 있기 때문이다.

원래는 실패할 가능성이 높은 하나의 라인을 직선으로 쭉 그었을 뿐.

거기에 나는 반의 생존 확률을 높이기 위해 새로운 라인을 만들었다.

그런데 이치노세는 실패할 가능성이 높은 라인에 변화를 일으켰다.

이제는 달라진, 새로운 라인이라 부를 수 있는 직선은 현재까지 나로서도 성공할지 실패할지 판단하기 어렵다.

바로 아래에 있는 그녀의 정수리에서 뭐라고 표현할 수

없이 매력적인 향기가 났다.

단순히 샴푸 냄새는 아닐 것이다.

"다른 반만 아니었어도, 평소에 더 같이 있을 수 있었을 텐데⋯⋯."

바로 그때였다.

예고도 없이 내 방문이 활짝 열렸다.

"미안해, 아야노코지, 개인적으로 상담할 게 좀——."

그리고 보인 얼굴은 조금 전까지 함께했던 이치노세 반 와타나베였다.

이치노세는 분명 혹시 모를 사태에 대비해 경계했을 것이다.

누가 갑자기 찾아올 가능성도 고려했겠지.

그렇지만 최소한 노크 한 번은 할 법도 한데.

나 또한 허락 없이 현관문이 열리는 상황은 예상하지 못했다.

예기치 않았던 상황에 몸이 굳었겠지.

몸이 밀착한 상태에서 빠져나가지 못하고, 이치노세는 그저 놀라 뒤돌아보았다.

"어——?"

아무 생각 없이 문을 열었던 와타나베 본인이 누구보다도 깜짝 놀라 숨을 토했다.

현실은 몇 초. 그러나 체감상으로는 수십 초.

사복에서 느껴지는 이치노세의 체온이 쑥 내려갔다.

찰싹 달라붙어 있는 모습을 단순한 사고, 우연으로 처리하기란 불가능하겠지.

넘어질 뻔했다는 형식적인 변명 따위, 제삼자에게는 통하지 않는다.

와타나베도 처음에는 이해가 되지 않았겠지만 계속 그러고 있을 수는 없다.

물론 상황의 심각성은 나뿐 아니라 이치노세도 잘 알 터.

와타나베가 어떤 반응을 보이느냐에 따라 우리의 행동도 정해지지 않을까.

적어도 이 자리에서 내가 할 수 있는 일은 없으니 두 사람에게 결과를 맡긴다.

"아, 어, 그, 아, 그게, 미안해, 노크…… 한다는 걸, 깜빡……. 그럼 이만!"

수습이 안 되는 상황에서 와타나베가 내린 결정은 뒤돌아 도망치는 것이었다.

문을 닫으려는데 이치노세가 한발 빨랐다.

문이 완전히 닫히기 전에 손으로 막았다.

"와타나베."

"어, 네엣?!"

존댓말이 나와버린 와타나베가 그 자리에 차렷 자세로 섰다.

"들어와 줄래?"

"아니 하지만, 그게, 방해, 될 것 같고, 내 용건은, 진짜 별것도 아니라서!"

"들어올래? 부탁이야."

"……네, 네엣."

이치노세의 얼굴이 와타나베를 향하고 있어서 내게는 보이지 않았지만, 뒤돌아봤을 때 보인 표정은 평소와 다름 없이 모두에게 보여주는 미소였다.

당황하거나 동요하는 기색은 없었다.

와타나베에게 들킨 순간에는 틀림없이 동요했었다.

하지만 곧바로 바로잡고 어떻게 해야 할지 혼자 속으로 판단했으리라.

현관 안으로 와타나베를 들이고 문을 닫은 이치노세는 내게 허락을 구하고 문을 잠갔다.

조금 전까지는 문을 잠글 수 없는 상황이었지만 와타나베가 있으면 문제가 사라진다.

평소라면 당연히 깨닫겠지만 이런 긴급사태에도 냉철하게 행동하다니 역시 대단하군.

"안으로 들어와."

과연 세 명이 얘기하기에 현관은 좁다. 나는 방안에 이치노세와 와타나베를 들이기로 했다.

굳은 표정에서 감정이 쉽게 읽혔다. 제일 당황하고 허둥대야 할 당사자인 우리가 둘 다 전혀 동요하지 않고 있다. 이성적인 대처에 두려움을 느껴도 무리가 아니다.

텔레비전을 끄기도 해서 방안에 이상한 정적이 찾아왔다.

그러라고 시키지도 않았는데 스스로 무릎을 꿇은 와타나베는 지금 살아도 산 기분이 아니겠지.

"방금 그건, 내가 멋대로 벌인 짓이야. 아야노코지한테는 잘못 없어."

"무, 무, 물론, 물론 그러시겠지요."

"그 노골적인 높임말 좀 별론데."

"미, 미안……."

"내가 멋대로 껴안은 것뿐이야. 그건 상황을 봤으니까 너도 알 거라고 생각해."

차분하게 확인을 구하자 와타나베는 그저 계속해서 고개를 끄덕이는 것밖에 할 수 없었다.

"난 하면 안 되는 짓을 했어. 그래서 이런 말을 할 주제가 아니라는 건 알지만, 와타나베는 악의적으로 소문을 낼 사람이 아니야. 상대를 위험에 빠트리려고 이야기를 퍼트릴 사람이 아니라는 거 잘 알아."

이치노세는 단순히 입막음하는 방식을 쓰지 않았다. 상대방의 미안한 감정에 스며들어, 양심의 가책을 느끼게 함으로써 입을 막으려 하고 있었다.

적어도 와타나베를 협박해 억지로 입 다물게 하는 것보다 훨씬 효과 있을 것이다.

"정말 미안해, 아야노코지——내가 멋대로 굴어버려서."

"난 괜찮아."

"그렇게 말해주는 건 기쁘지만, 카루이자와가 알면 화내겠지…… 응, 분명 너무너무 슬퍼할 거야. 난 어떤 벌이든 달게 받을 생각이야."

내가 이 정도 일로 이치노세를 벌주진 않으리라는 걸 아주 잘 알겠지.

와타나베를 99% 막은 그녀가 마지막 1%를 메우는 작업을 하고 있다. 이렇게 분석한 이치노세의 말과 심리는 아마도 맞을 것이다. 다만 어디까지가 계산된 것인지는 다른 문제다. 계산된 영리함 속에 무의식적으로 드러난 진짜 부분도 섞여 있다.

그 비율이 불투명해서, 나도 전부 다 파악했다고 보장할 수 없다.

얼마간 다시 침묵이 흘렀다.

하지만 언제까지고 아무 말도 없이 시간을 보낼 수는 없겠지.

"일단 오늘은 두 사람 다 돌아가는 게 좋겠어."

그렇게 말했다. 이치노세는 그 말을 기다렸는지, 응 하고 중얼거렸다.

그런데 와타나베는 움직이지 않고 일어서려고도 하지 않았다. 조금 전까지 보였던 동요가 많이 가라앉은 듯한데 무슨 생각을 하는 걸까.

"와타나베?"

그렇게 부르자 크게 심호흡하면서 나와 이치노세를 응시했다.

"아야노코지가 어떻고 이치노세가 어떻고 하기 이전에, 내 잘못이야. 남의 방에 들어오면서 노크도 안 한다니 예의가 없었어. 그게 이번 일을 비밀로 한다는 보장이 되진 않겠지만……. 내가 돌아온 이유는 아야노코지한테 의논하고 싶은 게 있어서였는데, 그게, 그러니까 상의할 겸 내 중학교 때의 이야기를 좀 들어줄 수 없을까……?"

그러고 보니 와타나베가 돌아온 이유를 아직 듣지 않았다.

"그럼 난 먼저 돌아갈게."

"자, 잠깐만. 이치노세도…… 괜찮으면 들어줬으면 좋겠어."

느닷없는 제안이지만 이치노세는 거절하지 않고 돌아가려던 발걸음을 되돌렸다.

상의하고 싶은 일. 와타나베는 자신의 과거 이야기를 꺼내는 것부터 시작했다.

"나 말이야, 중학교 2학년 때 운명적인 만남을 겪었어. 반이 바뀌면서 알게 된 그 아이와는 바로 친해졌지. 처음 계기는 단순히 자리가 가까워서일 뿐이었는데, 내가 재미있다고 말해줘서. 우린 점점 가까워졌어. 수학여행 때도 같은 그룹이 되어서 분명히 운명이라고 생각했지."

사랑. 첫사랑은 아닐지 몰라도 와타나베에게 큰 사랑이었음은 그 모습을 봐도 틀림없으리라.

"어쩌면 그 아이도 나를 좋아하지 않을까, 그런 생각이 들 정도로는 거리가 가까웠다고 생각해. 하지만 말이지,

그때의 난 아무것도 몰라서……. 그 아이는 옆 반에 꽤 성격 활발한 애랑 사귀고 있었어. 그런 것도 모르고 좋아하는 마음만 키웠지."

일방통행인 사랑. 성별은 반대지만, 지금 나와 케이 그리고 이치노세로 바꿔 생각해 볼 수 있었다.

"매일 매일 전화해서 밤늦도록 시시콜콜한 이야기를 나누고——."

즐거운 추억담을 들려주는 느낌이 아니다. 괴로운 기억, 그런 얼굴이다.

"그러던 어느 날, 전화상으로 분위기가 굉장히 좋아져서 말이지. 깜짝 놀랐어. 그 아이가 나한테 좋아한다고 말해 줬거든. 기뻐서, 너무 기뻐서……. 나 어떻게 생각해? 하고 물어보는 거야. 좋아한다고 대답하기까지 시간이 얼마나 걸렸을까…… 아마도 5분 정도는 말을 못 하고 있었어."

자조 섞인 미소, 그리고 약간의 창피함과 한심함이 담긴 표정.

"그런데 그 아이는 다른 남자애랑 사귀고 있었다며?"

양다리, 라는 단어가 가장 먼저 떠올랐지만, 와타나베는 부정했다.

"아니…… 그 전에 차인 느낌이었어. 얼마나 전인진 모르겠지만, 아마 나랑 통화를 시작했을 무렵에는 사이가 나빠져 있지 않았을까?"

요컨대 완전히 솔로가 되고 나서, 거리가 가까워진 와타나베를 좋아하게 되었다는 말이다.

그런 거라면 아무 문제 없는 자연스러운 흐름이다.

"난 그때 그 아이의 지난 연애 같은 걸 몰랐지만, 그 성격 밝은 놈이 차준 덕분에 2순위인 나를 좋아하게 된 거니까. 그때 난 배경도 모르고 좌우지간 막 들떠서."

그렇게 와타나베는 그 아이와 사귀기 시작했다.

중학생이기도 해서 공개 연애는 아니고 둘만의 비밀. 스마트폰으로 대화를 나누고 이따금 서로의 집에 놀러 가고. 순탄하게 흘러간 모양이었다.

"이래 봬도 말이지, 딱 두 번 키스도 했거든? 뭐, 그 애가 먼저 한 거지만……."

수줍다, 라기보다는 어딘지 창피해하는 모습이었다.

그런 와타나베였는데, 3학년이 되자 운명이 뒤틀리기 시작했다.

반이 바뀌면서 그 아이와 다른 반이 되어 버렸다.

그 반에는 와타나베가 초등학생 시절부터 아주 친하게 지낸 남자애가 있었는데, 그가 그 아이를 좋아하게 되어버렸다고 한다. 그것이 무엇을 말하는지는 많이 들어볼 것까지도 없다.

"결국―― 전화로 울면서 사과하더라고. 미안해, 더는 너랑 사귈 수 없어…… 하고. 전화로 좋아한다고 고백하더니, 전화로 좋아하지 않는다고 고백했어. 참 웃기지."

그리고 그 아이는 와타나베의 절친과 사귀기 시작했다고.

"그 자체는 말이야, 어쩔 수 없다고 생각하지만…… 그래도, 힘들었어. 무엇보다도 마음을 찌른 건 몇 개월 후에 내 절친이 그 아이를 찼다고 웃으면서 말했던 거야."

와타나베와 그 아이의 관계는 비밀. 그러니 절친에게 악의는 없었으리라.

물론 다 알고 있었고 악의가 있었을 가능성도 완전히 부정할 수는 없지만.

"난 연애가 두려워……. 더는 아무도 좋아할 수 없을 것 같다고 생각했는데, 이 학교에 들어오자마자 또 다른 아이를 좋아하게 되어버려서…… 이게 뭔가 싫잖아?"

밝고 긍정적인 와타나베. 단지 연애에 소극적이라고 인식했었는데 그의 과거에 한 번 생각해 보게 되는 기억이 각인되어 있었다.

"뭐, 이런 느낌이야. 정말 한심한 과거라 아무한테도 말할 생각 없었어. 그래서 더, 그러니까, 믿어줬으면 좋겠달까…… 오늘 내가 본 건 아무한테도 말 안 해."

비밀 교환. 지금의 와타나베가 내밀 수 있는 최대한의 재료겠지.

굳이 낼 필요 없는 카드를 냄으로써 무조건 항복이라고 다시 한번 말로 내뱉었다.

"오늘 상담하고 싶은 건, 뭐, 그러니까, 그 좋아하는 애에 관해서야. 진전이 있었다거나 그런 게 아니라 그냥 이렇게, 친구한테 의논해 보고 싶을 때도 있잖아?"

옆에서 봤을 때 오늘 아미쿠라는 어땠나? 자신을 봐줬는가? 대화가 재미있게 흘러가던가? 그런 걸 확인하고 싶었을 뿐인 듯했다.

"사실은 나 혼자 바로 다시 올 계획이었어. 그런데 이치노세가 스마트폰을 깜박 놔두고 왔다고 해서 시간을 조금 늦춘 건데…… 아직 있는 줄 모르고……."

물론 와타나베의 입장에서는 혼란을 넘어서서 착란이 일어날 정도였겠지.

와타나베는 이치노세가 나를 좋아할지도 모른다는 이야기를 아미쿠라와 히메노로부터 들은 상태였다.

그러니까 그 부분은 놀라지 않았겠지만, 이번 사건의 초점은 그게 아니다.

"나 혼자만의 짝사랑. 그 이상도 그 이하도 아니야. 내가 아야노코지를 좋아한다는 건 마코 쨩이랑 치히로 쨩도 이미 아는 사실이니까."

더는 숨길 수도 없다며 자기 입으로 자백했다. 하지만 아까도 말했듯 이것 자체는 아는 사람도 많으니 대단한 고백은 아니다.

"스마트폰을 찾으러 돌아왔을 때 잠깐 뭐가 씌었었나 봐. 그뿐이야."

"그, 그렇구나…… 뭐가 씌어서……."

일단은 이해했다고 와타나베가 고개를 끄덕였지만, 당혹감이 사라지지 않는 건 무리도 아니다.

눈앞에 있는 사람은 틀림없이 이치노세다. 짝사랑이든 아니든, 여자친구가 있는 사람에게 적극적으로 들이댔다는 사실은 무겁다.

"오늘 이야기를 듣고 와타나베를 좀 알게 된 듯한 기분이 들어. 마코 짱을 좋아하지?"

"으엑?! 어어, 어떻게 그걸?!"

"그야 보면 알지. 요즘 들어서 유독 마코 짱을 쳐다보기도 했고."

오늘 모인 자리에서도, 이치노세가 아닌 다른 누구라도 눈치챘을 것이다.

그만큼 와타나베의 시선과 뜨거운 마음은 굉장했고, 숨겨지지 않았다.

"마코 짱은 아직 중학교 동창을 좋아하는 것 같아. 하지만 새로운 사랑에 빠지고 싶은 마음도 분명히 있어. 물론 마코 짱의 마음이 누구를 향할지는 모르겠지만 그 아이와 가까운 친구로서 상대가 와타나베라면 안심하고 맡길 수 있겠다는 생각이 드네."

이건 이치노세의 사랑이 담긴 거래다. 와타나베는 과거의 비밀을 털어놓아 수긍시키려고 했지만, 이치노세는 거기에 더 보험을 들 생각이다. 아미쿠라의 현재 상황이 어떤지 정보를 주고, 때에 따라서는 두 사람이 이어지게 도와줄 수도 있다는 뜻을 내비쳤다.

연애를 겁내는 와타나베지만 아미쿠라를 좋아하는 감정

은 진짜겠지.

진짜니까 용기가 나지 않아 다가가지 못하고 있다.

여기서 이치노세의 도움을 얻는다면 호랑이에게 날개가 달리는 격. 그만큼 든든한 조력자다.

100% 신뢰 관계에서 120%로. 와타나베의 감정은 완전히 이치노세의 지배를 받게 된다.

"저, 정말? 그래도 돼?"

"물론이야. 일단은 마코 쨩이랑 조금씩 거리를 좁히는 것부터 시작해야겠지."

"어, 어어!"

기쁜 듯 살짝 흥분한 와타나베가 고개를 끄덕였다. 금지된 장면을 봐버렸다는 감정은 아직 남아 있겠지만, 조금씩 바뀌겠지.

삼각관계, 봐서는 안 되는 스캔들.

그런 건 어차피 남일, 일시적인 화제이자 흥분에 지나지 않는다.

주목받고 싶어서 이 비밀을 퍼트렸다간 이치노세를 적으로 돌리게 된다.

반대로 이 비밀을 혼자 간직한다면 이치노세는 자신의 편이 된다.

자신에게 무엇이 더 우위에 있는지 명확하다면 그쪽을 바라는 건 인간으로서 당연한 감정이다.

결국 자신의 연애가 이루어지고 나면 나와 이치노세가

곤경에 빠지는 비극이 펼쳐지든 말든 아무 상관도 없다.

이치노세는 궁지에 몰릴지도 모를 상황을 자연스레 컨트롤해서 우위에 서는 방향으로 가져갔다.

칸자키 무리가 수상한 행동을 벌인다는 것을 이치노세는 이미 알고 있었다.

이제 개혁파인 칸자키 쪽으로 기울어져 있던 와타나베가 바로 이치노세 진영으로 들어가게 되었다.

그렇다면 나도 다시 판단을 고민해야 한다.

칸자키 무리를 부추겨 반에 변화를 줄 계획이었는데, 내가 굳이 컨트롤하지 않아도 이미 이치노세가 반을 바꾸기 시작했다고 볼 수 있겠다.

앞으로 그 반이 강해질지 위태로워질지 판단이 잘 서질 않는다.

학년말까지 상황을 더 지켜봐도 늦지 않을지 모르겠군.

3

저녁 8시가 지났을 무렵.

하시모토는 자기 방에서 혼자 한숨을 크게 내쉬었다.

"역시 연락이 안 오나. 이대로 안일하게 시험을 맞이할 생각이겠지, 그 여자."

가만히 있어도 지금까지 쌓은 공적을 생각하면 승률이 낮지는 않다.

70% 아니면 80%. 사카야나기는 견고하게 또 무난하게 1위, 못해도 2위는 차지할 것이다.

하지만 언제까지나 그게 전부여서는 안 된다.

장차 A반을 확정 지으려면 꼭 해야 하는 중요한 일이 있단 말이지.

각오를 다진 하시모토는 사카야나기에게 전화를 걸었다. 자신이 앞으로 어떻게 임할지 확실히 정하기 위한 싸움이다.

『이런 시간에 웬일이에요, 하시모토 군.』

전화 너머로 어렴풋이 흘러나오는 클래식과 함께 사카야나기의 목소리가 들렸다.

"전화해서 미안, 공주 씨."

『괜찮아요. 용건을 들어볼까요.』

차분한 말투를 봐서도 이야기 나눌 시간이 충분히 있다는 것을 쉽게 추측할 수 있었다.

"오늘 차 모임은 즐겁긴 했지만, 역시 들었으면 하는 이야기가 몇 가지 있어서. 내가 나름대로 이것저것 알아본 결과 위험성은 없어 보였으니까. 안심하기 위해서라도 그 보고를 하려고."

우선은 잽을 날려본다. 반응을 더 자세히 살피기 위한 흐름을 만든다. 당황하지 않고 천천히 간다. 그러려고, 방에 돌아온 후부터 수 차례 머릿속으로 시뮬레이션했으니까.

『위험성이란 건 무엇을 말하는 걸까요?』

이 여자는 다 알고 있으면서 태연하게 모르는 척한다.

적에게 하는 행동이라면 모르겠지만, 굳이 말하자면 아군한테 그렇게 한다.

혼자 전부 결정하고 즐기기 위해서, 자기가 시키지 않은 정보는 굳이 듣고 싶어 하지 않는다.

"그야 뻔하잖아? 세 반이 합심해서 A반을 칠 가능성 말이지. 세 반이 손잡으면 많은 점수를 조작할 수 있어. 정정당당하게 하면 승산이 없으니까."

『별것도 아닌데 너무 두려워하고 계시네요?』

세 반이 적이 되는 게 별것도 아니냐. 나는 그럴 가능성이 있는지 없는지를 알아보려고 신경을 소모해가며 열심히 팠구만.

"두렵지. 공주 씨는 안 그럴지 몰라도, 난 그 반들이 작당하는 게 위협 그 자체로 느껴지거든. A반이 집중포화 받을 수 있으니까."

『그 세 반은 A반으로 올라오기 위해 필사적이에요. 특별시험에서 1점이라도 더 많이 반 포인트를 획득하고 싶겠죠. 오로지 A반을 끌어내리기 위한 목적으로 자기들끼리 손잡는 건 쉬운 일이 아니랍니다.』

그 말의 의미를 모르는 바는 아니다. A가 최하위가 되어 봐야 위에 있던 반이 떨어지는 것뿐. 특히 이치노세의 반과 류엔의 반은 이익이 있는 것 같으면서 사실은 별로 없다. 아야노코지, 호리키타의 반이 1위가 되면 손해나 마찬가지니까.

"그래도 실행할 수 있는 놈이 뒤에 숨어 있다면 이야기가 달라지잖아."

아야노코지가 내가 생각하는 인간이 맞는다면 못 할 것도 없겠지.

『가능성을 완전히 부정하진 않아요. 그런데 그 이야기를 하려고 굳이 전화를?』

마치 쓸데없는 시간 만드느라 수고했다, 그렇게 말하고 싶은가 보네……

"아니, 할 얘기 더 남았어. 오히려 지금부터가 본론이야. 난 어떤 식으로든 반에 도움이 되고 싶어."

나는 다음 특별시험에 대비해 오늘까지 모은 정보를 최대한 사카야나기에게 전달했다.

코엔지가 호리키타와 약속한 게 있어서 보호받고 있다고. 그리고 누군지는 몰라도 류엔이 우리 반 학생과 접촉하고 있는 눈치고, 뭔가 나쁜 꿍꿍이가 있다고.

또 다른 반 학생 중에 누구를 우선해서 퇴학시켜야 할지 등.

그 밖에도 세세한, 다른 일반 학생에게는 의미가 없을 듯한 정보까지도.

"──이게 내가 지금 가진 호리키타 반의 정보야."

알아줬으면 하는 것은 나의 열의다.

견고한 A반으로 만들고 싶어서 하는 행동이라는 점이다.

『꽤 열심히 정보를 모으셨나 보네요, 하시모토 군.』

내 희망이 이루어져서, 나의 열량이 전화 너머로도 충분히 전달된 듯했다.

"당연하지. 경이로울 만큼 반 포인트를 벌어들이고 있는 라이벌 반의 필두야. 그 어떤 사소한 정보라도 확보하고 싶고, 공주 씨와 공유하고 싶어. 사실은 차 모임 때 얘기하는 게 제일 나았지만."

『노력가이시네요. 사랑이 아니라 정보 때문에 마에조노 씨와도 사귀는 건지?』

그렇게 나온다고? 사카야나기는 다리가 불편한 대신 많은 눈을 가지고 있다. 마에조노와는 공개적으로 몇 번이나 데이트하기도 했으니, 목격 정보를 가지고 있어도 놀랄 일은 아니다. 당황하지 마, 차분하게 대처해.

"뭐, 그것도 다 전략이지. 그런데 어디서 그 얘기를?"

『하시모토 군이 최근 들어 그녀와 많이 접촉하고 있는 걸 알아요. 마스미 씨에게 들려준 아야노코지 군 위협론의 음성 파일도 그녀가 줬겠죠.』

"뭐야. 그걸 말했다고? 마스미 짱이."

역시 심장에 해롭다.

최악의 예측을 해두지 않았더라면 너무 쫀 나머지 쓰러졌을 것이다.

카무로한테 따져봐야 "사카야나기에게 말하지 말라고는 안 했잖아. 했어도 말할지 말지는 내가 결정하는 거고" 하는 식으로 뻔뻔하게 나오겠지.

"여하튼 이 정보를 잘 활용하길 바란다, 공주 씨."

『그 후의는 잘 받을게요. 어디까지 도움이 될지는 미지수지만, 유효하게 활용할 수 있으면 하죠.』

"내가 잘못 들은 게 아니라면, 정보를 별로 활용하고 싶지 않다는 식으로 들리는데."

『저는 이미 기본 전략을 세워 놓았어요. 하시모토 군이 모은 정보만을 신뢰하고 의지하진 않겠다는 뜻입니다. 그래도 들어버린 이상, 필연적으로 그 정보를 받아들여야만 하는 부분도 있겠지요.』

알아버린 이상 없던 일로 하지는 않겠지만 기분이 좋지는 않은 듯했다.

"쓸데없는 짓이었다는 건가?"

『네. 특별시험을 치르다가 예상에서 벗어난 일이 일어나면 그건 그것대로 즐겁잖아요. 당신은 오히려 저의 즐거움 중 몇 가지를 빼앗는 짓을 한 거예요.』

여전히, 정말 바보 같은 소리를 해댄다.

반을 자신의 소유물로만 여기고, A반의 특권을 위해 싸우려고조차 하지 않는다.

단순 취미. 거기에 나를 끌어들이지 말라고.

"그래서 이번에 이긴다는 보장은 있고?"

『저는 지지 않아요. 옆에서 보면 알잖아요?』

그렇게 강하게 나오는 모습과 지금까지 낸 결과만 생각

했다면 나는 별로 걱정하지 않았을지도 모른다.

그만큼, 정보를 너무 많이 모아버렸다.

아야노코지라는 존재가 내 계획을 크게 바꿔 버렸다.

"진짜…… 언제나 자신만만하네. 알았어, 그럼 내가 한 말은 신경 쓰지 마. 문제가 일어나지 않는 한에는 가만히 지켜보기로 하지."

이렇게 된 이상 버텨봐야 아무 의미도 없다.

나는 나대로 이 전화로 할 수 있는 것은 다 했다.

『그렇게 하세요. 그럼 이만.』

통화 중간부터, 목소리는 평소와 똑같았지만 불쾌한 기분을 억누르며 말한다는 게 느껴졌다.

사카야나기는 도움받는 것을 싫어한다. 스스로 모은 정보와 자기 머리만 써서 싸우고 싶어 한다.

그래서 이렇게, 예상하지 못한 형태로 정보를 받은 것에 화가 나 있었다.

최선은 아니었지만, 조금이나마 속이 후련하다.

"꼴 좋다."

가볍게 반격했지만, 그래도 아직 내 싸움이 끝난 것은 아니다.

이제부터 본격적인 시작이니까.

다음 행동에 사카야나기에게 전화하기 전에 다진 결의보다 몇 배나 더 큰 결의가 필요할지는 모르겠지만, 내가 승리하기 위한 전략을 실행할 것이다.

○공방의 사각형

교사들이 전날 특별시험 준비를 다 마쳤는지, 평소와 같은 시각에 등교하니 교실의 모습이 이미 조금 달라져 있었다.

호리키타 등등이 앉는 제일 앞줄 책상 다섯 개가 앞으로 조금 밀려 나와 있었고, 거기에 태블릿 그리고 태블릿에 연결된 펜이 각각 놓여 있었다. 또 책상마다 끝에 칸막이가 세워져 양옆으로 들여다보는 커닝 방지책도 되어 있는 모양새였다.

칸막이가 없어도 어차피 태블릿에 훔쳐보기 방지용 필름이 붙어 있겠지만. 그렇게 생각했을 때도 칸막이의 역할은 굳이 따지자면 눈빛 교환 등으로 하는 간접적인 정보 전달 방지인지도 모른다.

원래 제일 앞자리인 학생 다섯 명을 위해 마련된 듯 보이는 책걸상 다섯 개가 제일 뒤에 새로 놓여 있었다.

지명받은 학생 최대 다섯 명이 앞자리에 앉아 문제를 푸는 형식이다.

교사가 가까이에서 감시하는 체제에서는 커닝 등도 불가능하다고 봐도 된다.

"어제는 잘 잤어?"

내 바로 뒷자리에 막 와서 앉은 호리키타에게 그렇게 말을 걸었다.

"똑같았어. 더 할 수 있는 것도 없고, 남은 건 적절한 컨디션 관리뿐이었으니까."

"첫 무인도 시험 때는 열나서 고생했었지."

"시끄럽네. 찔러버릴까."

"잘못했어."

무엇으로 찌르려는 건지는 모르지만, 그게 무엇이든 찔리기 싫으니까 사과한다.

"너는 여유롭니?"

"전혀 안 여유로운데. 오히려 민폐 끼치는 쪽이 될지도 모르니까 잘 부탁한다."

적어도 사카야나기와 이치노세가 정공법인 학력 문제로 나를 공격할 일은 절대 없을 것이다.

"미안하지만 너한테 프로텍트를 내줄 일은 절대 없어."

"절대냐……."

처음부터 보호받지 못하는 입장이라는 것도 참 허망하다. 반은 농담이라고 생각하지만, 도움을 기대하지 않는 편이 좋겠군.

잠시 후, 결석자 없이 모두가 모인 것을 확인한 차바시라 선생님이 건투를 빈다는 말을 남기고 교실에서 나갔다.

이런 종류의 특별시험에서는 담임이 아니라 다른 반 교사가 시험을 감독하는 게 당연하다. 불공평을 막기 위한 필연적 조치다.

얼마 지나지 않아 교실에 모습을 드러낸 사람은 류엔 반의 담임 사카가미 선생님이었다.

"이번에 이 반의 담당관을 맡게 된 사카가미다. 오늘 있을 특별시험의 공격 순서와 주의 사항을 전달하지."

차분한 어조로 짧게 말한 후 입을 닫았다.

그리고 조용히 태블릿을 눌러서 모니터에 배치와 주의 사항을 띄웠다.

특별시험 배치
①B반 → ②C반
↑   ↓
④A반 ← ③D반

주의 사항
원칙적으로 화장실은 4턴마다 10분씩 주어지는 쉬는 시간에만 허용

10턴(전반전) 종료 후 40분간 휴식과 점심시간

사적 대화와 스마트폰 사용은 지명받은 학생이 문제는 푸는 시간을 제외하고 자유

컨디션 불량 등 시험 속행이 불가능하거나 지장이 생긴 학생은 탈락으로 간주

커닝 행위가 발각된 학생은 즉시 탈락 처리되고 획득한 점수는 몰수

주의 사항에는 새로운 정보도 있었는데, 이 부분은 특별히 놀랄 것이 전혀 없다. 지명된 학생이 꾀병 등으로 공격을 피하려고 하는 방법을 쓸 수 없고, 시간을 끄는 행위도 인정하지 않는다. 그렇다는 얘기다. 일반적인 필기시험과 달리 참가자마다 문제가 다른 만큼 화장실에서 몰래 서로 정답을 공유할 수 없으므로 다른 반 학생을 우연히 마주쳐도 문제없는 느슨한 규제인데, 어찌 됐건 스마트폰을 쓸 수 있다는 시점에서 아무 상관도 없다.

발표된 반 배치, 공격 순서. 이쪽이 중요하겠지.

우선 B반, 다시 말해 호리키타의 반부터 턴을 시작해 이치노세의 C반을 공격한다. 이어서 이치노세가 류엔의 D반을, 그리고 류엔이 사카야나기의 A반을 공격하는 흐름. 마지막으로 사카야나기의 A반이 호리키타 반을 공격하면 한 바퀴로, 이렇게 총 10턴을 반복한다.

그리고 후반전이 되면 반시계 방향으로 모든 것이 반대가 된다.

호리키타는 모니터로 공방의 흐름을 확인한 후, 바로 스마트폰을 들여다보았다.

이 시점에서 호리키타가 류엔 반에 쓰려고 했던 전략은 전부 소용없게 되었다.

그러니 이치노세 반과 사카야나기 반에 대한 공방책을 떠올리는 작업에 들어갔을 것이다.

어디까지나 표면적인 부분만 평가했을 때 정공법밖에

못 쓸 듯한 이치노세 반을 상대하게 된 것은 유리한 요소다. 반면 반의 종합 능력에 더하여 날카로운 수읽기 능력을 갖춘 사카야나기와 신경전을 펼쳐야 한다는 것은 불리한 요소라고 할 수 있다.

어떤 결과로 이어질지, 나는 참가자 중 한 사람으로서 지켜봐야겠다.

라고, 태평한 소리를 하고 있을 때가 아니다.

이번 특별시험 과제인 16개의 장르를 다시 떠올렸다. 탈락=퇴학이라는 해석을 괜히 할 생각은 없지만, 지난 2년간 쳤던 특별시험을 돌이켜봐도 나조차 퇴학 위험 부담이 있는 보기 드문 규칙이다. 교과목 쪽 과제야 확실하게 극복할 수 있지만, 그게 아니라 서브컬처라든지 예능 같은 장르는 분명히 말하건대 평균 이하 수준. 미리 세 장르를 제외했으니 보호받을 수 있다지만, 그래도 답을 모르는 문제를 맞닥뜨릴 확률이 꽤 있는 만큼 바로 탈락자가 될 가능성이 없지 않다.

사카야나기와 이치노세가 짜서 나만 탈락자로 만든 다음 우리 반이 최하위가 된다면 퇴학을 피할 수 없게 되니까.

학생 중 한 사람으로서 부조리한 규칙이라고 생각하지는 않는다. 오히려 그런 시험이기에 빛나는 사람도 나올 것이다. 새로운 재능의 존재를 알릴 장이기도 하겠지.

"그럼 지금부터 특별시험을 시작하겠다. 첫 번째 턴의 첫 공격 순서인 이 반부터 사전에 설명한 대로 장르와 난이도를 선택하고 학생 다섯 명을 지명해."

사카가미 선생님이 특별시험의 시작을 알렸다.

한 번의 공방마다 쓸 수 있는 제한 시간은 겨우 3분. 절대 여유롭다고 말할 수 없겠지.

자신들의 턴은 고민하는 시간이 아니라 고민한 결과를 알리는 시간이다. 다른 반이 어떻게 나오는지 관찰하는 시간 쪽이 훨씬 긴 만큼 그때 의논하는 게 제일 낫다.

유일하게 멈추는 순간이라면 예상하지 못한 사태를 맞닥뜨렸을 때 정도밖에 없겠지.

"처음에는 아무것도 보이지 않으니까. 히라타와 미리 의논한 대로 해나가자."

확인을 포함해 또박또박 말한 호리키타는 메인 태블릿으로 손을 뻗었다.

의논에 참여하지 않았던 나는 어떤 방침으로 싸울 계획인지 정보가 없다.

장르, 난이도, 지명자를 담당관에게 말로 알리는 것이 규칙이다.

호리키타가 정한 사항을 전달받은 사카가미 선생님은 곧바로 모니터에 그 의사를 반영했다.

장르 『영어』 난이도 1

공격 측 지명자

『코바시 유메』『와타나베 노리히토』『스미다 마코토』『니노미야 유이』『시바타 소우』

장르는 영어. 그리고 타깃으로는 이치노세 반에서도 학력이 그리 높지 않은 학생들을 골랐다. 전술의 핵, 최고 기준으로 보이는 장르로 공격하다니, 확실하고 안전한 선택이다. 난이도는 득점이 아직 0인 만큼 선택의 여지가 없다.

선두 타자라는 점까지 고려하면 학력과 관련된 장르를 고르는 건 당연한 흐름이기도 하다. 문제의 경향, 표준 난이도가 어느 정도인지, 이 첫 번째 문제를 토대로 호리키타 반과 다른 반들도 파악해 나가게 된다.

다만 이치노세 반은 학력 면에서 학생들이 균형을 잘 이루고 있어서, 다들 현재까지 학력 C- 이상이었다. 지명 당하는 학생이 필연적으로 중요해지는 셈인데, 누가 어떤 과목에 약한지는 과거에 치러 공개된 결과나 개개인이 주고받는 대화를 통해 판단할 수밖에 없다.

학력 이외에 변칙적인 장르는 상대의 허점을 파고들기 쉽다.

서브컬처나 예능에 대해 잘 모르는 학생이라면 치명상을 입으니까.

하지만 처음부터 공격하는 것은 용기가 필요하다. 변칙적인 만큼 공부보다 강한지 약한지 판단하기도 어렵고 난이도를 예상하기도 어렵기 때문이다.

이치노세는 과연 누구를 프로텍트할까. 그 부분을 조용히 지켜보았다.

방어 측의 지명이 끝나서 화면이 전환되었다.

방어 측 프로텍트 성공자
『니노미야 유이』『와타나베 노리히토』

"이거, 두 명이 보호받았다는 뜻이지?"

모니터를 보고 상황을 완전히 이해하지 못한 니시무라가 호리키타에게 확인을 구했다.

"……그렇지. 이렇게 해서 이치노세 반은 무조건 2점을 획득해. 남은 건 나머지 세 사람이 정답을 맞히느냐에 따라 가점될지가 결정되는 상황이야."

이치노세 반에서 영어를 제외한 학생은 세 사람. 리더를 빼고 36명 중에서 지명할 권리가 있는데, 그중 두 명이 프로텍트로 보호받아 버린 것은 기뻐할 만한 확률이 아니다.

영어를 못하는 학생들을 있는 그대로 노린 결과 같으니 무리도 아니지만.

첫 번째라서 그랬을까, 꽤 투명한 공격을 했다.

상대 반에 뜬 과제의 문제가 우리 쪽에도 표시되었다.

『다음 문장의 뜻이 통하도록 한 단어를 추가하여【 】안을 정렬하시오.』

누구나 성장하려면 늘 어느 정도의 어려움을 겪을 필요
가 있다.

【everyone/amount/necessary/always/a/grow/of/
hardship/for/is/to】

"뭐, 뭐야, 이게, 어렵지 않아?!"

머리를 싸안고 일어난 이케 무리 중 일부가 그렇게 소리
쳤다.

그와 동시에 호리키타와 요스케처럼 공부 잘하는 학생
들은 복잡한 표정으로 얼굴을 마주 보았다.

"딱 난이도대로 같은 느낌이네."

"응. 평소에 공부했으면 그렇게 어렵지는 않을 거야."

표준이라는 문제를 보고 반 아이들의 생각이 두 갈래로
나뉜 듯하다.

그럭저럭 안정적인 학력을 갖춘 학생이 많은 이치노세 반.

그 하위 멤버들이 얼마나 성과를 거둘 것인가——.

첫 과제에 도전한 나머지 세 사람의 결과가 모니터에
떴다.

과제 정답자

『코바시 유메』『시바타 소우』

이렇게 해서 프로텍트를 받은 두 사람과 합하면 총 4점. 시작이 아주 좋다.

다음으로 이치노세 반이 류엔 반을 공격할 차례가 되었다. 장르는 『경제』였다.

그것을 받은 류엔은 프로텍트로 한 명을 지키는 데 성공했다.

하지만 정답자가 한 사람도 나오지 않아 결국 1점을 획득하는 선에서 그쳤다.

공부에 약한 학생이 많은 폐해가 벌써 고개를 내밀기 시작했다.

비교해봤을 때 이치노세에게 4점을 주고 만 것은 뼈아프지만, 낙담 따위 하고 있을 시간이 없다.

우리도 방어할 때 4점 이상 따면 만회할 기회가 있다. 이 특별시험은 상대가 프로텍트에 성공하지 않는 것, 정답을 맞히지 않는 것도 중요하지만 더 중요한 건 자신들이 방어 측이 됐을 때 높은 정답률을 내는 것. 방어에 성공해야 비로소 점수가 들어오기 때문이다.

류엔 반의 공격 때는 사카야나기가 프로텍트로 한 명을 지키고 세 사람이 과제에서 정답을 맞혀 총 4점을 획득했다.

그리고 첫 번째 턴의 마지막 순서. 사카야나기 반이 호리키타 반에 공격을 시작했다.

"드디어 우리야."

"응. 사카야나기가 어떤 식으로 공격할까……."

사카야나기가 선택한 장르가 공개되었다.

장르『계산』난이도 1

계산 장르는 단순히 덧셈, 곱셈 등을 암산하는 방식에서부터 빈칸을 채워 정답을 맞히는 방식도 있을 수 있다. 난이도 1이라면 어떤 문제에 도전하게 될까. 계산에 약한 학생이 의외로 많아 호리키타 반에서는 총 7명이나 제외 항목으로 골랐을 정도다.

하지만 무엇보다도 주목할 포인트는 코엔지를 어떻게 다루는가다.

약속 이행을 전제로 생각하면 프로텍트로 보호할 필요가 있다.

무인도 시험 때는 넘치는 재능을 발휘했던 남자지만, 기본적으로는 자유분방하고 빈말이라도 특별시험에 적극적으로 임하는 자세를 보이지 않는다. 그러나 학력이 우수하고 예리한 감을 가진 코엔지를 다른 반에서 굳이 집중 공략할 까닭은 별로 없겠지.

그래도 약속은 약속. 그것까지 고려해서 어떤 판단을 내릴까──.

방어 측 프로텍트 대상자

『소노다 치요』『이치하시 루리』『오키야 쿄스케』『이케 칸지』『마키타 스스무』

호리키타가 지명한 프로텍트 대상자 다섯 명 속에 코엔지의 이름은 없었다.

특별시험 따위 안중에 없는 코엔지는 그 결과에 아무런 반응도 보이지 않았다.

"야, 스즈네. 괜찮겠어? 그 녀석을 안 지켜도?"

코엔지를 쭉 신경 쓴 듯한 스도의 당황한 목소리가 날아들었다.

"탈락자가 되면 퇴학의 위험성을 부담해야 하는 시험. 문제를 두 번 틀릴 때까지는 크게 지장 없다고 판단했어. 그 아이를 처음부터 지킬 이유는 딱히 없어."

"그건, 뭐, 듣고 보니 그렇긴 한가……."

순간 놀란 스도이긴 했지만, 바로 받아들였다.

"그 대신이라고 말하면 좀 이상하지만, 나온 과제를 코엔지가 진지하게 풀든 백지로 내든 당연히 자유야. 그렇게 하면 되겠지?"

말투를 봐서도 사후 승낙의 형태였는데, 코엔지는 별로 개의치 않는 듯했다.

"좋을 대로 해."

퇴학당하게 두지 않겠다고 약속했다지만 갓난아기를 지키듯 하나부터 열까지 보호할 수는 없는 거니까. 호리키타의 처치는 최소한의 필수 전략이라고 할 수 있다.

그리고 답을 맞히든 틀리든 마음대로 해도 상관없다고 분명하게 말했어도, 실제로 지명받으면 코엔지 역시 무의미한 탈락은 피하려고 할 가능성이 있지 않겠는가. 사람은 보통 99% 지켜주겠다는 말을 들어도 1%의 불안이 남는 법. 스스로 목을 조이는 짓은 하지 않는다.

방어 측 프로텍트 성공자
『오키야 쿄스케』『이케 칸지』

공격 측 지명자
『이시쿠라 카요코』『키쿠치 에이타』『이노카시라 코코로』

호리키타는 훌륭하게도 첫 방어에서 두 명을 프로텍트하는 데 성공했다.

귀한 2득점이다. 첫 번째 턴이긴 하지만, 우선은 이 시점에서 3위가 되었다.

앞으로 과제에 도전할 세 사람 모두 정답을 맞힌다면 잠정적으로 1위가 되는데 과연 어떻게 될까.

긴장한 얼굴들이 앞자리에 앉아 태블릿에 뜬 문제를 마주했다.

문제를 푸는 동안 사적 대화 등은 일절 금지이므로 나머지 사람들은 조용히 지켜보았다.

『제한 시간 1분, $15 \times 24 \times 16 = ?$』

곱셈 문제가 나왔다. 당연히 세 사람은 암산으로 풀어야 했다.

필산할 수 있다면 쉽게 나올 정답도 머릿속으로 풀게 되면 난도가 훌쩍 올라간다. 쉬운 한 문제처럼 보여도 문제를 푸는 사람들이 당황하는 모습을 보니 고전하고 있는 게 분명했다.

1분이 순식간에 흘러갔고 그 결과는…… 정답자 1명.

이시쿠라를 제외한 두 사람이 답을 틀려 미안해하며 자리로 돌아왔다.

지명자와 그 결과를 본 나는 첫 번째 턴부터 사카야나기의 흥미로운 선택에 호기심을 느꼈다.

이시쿠라는 반에서 특히 수학에 강한 학생이다. 요구되는 방향성이 다소 다르다고 해도 계산인 이상, 수학과 연관 있다. 굳이 답을 맞힐 위험을 감수하면서 선택할 필요 없었을 텐데. 제외한 일곱 명 이외에도 노릴 만한 구멍은 얼마든지 있었는데 말이다.

단순히 이시쿠라의 능력을 몰랐을 가능성도 없지는 않지만, 사카야나기는 1학년 마지막에 치른 학년말 시험 때 수학 문제에 도전하는 이시쿠라를 봤다. 다른 사람이라면 모를까 사카야나기가 그걸 놓쳤다고 보기는 어려운데.

아니면 이시쿠라처럼 계산에 능한 학생은 프로텍트로 지키지 않을 거라고 판단해서 확실하게 과제에 도전하게 만들려고 선택했을 가능성도 있다.

일련의 공방이 끝나고 첫 번째 턴이 종료되었다.

징조가 나쁘지 않은 3득점으로 무난한 출발이었다고 할 수 있으리라.

이어서 두 번째 턴, 다시 공격 측이 되어 호리키타가 다섯 명을 통보했다.

이치노세 반은 프로텍트에 완전히 실패했지만, 두 사람이 정답을 맞혀 합계 6점.

류엔 반은 프로텍트 1명 성공, 정답자 1명으로 합계 3점.

사카야나기 반은 프로텍트 1명 성공, 정답자 3명으로 합계 8점.

이제 막 시작했을 뿐인데 두 번째 턴부터 벌써 각 반의 차이가 서서히 벌어지고 있었다.

그리고 호리키타 반의 두 번째 방어 순서가 되었다.

사카야나기가 고른 장르는 계산에서 식도락으로 변경되었고, 난이도는 1.

나한테는 물어보지 않았지만, 반에서 누가 이런 장르에 강하고 약한지 확인을 마쳤으리라. 호리키타는 망설임 없이 프로텍트 대상자 다섯 명을 골라 사카가미 선생님에게 전했다.

방어 측 프로젝트 성공자

없음

공격 측 지명자

『코엔지 로쿠스케』『하세베 하루카』『히라타 요스케』『유키무라 테루히코』『오노데라 카야노』

유감스럽게도 프로젝트는 완전히 헛스윙으로 끝나고 말았다.

여기서 문제는 그다음, 상대 측이 지명한 인물들에 있었다.

두 번째인데 벌써 코엔지의 이름이 다섯 명 중 가장 먼저 떴다는 사실.

20턴이나 되는 긴 대결인 만큼 코엔지도 얼마든지 지명이야 되겠지. 그리 특별한 일은 아니지만…… 중요한 건 코엔지가 자력으로 답을 맞힐 수 있는 과제일 때 어떻게 나오느냐에 있다.

『프랑스 요리를 먹을 때, 나이프와 포크가 접시 위에 八 모양으로 놓여 있는 의미를 답하라.』

내가 학교에 입학한 이후에 알게 된 지식으로도 충분히

답을 맞힐 수 있는 간단한 문제다.

하지만 코엔지의 결과는—— 백지를 내면서 오답.

뒤에서 봐도 확실히 알 수 있었는데, 펜을 쥐지도 않았다.

나머지 네 명의 결과는 유감스럽게도 케세이가 답을 틀린 듯했다. 오답이라고 뜨자마자 정답이 생각났는지 아쉬워하며 책상을 때렸다.

결과적으로는 아쉬운 부분이 있지만, 여하튼 3점을 획득. 이렇게 해서 합계 6점이다.

"야, 다 봤어, 코엔지, 역시 제대로 할 생각이 없구만……!"

고함을 지르진 않았지만, 스도가 화를 감추지 않았다. 이건 단순한 개인적 감정이 아니라 반을 대표해서 나서는 행동이라고 할 수 있겠다.

문제를 풀 자세조차 보이지 않았으니, 불만이 나와도 어쩔 수 없다.

"내 탓 하는 건 잘못됐지. 불만 있으면 다음부터는 날 지키면 다 해결되는 거야."

"젠장, 자기 멋대로 나불거리네……."

불만을 드러내도 무리는 아니지만 두 문제를 틀릴 때까지는 그렇게까지 신경 쓸 필요 없다.

백지를 냈는데도 여전히 개의치 않는 호리키타를 본 반 아이들은 마음이 좀 놓였으리라.

약속을 어기고 코엔지를 퇴학시키는 폭거를 휘두른다면 문제가 되겠지만, 귀중한 프로텍트 자리를 무의미하게 쓰지 않길 바라는 것이 본심일 테니.

코엔지는 당당하게 나오는 호리키타를 슬쩍 보고 히죽 웃더니 자기 자리로 돌아갔다.

한편, 순수하게 문제를 틀려 버린 케세이가 호리키타에게 사과했다.

"미안해, 호리키타, 너무 긴장해서 그랬는지 답이 바로 떠오르지 않았어……. 아는 문제였는데."

"넌 별로 걱정이 안 돼. 그래도 만약에 또 같은 장르로 공격하면 혹시 모르니까 한 번 지켜줄게. 그러면 되겠지?"

사카야나기는 빈틈을 놓치지 않는다. 그렇기에 위험을 느끼면 든든하게 지키는 판단을 내리자 케세이는 순순히 받아들였고 호리키타도 덩달아 고개를 끄덕였다.

막이 올라간 대결은 이렇게 공방전을 거듭해 나갔다. 학생들은 문제가 공개될 때마다 각자 대책을 세우기 위해 스마트폰을 들여다보느라 바빴다.

한편 리더는 지명될 염려는 없지만, 그 누구보다도 쉴 시간이 없었다.

상대에게 무엇을 출제할지, 지명자를 임기응변으로 바꿀 준비가 되어 있는지.

말할 여유도 거의 없이, 스마트폰이나 때로는 펼쳐 놓은 노트에 열심히 기록하는 호리키타.

이어서 세 번째 턴에 들어가 사카야나기의 공격이 돌아왔다. 다시 식도락 문제로 공격했다.

게다가 난이도도 똑같이 1. 간단한 문제였다는 것이나 우리 쪽에서 세 사람이 자력으로 정답을 맞힌 것을 봐서도 같은 장르는 아닐 줄 알았는데 상대의 노림수는 다른 데 있는 모양이었다.

코엔지, 케세이 그리고 다른 강력한 두 학생이 틀렸다는 부분을 빈틈으로 본 걸까.

지금은 미리 말한 대로 케세이를 프로텍트로 지키면서 나머지 네 사람을 선택했다.

그런데──.

방어 측 프로텍트 성공자 없음

공격 측 지명자
『코엔지 로쿠스케』『미야모토 소시』『이쥬인 와타루』『사토 마야』『아즈마 사나』

두 번 연속으로 코엔지를 지명했다. 심지어 나머지 멤버는 다 바꾸고.

반대로 프로텍트를 쓴 케세이를 사카야나기는 지명하지 않았다.

"다 읽혔나, 보네……."

그 말대로 공방전은 수읽기 싸움이다. 같은 장르로 공격하면 탈락을 막기 위해 방어 쪽이 움직이는 것은 정석. 그렇다면 당연히 보호받을 가능성이 있는 케세이를 공략할 이유가 없다.

그런데 그건 코엔지도 마찬가지다.

코엔지와 케세이, 사카야나기의 입장에서 두 사람의 판단 기준은 어떻게 달랐을까.

한 가지 확실한 것은 우리 쪽의 속내를 전부 꿰뚫어 보기라도 한 듯 적확하게 파악했다는 사실.

다시 자리에서 일어난 코엔지가 위풍당당하게 걸어 나갔다.

"코엔지. 반의 약속으로 너한테 강요할 순 없는 입장이야. 하지만 너 자신을 위해서라도 지금은 정답을 맞히는 게 무난하다고 생각해."

모두 문제를 푸는 자리에 앉아 시간이 된 시점부터 구경꾼들의 사적 대화는 엄금.

그래서 요스케는 스쳐 지나가는 순간에 그런 부탁을 하는 수밖에 없었다.

하지만 자신이 다음 턴 이후로 보호받으리라는 것을 조금도 의심하지 않는지 코엔지는 또 백지를 냈다. 과연 이번에는 아이들도 감정을 억누를 수 없어 했는데, 나머지 네 사람이 정답을 맞힌 것이 그나마 다행이었다.

바꿔 말하면 이번 세 번째 턴의 문제는 더 간단한 상식 문제였다는 것.

그렇기에 코엔지가 제대로만 했으면 비록 프로젝트에

실패했어도 만점을 확보할 기회였던 만큼, 있는 그대로 기뻐할 수만은 없는 부분도 있다.

세 번째 턴이 끝난 시점에서 1위는 사카야나기 반으로 11점, 2위 호리키타 반 10점, 3위 이치노세 반 9점, 최하위 류엔 반 5점. 코엔지가 답을 맞혔으면 12점으로 1등이 될 수 있었다.

요스케의 부탁도 들어주지 않은 이상 손쓸 방법이 없지만.

시험 시작 후 탄탄하게 1위를 유지하는 사카야나기 반을 빨리 붙잡아 두고 싶지만, 전반전은 지켜볼 수밖에 없고 모든 것은 류엔의 수완에 달렸다. 그런데 그 류엔 반은 현재 공수 둘 다 확실히 뒤처져 고전을 면치 못하고 있었다.

수읽기와 운이라기보다 반 아이들의 능력 차이가 여실히 드러난 인상이다.

이어서 네 번째 턴, 호리키타의 방어 순서.

장르 『식도락』 난이도 2

여기서 사카야나기는 설마 했던 세 번 연속 같은 장르를 선택했다.

다만 이번에는 난이도가 2로 올라갔다. 즉, 1점을 써서 공격한 것이다.

"또 식도락이냐고. 대체 무슨 생각인 거야, 사카야나기 녀석."

하지만 난이도보다도 같은 장르를 집요하게 골랐다는 사실에 신경이 쏠린 학생들.

벌써 코엔지가 탈락 범위에 들어갔는데, 공격할까 아닐까.

첫 번째와 두 번째가 연속으로 쉬운 문제였던 것도 있어서, 모든 반 중 처음으로 난이도를 올린 듯하다. 실험적인 시도이기도 하겠지.

"아무리 그래도 설마 코엔지를 또 노리진 않겠……지?"

"모르는 일 아냐? 오히려 코엔지를 떨어트릴 기회라고 생각할지도."

지금까지 식도락 장르에서 연속으로 백지를 내 오답 처리된 코엔지도 더는 물러설 데가 없다. 위험 반경에 들어왔으니 지켜야 할까, 반경 안이니 일부러 공격하지 않을 거라고 봐야 할까.

이 장르 선택에서 적은 분명 코엔지를 축으로 우리를 흔들고 있다.

다만 이 반은 일반적인 반과는 사정이 다르다.

신경전 이전의 문제. 여기서 또 백지를 내면 코엔지는 반의 첫 번째 탈락자가 된다.

다시 말해 보호하기로 미리 약속한 이상, 도리를 다하려면 호리키타가 움직일 수밖에 없다.

상대가 그를 고를 경우 코엔지로 1점을 확보할 수 있는 흐름이다.

호리키타에게 주목이 모이는 가운데, 그녀가 알린 다섯 명의 명단에 코엔지의 이름은 없었다.

방어 측 프로젝트 성공자
『시노하라 사츠키』『스도 켄』

공격 측 지명자
『코엔지 로쿠스케』『소토무라 히데오』『미야케 아키토』

지금까지는 비교적 조용히 지켜보던 반 아이들도 당혹스러워하는 것을 알 수 있었다.

"호, 호리키타?"

누구보다도 놀란 사람은 요스케였다. 약속을 지킬 거라고 믿어 의심치 않았던 그가 자리에서 벌떡 일어났다.

"괜찮아, 스즈네? 코엔지, 여기서 또 틀리면 탈락인데?"

스도도 똑같이 물었다. 하지만 호리키타는 대답하지 않고 조용히 앞만 응시했다. 이 상황에 유일하게 얼굴색이 달라지지 않은 사람은 지금 가장 마음이 급해야 할 당사자 코엔지뿐이었다.

"훗훗후. 한 방 먹었네, 호리키타 걸."

생각이 깊지 않은 사람은 호리키타가 코엔지를 버렸다고 받아들였을 것이다.

약속을 어기는 사람. 그런 꼬리표가 붙을 수도 있는 배반 행위다. 만장일치 특별시험 때를 생각해 보면, 여기서 반의 신뢰를 잃는 것은 좋은 방법이라고 할 수 없다.

코엔지는 더 이상 아무 말도 하지 않고, 다른 학생들처럼 앞에 나와 착석했다.

문제는 앞선 두 문제보다 확실히 어려웠다. 서로 얼굴을 마주 보거나 고개를 갸우뚱거리며 모르겠다고 어필하는 학생들도 여기저기 보였다. 평소에 코엔지가 식도락에 관해 얼마나 잘 아는지는 모르겠지만 수상한 분위기가 감돌았다.

그리고 세 사람이 문제를 풀었다.

지금까지 두 번 다 펜조차 손에 쥐지 않았던 남자가 마침내 움직였다.

언뜻 봐서는 손을 움직여 막힘 없이 술술 쓰는 인상인데, 과연…….

과제 정답자『코엔지 로쿠스케』

정답자 란에 처음으로 코엔지의 이름이 뜨면서, 백지와 오답을 피했다.

요컨대 탈락하지 않으려고 문제를 푼 것이다.

"뭐야, 코엔지. 역시 너도 결국은 불안했던 거냐?!"

안도한 스도가 순순히 문제를 푼 코엔지를 큰 목소리로 놀렸다.

아무리 싫은 사람이라도 탈락당하는 건 바라지 않는다는 게 태도에서 드러났다.

"어떻게 생각하든 그대에게 맡기지."

코엔지가 무슨 생각을 하는지는 잘 모르겠지만, 상식적으로는 당연한 행동.

정답을 맞히지 않으면 탈락해서 퇴학자 후보가 되니까 당연하다.

다만 이번 공방에서 마음에 걸리는 건 호리키타의 선택이겠지.

두 번 문제를 틀려 탈락 위기에 있는 코엔지를 프로텍트해주지 않았다는 사실.

궁지에 몰리면 진지하게 문제를 풀 거라고 짐작했다고 해도, 만약 틀렸다면 아웃.

정답을 맞힐 자신이 있는 것과 별개로 지켜야 하는 상황이었다.

아이들은 거기에서 불안을 느꼈는데, 요스케조차 진상을 쉽게 파악하지 못했다.

물론 당사자인 그 남자만은 예외지만.

내 옆을 지나 호리키타 앞에 선 코엔지가 중얼거렸다.

"무슨 생각이었을까? 변명할 게 있으면 들어볼까?"

"변명? 무슨 문제라도 있었니?"

"호오?"

기죽은 기색도 없이 코엔지를 올려다보는 호리키타의

눈을 보고 코엔지가 웃었다.

"넌 탈락하지 않았어. 그러니까 퇴학당할 염려는 아직 없잖아?"

"하지만 내가 답을 맞히지 않았으면 탈락이었지. 그건 어떻게 생각할까?"

"하지만 넌 답을 맞혔어."

"홋홋후, 하긴 그러네. 이거 실례, 내 지레짐작이었나 보군."

"오해 풀렸으면 이만 자리로 돌아가 줄 수 있겠니? 네 덩치가 너무 커서 모니터가 안 보여."

명백히 내팽개치고 관계를 끊어버린 듯한 대화에, 코엔지를 제외한 사람들에게서 당혹감이 사라지지 않았다.

내가 호리키타의 생각, 코엔지를 지키지 않은 행동의 유용성을 설명해서 그들을 안심시킬 수도 있겠지만, 물론 지금은 계속 가만히 지켜보기로 한다.

무의미하게 아이들을 불안하게 두고 싶은 게 아니라 다른 의도가 있다.

리더인 호리키타가 아이들에게 설명해 주지 않는 것이 무엇보다 큰 증거다.

호리키타는 학생들이 보내는 의아한 시선에도 흔들리지 않았다. 더욱 중요해졌을 다섯 번째 턴에서 사카야나기가 공격했을 때도 호리키타는 코엔지를 프로텍트 대상자로 지명하지 않았다.

하지만 그와 동시에 코엔지의 이름은 공격 대상자 지명에서도 사라졌다.

다른 학생들이 보기에는 코엔지가 프로텍트 대상자가 아니니까 위험 반경에 들어온 이상 공략 대상인데, 사카야나기는 그걸 피하고 있었다.

난이도 2인 식도락에서 유일하게 정답을 맞힌 것도 있어서, 각 잡고 문제를 푸는 코엔지를 만만치 않은 상대로 인식했을 가능성은 있다.

여기서 많은 학생은 이렇게 오해했으리라. 코엔지가 백지를 내지 않고 자기 능력으로 답을 맞히니까, 앞으로는 오답을 기대할 수 없다. 그래서 지명을 피하게 되었다.

동료들의 신뢰를 잃을 수 있는 위험한 도박을 건 호리키타가 수싸움에서 이겼노라고.

코엔지의 이름을 지명하지 않았다. 그 결과를 받아 든 호리키타의 표정이 흐려졌다.

"역시, 저쪽도 쉽게 나오지 않네……."

내 자리가 가까워, 그런 작은 혼잣말을 들을 수 있었다.

전반전, 몇 가지 볼거리가 있는 공방전을 즐기며 턴을 소화해 나갔다.

어느 반이나 마찬가지겠지만, 시간이 흐르면서 문제를 틀리는 학생이 하나둘 늘어났고, 마침내 일곱 번째 턴이 종료된 시점에서 류엔 반의 이시자키가 탈락자 제1호로 이름을 새겼다. 그리고 이어진 여덟 번째 턴에서는 호리키타 반의 소토무라와 이쥬인이 동시에 탈락했고, 류엔 반에서는 이소야마와 야노가 탈락. 사카야나기 반에서는 카무로. 전반전 마지막인 열 번째 턴이 종료된 단계에서는 호리키타 반에서 혼도, 류엔 반에서는 모로후지 그리고 사카야나기 반에서는 야마무라가 탈락했다.

전반전 종료 시점
1위 사카야나기 A반 29점 탈락자 카무로 야마무라
2위 호리키타 B반 28점 탈락자 소토무라 이쥬인 혼도
3위 이치노세 C반 24점 탈락자 없음
4위 류엔 D반 19점 탈락자 이시자키 이소야마 야노 모로후지

총 아홉 명의 탈락. 많아 보이는데, 후반전이 되면 더 늘어나겠지.

이미 두 문제를 틀려서 위험 반경에 들어간 학생이 속출했기 때문이다.

그 와중에 이치노세 반만은 아직 탈락자가 없다.

이건 언뜻 봤을 때 이치노세의 파인 플레이 같지만 실은 그렇지 않다.

"작전대로 잘 됐어, 호리키타."

요스케가 잘 싸웠다고 칭찬하듯 호리키타에게 말을 걸었다.

"응. 역시 그 아이가 취하는 태도는 이번 특별시험에서도 달라지지 않네. 그 덕에 어느 정도 제압할 수 있었어."

호리키타가 쓴 이치노세 공략법을 반에서 알아차린 사람이 얼마나 될까.

탈락자가 계속 0이었던 이유. 그건 공격하는 호리키타가 상대 반에서 위험 반경에 든 사람을 다섯 명으로 의도적으로 유지했기 때문이다. 이치노세는 자기 반 아이들을 반드시 지킨다. 그렇기에 여섯 번째 탈락 후보자가 나오지 않도록 분산해서 계속 공격했다.

한편 이치노세는 공격이 분산되고 있다는 것을 알면서도 후보자들을 계속 지켰을 것이다. 다섯 명이 탈락 후보자가 된 이후부터는 한 번도 프로젝트에 성공하지 못했다.

한 사람이라도 지키지 못해 탈락한다면 퇴학의 가능성이 생겨버리니까.

"그런데 정말 그 아이는 흔들리지 않는구나. 보통은 이렇게 무리하게 지키는 방법은 안 쓸 텐데. 전반전 때야 다지켜냈어도 뒤로 갈수록 점점 힘들어진다는 걸 아니까."

그것을 뒷받침하듯, 네 반 중에 한 문제를 틀린 학생 수가 가장 많은 반이 되고 말았다.

"후반전에 들어가면 이치노세는 류엔에게서 반을 지켜내야 해. 힘들겠지."

"후반전 때 프로젝트를 아예 포기해도 상관없다면 또 모르지만……."

그래도 류엔이니까. 마지막 한 번 또는 두 번의 턴 때 한 꺼번에 공격할 가능성이 높다.

"하지만 지금은 우리 문제가 우선이야. 1점 차이는 충분히 승산이 있어."

초반에는 치고 나가는 줄 알았던 사카야나기 반이었는데, 호리키타가 바짝 따라붙었다. 수싸움에서는 반보 정도 밀리는 느낌을 받지만, 그래도 반 아이들이 뒤에서 잘 받쳐주고 있다.

"문제 정답률은 프로젝트에 성공한 경우를 제외하고 언뜻 봤을 때 대략 절반 정도의 학생이 풀 수 있는 문제를 학교 측에서 예상해 제출한 듯해. 난이도가 한 단계 올라가면 정답률은 20%, 난이도 3에서 10% 정도로 잡았을까."

난이도 3에서는 정답을 거의 기대할 수 없지만, 2점을 써야 하는 만큼 남용하기 어렵다.

프로젝트에 성공해 버리면 손해가 막심하므로, 후반전에서도 사용 빈도는 별로 높지 않으리라.

선두 공방전도 관전 포인트지만, 하위 두 반도 궁금한 대목이다.

특히 류엔 반은 전반전에서 꽤 힘든 위치까지 밀려나고 말았다.

이대로 비슷한 추이로 간다고 하고 탈락자가 늘어나는 것까지 가정하면 1위 라인은 50~55점 전후. 류엔은 후반전에서만 최소 30점 이상 올리지 않으면 대결에 낄 수 없다는 계산이 나온다.

전체적으로 보고 말할 수 있는 건 역시 학력 높은 학생은 기본적으로 공략당하기 쉬운 경향이 있다는 사실이다. 다만, 그와 병행해 프로텍트 받기 어려운 면도 있고, 의외의 장르에서 실수하는 학생도 곳곳에서 볼 수 있었다.

그리고 서브컬처와 식도락 등 학력과 무관한 문제는 그 광범위한 특징 때문인지 똑같은 난이도라도 학력 관련 문제보다 쉬운 수준으로 설정된 게 많은 느낌이었다.

참고로 나는 그렇게 학력과 무관한 장르에서 한 번 틀렸다.

『동물원에서 사육하는, 두 발로 선 모습이 귀여워 세상을 연일 떠들썩하게 했던 동물은 무엇인가?』

라는 뉴스 문제였는데, 어떤 동물인지 전혀 감이 오지 않아 대충 『개』라고 썼다가 호리키타의 차가운 시선을 받고 말았다.

정답은 레서판다였다.

1

점심시간이 되자 호리키타에게 잠시 시간 좀 내달라고 부탁해 복도로 데리고 나왔다.

"정답은 레서판다잖아?"

"……그게 아니라. 시험에 조금 마음에 걸리는 부분이

있어서."

설마 지나간 일을 곧바로 다시 문제 삼을 줄은 몰랐다.

"농담한 거야. 그런데 네가 먼저 불러낼 줄은 몰랐네. 조언해 주려고?"

"아니, 조언까지는 아니고, 이번에 공격 측에서 다섯 명을 지명할 때 이름이 뜨는 순서의 법칙, 알아차렸어?"

"법칙이 있었나……. 솔직히 순서는 신경 안 썼어. 글자 순도, 남녀 순도 아니었지?"

"확실히 맞는지는 다른 반 공격 측한테도 물어봐야 알겠지만, 호리키타가 지명한 다섯 명은 어떤 정해진 법칙 같은 게 전혀 없었어. 즉, 리더가 언급한 순서 그대로라는 뜻이지."

"그렇구나, 정말 그랬을지도 모르겠네. 그래서?"

"내가 신경 쓰이는 건 전반전 두 번째 턴부터 네 번째 턴까지 사카야나기가 한 지명이야. 그때 코엔지가 연속 세 번으로 불렸는데, 전부 첫 번째 순서였어."

"그러니까 두 번째 턴이 되기 전까지 코엔지를 노리기로 정했고, 그 후에도 답을 맞힐 때까지 계속 제일 먼저 노렸다……? 그러고 보니까 두 번째 턴 때 유키무라도 답을 틀렸었지?"

"맞아. 코엔지도 원래 가진 능력만 보면 위협적이지만, 종합적인 능력은 틀림없이 케세이 쪽이 더 걸렸을 텐데. 그런데 사카야나기는 답을 틀린 케세이를 세 번째 턴 때 지명하지 않았어."

"그땐 단순히 내가 수싸움에서 졌다고 생각했는데? 유키무라가 중요하다고 생각해서 내가 프로텍트로 지킬 거라고 판단했을지도 모르잖아?"

"물론 케세이는 그런 이유로 공격 대상에서 제외했을지도 모르지. 하지만 코엔지는 설명이 안 돼. 두 번째, 세 번째 턴 연속으로 답을 틀렸는데 네 번째 턴에서 정답을 맞히니까 다섯 번째 턴 이후부터는 전반전에서 한 번도 이름을 지명하지 않았어. 프로텍트로 보호받았다면 이해할 수도 있겠지만, 네 번째 턴 때 스스로 답을 맞힌 거잖아. 요컨대 우리는 한 번도 프로텍트하지 않았다는 걸 상대도 알고 있었는데 말이야."

"사카야나기는 일찍부터 코엔지만 점찍고 있었다. 두 문제를 틀려서 위험 반경에 들어왔는데, 단 한 번 답을 맞혔다고 해서 바로 공격을 멈췄다. 그게 부자연스럽다는 말이네."

탈락자는 한 명이라도 더 많이 나오는 게 좋다. 프로텍트 받지 않을 가능성이 높다면 더 공격해도 됐을 터.

"그의 지식량을 경계했을 가능성은?"

"그럼 처음부터 무리해서 코엔지를 공략할 필요가 없지. 굳이 세 번 연속으로 지명한 이유가 설명이 안 돼."

"……사카야나기가 나랑 코엔지가 나눈 약속이 무슨 내용인지 파악하고 있는 걸까?"

"그렇게 생각하는 게 자연스러워. 약속이 존재하는 한 코엔지는 높은 확률로 진지하게 임하지 않으리라는 거. 그리고 호리키타라면 코엔지가 두 번 틀릴 때까지는 지켜주지 않을 거란 것까지 계산했을 거야."

물론 코엔지가 성실하게 답을 맞히거나 호리키타가 처음부터 지켜줄 가능성도 전혀 없진 않았지만, 그 경우에는 세 번째 턴 이후에 바로 코엔지를 공격 대상에서 제외했을 것이다.

"하지만 그럼 왜 다섯 번째 턴 이후에도 그를 노리지 않았을까? 난 그 애를 프로텍트에 넣어서 지키는 선택지를 고르지 않았는데?"

"네가 그렇게 선택했기 때문이지. 코엔지한테 프로텍트를 하나 쓰게 하는 의도가 빗나간 이상, 코엔지를 탈락시키는 데 재미를 느끼지 못하게 된 거야. 오히려 손해라고 판단했을 거야."

"탈락자가 나오면 우리가 1점 잃는데도?"

"그래. 시험 전에 네가 그랬잖아. 최하위가 됐을 때 타격을 적게 입고 끝나는 방법을 준비해 뒀다고. 바로 코엔지를 탈락시키는 거였겠지?"

"……알았네."

"코엔지와 한 약속은 『퇴학』당하지 않게 하는 것. 『자유』를 보장하는 것. 이 특별시험에서 넌 코엔지에게 아무런 제약도 걸지 않았으니까 자유를 보장하겠다는 약속은 굳이 말할 필요도 없이 지키고 있지. 그리고 또 다른 하나인 퇴학당하지 않게 하는 것. 이건 만약 코엔지가 유일한 탈락자로 끝나더라도 프로텍트 포인트를 쓰게 하면 퇴학당할 일이 없으니까 해결되고."

코엔지는 무인도 시험에서 승리하면서 자기 손으로 프로텍트 포인트를 따냈다. 요컨대 퇴학을 무효로 만들 권리를 가졌다.

"맞아. 난 코엔지의 프로텍트 포인트까지 지켜주겠다고는 약속하지 않았어. 그가 퇴학만 당하지 않으면 약속은 계속 이행되는 거야. 원망 들을 이유가 전혀 없어."

탈락으로 1점은 잃겠지만, 이후 누가 탈락해도 코엔지의 프로텍트 포인트를 뜯어내면 그만이다. 요컨대 최하위가 되어도 누군가가 퇴학당할 걱정이 없다는 뜻.

"다들 내가 그를 지키지 않은 것 때문에 불안해졌겠지만."

"그걸 설명하면 코엔지한테 너의 목적을 들키게 되니까."

"맞아. 어차피 그 애도 내가 안 지켜주니까 곧바로 눈치챈 모양이지만. 나야 그 애를 빨리 떨어트려 버리는 게 후반전이 훨씬 편한데."

그래서 코엔지가 스스로 정답을 맞힌 것이다.

프로텍트 포인트를 내놓는 건 성가시다고 생각했기 때문이다.

"사카야나기의 성격상 호리키타의 반이 받을 『퇴학당할지도 모른다는 압박감』을 없애고 싶지 않았다고 보는 게 타당해."

"그 애의 행동 하나하나에 성격이 잘 드러나 있다는 거네. 그런데 왜 코엔지는 첫 번째 문제부터 답을 맞히지 않았을까?"

"그것만은 나도 잘 모르겠어. 세 번째 문제부터라도 늦지 않다고 판단했을 뿐인지도 모르지. 여하튼 내가 말하고 싶은 건 우리 반에, 외부로 정보를 흘리는 학생이 있을지도 모른다는 거야."

이번 시험뿐 아니라 앞으로도 영향을 줄 문제 같아서 말해주기로 한 것이다.

"고마워. 앞으로 그 부분도 조심해야겠어."

"이제 할 얘기 다 끝났는데. 점심은 어떻게 할 거야?"

"도시락 쌀 여유도 없었고, 모처럼이니까 식당에라도 가볼까 해. 넌?"

"그럼 나도 그럴까. 아마 케이는 스마트폰만 노려보고 있을 테니."

교실 쪽을 보며 그렇게 대답하자, 알겠다는 듯 호리키타가 고개를 끄덕였다.

전반전 때 케이는 사카야나기의 지명을 한 번도 받지 않아 무사히 마칠 수 있었다.

하지만 당연히 안심해도 된다고 말할 수 없고, 짧게는 세 문제 만에 탈락자에 들어갈 것이다.

그 사태를 피하기 위해서라도 벼락치기라도 되니까 지

식을 머리에 새겨넣고 싶겠지.

2

생존과 탈락의 특별시험이 시작되고 첫 번째 턴이 무사히 진행되었다.

이치노세 반의 첫 공격을 받은 류엔은 자기가 지명한 프로텍트 다섯 명 중에 고작 한 명의 성공으로 끝난 데다가 문제를 맞힌 학생도 없어서 절대 좋은 출발이라고 말할 수 없었다.

하지만 그것도 무리는 아니다. 류엔의 반은 학력 쪽으로 보호해야 할 학생이 너무 많다는 약점을 노골적으로 가지고 있었기 때문이다. 이치노세가 고른 『경제』를 제외한 학생이 아니라도 절반 가까이는 같은 장르에 불안감을 가지고 있었다.

한편 호리키타 반의 공격을 받은 이치노세 반의 결과는 합계 4득점.

첫 번째 턴부터 3점이나 차이가 벌어져서 벌써 묵직한 공기가 감돌았다.

다만 그건 점수를 따지 못해서가 아니다.

"이제 공격 차례니까 A반 중에 지명하도록 해."

호시노미야가 눈치 없이 해맑은 투로 리더에게 지시했지만, 류엔은 꿈쩍도 하지 않았다.

조용히 입을 다문 채 스마트폰만 보았다.

"저기요? 내 말 안 들려?"

혹시 몰라 교단 위에서 다시 불렀지만, 류엔은 여전히 요지부동이었다.

사전에 설명한 규칙으로도 다 알다시피 지명 시간은 정지되지 않고 이 순간에도 1초씩 깎이고 있다.

첫 번째 턴의 공격, 누구를 공략할지 당연히 결정해야 한다고 생각하는 호시노미야였는데, 류엔은 60초가 지나도 여전히 움직이지 않았다.

원래라면『괜찮아?』같은 목소리가 반 아이들 사이에서 들려와도 이상하지 않은데, 아무도 지적하지 않았다. 아니, 이 반에서는 대부분 지적하고 싶어도 지적할 수 없다.

다시 전면에 나선 이후로 류엔은 예전보다 더한 압도적 위압감을 풍겼다. 호시노미야는 류엔 반의 얼어붙은 분위기를 볼 기회가 별로 없지만, 반 아이들은 그렇지 않다.

이것이 일상, 늘 보는 광경이다.

참모를 맡은 카네다가 움직여 준다면 이야기가 빠르겠지만, 기본적으로 그는 류엔의 지시를 기다리는 경향이 있어서 기대하기 어려웠다.

이럴 때, 갈 곳을 잃은 반 아이들의 시선은 대체로 자연스럽게 카츠라기로 향하곤 했다. 다른 반에서 온 학생이지만, 이미 류엔의 참모로 인정받고 있었다.

OAA의 종합 능력도 그렇지만, 가장 큰 요인은 류엔을 두려워하지 않는 태도.

단순히 거만하게 구는 거라면 이부키도 비슷한데, 카츠라기는 거기에 이론도 더해졌다.

그 의지하고 싶은 카츠라기는…… 움직이지 않았다.

눈을 감고 팔짱을 낀 채 공격 측의 시간이 지나가는 것을 허용하고 있었다.

이 상황에서 말 걸어봐야 아무것도 달라지지 않는다며 포기한 걸까.

아니면 이 정도는 예상했던 일이어서 마음 놓고 기다리고 있을까.

좌우지간 많은 학생은 입 다물고 지켜볼 수밖에 없었다.

"저기, 이제 겨우 첫 번째 턴이거든? 3점 차이는 별것 아니니까 너무 기죽을 필요는 없지 않을까?"

고작 첫 번째 턴의 공격을 막지 못했을 뿐, 그 정도에 불과하다며 호시노미야가 다독였다.

교사로서 형평성에 다소 어긋나는 행동이지만, 그래도 많은 불안을 느낄 학생들을 위해 가만히 있을 수 없었다──라는 것은 형식적인 이유에 불과하다. 사실은 자신이 맡은 이치노세 반이 이기기 위해, 사카야나기 반이 득점하게 내버려 둘 수는 없기 때문이다. 얼빠진 전략 때문에 자꾸 많은 점수를 줘버린다면 승산이 사라진다.

타산적인 행동이지만 침묵이 계속 이어지자 호시노미야는 자신의 판단이 틀렸음을 알아차렸다.

류엔이 가만히 있는 것에 의문을 느끼는 학생은 많아도 불안해하는 학생은 거의 없는 것이다. 원래라면 침묵은 나쁜 결과로 이어지기 쉽지만, 이 반이 키워온 특유의 강함.

2분 가까이 지났는데도 지명자를 말하지 않는 비정상적인 사태를 그대로 받아들이고 있었다.

그 침묵에 어떤 비책이 숨어 있지 않을까. 호시노미야는 그런 생각이 들기 시작했다.

사카야나기 반이 프로젝트를 다 실패하고, 과제를 많이 틀릴 수 있는 이상적인 지명.

순간 떠오른 그런 꿈 같은 전략이라도 생각하고 있을까?

남은 시간이 30초에 가까워졌을 때 류엔이 예고도 없이 다섯 명의 이름을 말했다.

"앗, 자, 자, 잠깐만. 빨리 입력할 테니까."

호시노미야는 그 목소리에 따라 얼른 태블릿을 만졌다.

장르『생활』난이도 1

공격 측 지명자
『키토 하야토』『카무로 마스미』『하시모토 마사요시』『마치다 코지』『야마무라 미키』

서둘러 입력을 마친 호시노미야는 그 다섯 명의 이름에 아연실색했다.

보고 또 봐도 사카야나기와 가까운 학생이 몇 명 있었기 때문이다.

방어 측 프로젝트 성공자
『마치다 코지』

장고 끝의 선택, 그 결과 한 명이 프로젝트에 성공했다. 하지만 문제는 그다음이었다.

과제 정답자
『키토 하야토』『카무로 마스미』『하시모토 마사요시』

나머지 네 명 중 세 명이 답을 맞히는 결과가 나왔다.

상대 반에 4점이나 내어주고, 자신들은 1점에 그치는 나쁜 출발이었다.

역시 기대가 안 된다. 의외로 냉정해 보이던 학생들 모습에 감탄했던 것을 속으로 취소했다. 역시 실력은 없는 것 같으니 사카야나기 반을 무너뜨릴 수 없음을 깨달았다.

그 후로도 류엔의 전략은 빈말이라도 명징(明澄)하다고 할 수 없었다. 지명자 대부분이 첫 번째 턴의 멤버들과 다르지 않았다. 교란할 목적인지 이따금 바꾸긴 했어도 대체로 두 턴에 한 번 꼴로 키토, 카무로, 하시모토, 야마무라, 마치다, 사나다, 사토나카, 마토바를 계속 지명했다.

당연히 사카야나기도 효율적으로 프로젝트를 거듭했다.

그런데도 류엔은 지명자를 크게 바꾸지 않았다.

최하위에서 계속 턴을 이어 나갈 뿐.

그런데 전반전의 절반을 지난 다섯 번째 턴. 이미 두 문제 틀린 학생들도 나타나 마음이 급해지기 시작해야 할 이 시점에 호시노미야는 뭔가 이상함을 감지했다.

"다들, 전혀 당황한 기색이 안 보여……."

최하위를 탈출할 기미가 보이지 않는 치명적 원인은 공격보다 방어에 있다. 다른 반보다 과제 정답률이 낮아서 벌어야 할 점수를 벌지 못하고 있었다. 그렇다면 1분 1초를 아껴 정답의 힌트를 찾는 것이 일반적인 행동이다.

그런데 이 반에는 긴장감이 보이지 않는 학생이 적지 않았다.

호시노미야는 지켜보는 척 교실을 돌아다니면서 은근슬쩍 학생들의 스마트폰을 들여다보았다.

과연 놀고 있는 건 아니었고, 일단은 다양한 웹사이트와 동영상을 확인하면서 자신이 취약한 장르의 대책 마련은 하고 있었다.

류엔의 지시 아래에 있기 때문에 단순히 너무 긴장한 나머지 괜한 말조차 나오지 않는 것일까.

그렇게도 생각했는데——.

"카네다, 그냥 가만히 있는 것처럼 보이는데 대책은 다 세웠니?"

조용히 대책을 찾는 학생들 틈에서, 스마트폰조차 만지지 않는 카네다에게 호시노미야가 지적했다.

"이래 봬도 평소에 꾸준히 공부하고 있거든요. 그리고 억지로 지식을 채우려고 하지 않는 주의라. 루틴이 깨지는 건 좋지 않아요."

안경을 치켜올리며 카네다가 대담하게 웃었다.

"그, 그래? 머리 좋은 애들은 참 특이하다니까."

자기가 물어놓고, 같은 말을 들을 것만 같이 살짝 깬다는 투로 대답한 호시노미야는 카네다에게서 흥미를 잃었다.

그밖에, 이를테면 이시자키는 대기 시간을 틈타 잠깐 눈을 붙이는 뻔뻔함까지 보였다.

벌써 두 번 틀려서 포기의 경지에 다다른 것 같기도 했다.

"이 반은 대체 어떻게 돌아가는 거야……?"

살짝 꺼림칙해졌지만, 담당자로서 착실하게 턴을 소화해 나갔다.

3

사카야나기가 호리키타 반의 두 번째 공격 대상자 다섯 명을 교사에게 통보한 직후, 자리에 앉아 있는 사카야나기에게 하시모토가 다가갔다.

그의 표정에서 평소의 은은한 미소는 사라지고 어딘지 딱딱하고 험했다.

하시모토 이외에는 다 자기 자리에 앉아 있었기 때문에 더욱 눈에 띄는 행동이었다.

"왜 그러시지요? 하시모토 군."

"어젯밤에 신신당부했던 것 같은데. 내가 준 정보를 쓸 생각이 전혀 없는 거야?"

장르 『식도락』 난이도 1

공격 측 지명자
『코엔지 로쿠스케』『하세베 하루카』『히라타 요스케』『유키무라 테루히코』『오노데라 카야노』

엄지손가락으로 자기 뒤쪽의 모니터에 뜬 학생 이름을 가리키며 불만을 드러냈다.

"하시모토 군의 눈에는 그렇게 보이나요?"

"그래, 그렇게 보이는데."

"하긴, 어젯밤 전화에서는 참견이 좀 지나치더군요. 하지만 주신 정보는 정보니까요. 당연히 해마에 새겨진 이상, 무의미하게 그냥 넘길 일은 없답니다."

"그럼—— 왜 코엔지를 노리는 거야?"

"B반에서 가장 피해야 할 타깃 중 한 사람이 코엔지 군이라고 말하셨지요."

"그 녀석은 호리키타와 한 약속이 있어. 즉, 프로텍트 대상자니까 노리면 높은 확률로 보호받고 무조건 점수를 딸 거라고. 내가 준 여러 정보 중에서도 특히 잘 활용할 줄 알았는데."

도움이 되는 정보라고 판단했는데 초반에 밟아 뭉개버린 게 참을 수 없었던 모양이다. 평소의 밝은 분위기와는 다르다는 것을 감지한 키토가 천천히 의자를 뒤로 밀었다.

"걱정 안 하셔도 돼요, 키토 군. 하시모토 군은 몹시 냉정하답니다."

사카야나기는 조용히 웃은 후, 왜 프로젝트 대상자일 가능성이 높은 코엔지를 노렸는지 이유를 들려주었다.

"호리키타 씨와 그가 맺은 약속이 있는 건 분명하지요. 하지만 그건 어디까지나 퇴학당하게 두지 않는 것, 그리고 자유롭게 내버려 두겠다는 것 두 가지잖아요?"

"그렇지⋯⋯."

"소중한 프로젝트 하나를 소모해 그를 무사히 지켜내선 얻을 이익이 없어요. 적어도 한 번은 표적이 되고 또 문제를 틀릴 때까지 상황을 지켜봐도 괜찮지요. 이기려면 최소한 그 정도는 해야 해요. 그렇게 생각하지 않나요?"

"하지만 호리키타는 양심을 지키는 성격이야. 약속을 어겼다는 걸 알면 반이 동요하는데."

"그 정도에 동요할 것 같으면 차라리 동요하게 만들어 버리는 게 나아요. 그리고 약속을 이행하는 것도 중요하지만, 귀중한 프로젝트 하나를 코엔지 군 때문에 계속 버리는 게 더 리더로서 자질이 의심스럽지요."

그렇게 설명하는 사이에 호리키타 반이 프로텍트할 다섯 명을 정했는지 모니터 화면이 전환되었다.

프로텍트 성공자가 없다고 떠서, 사카야나기가 지정한 다섯 명이 과제에 도전하게 되었다.

"어때요? 예상했던 대로 코엔지 군에게 프로텍트를 쓰지 않았네요."

결과를 보여준 이상, 하시모토도 더는 강하게 밀어붙일 수 없었다.

"……뭐, 그러네. 하지만 무리해서 코엔지로 1점을 따내는 것에 의미가 있어? 녀석은 머리도 비상하잖아. 잔챙이들보다는 정답을 맞힐 확률이 높은데?"

"그런가요? 그는 틀림없이 자유. 호리키타 씨가 확실하게 약속했으니 성실하게 답을 맞힐 의무는 없어요. 의외로 일부러 답을 틀리고 물러날지도."

마치 미래가 다 보인다는 듯이 확신했고 흔들림이 없었다.

하시모토는 설마 하는 생각으로 모니터 화면이 바뀌기를 기다렸다.

결과, 예상했던 대로 코엔지는 문제를 틀렸다. 그렇게 탈락에 한 발 가까워졌다.

"다소 리스크는 있었지만 1점을 땄군. 훌륭해, 공주 씨."

일단 하시모토는 안심했지만, 다음 턴에서 그 마음은 금세 사라지게 된다. 공격 순서가 되자마자 사카야나기가 바로 코엔지의 이름을 올렸기 때문이다.

심지어 똑같은 장르. 의도적으로 노리고 있다고 어필하는 것이나 마찬가지였다.

이번에는 하시모토뿐 아니라, 흐름을 지켜보던 반 아이들도 웅성거리기 시작했다.

"어떻게 된 거야? 아무리 그래도 같은 장르니까 코엔지를 지키려고 할 텐데."

카무로도 사카야나기의 행동을 이해하지 못해 그렇게 지적했다.

"설마 이번에도 프로텍트 대상자로 올리지 않을 거라고 말할 생각은 아니겠지……?"

"제 눈에는 그렇게 보인답니다. 그래서 코엔지 군을 일부러 지명한 거고요."

어이없는 예상이라고 생각하면서도 자리에서 일어서지 않고 모니터를 응시하며 결과를 기다렸다.

방어 측 프로텍트 성공자 없음

"진짜냐고…… 무슨 생각인 거야, 호리키타도."

연속으로 코엔지가 프로텍트 받지 못했다는 사실에 하시모토는 어안이 벙벙했다.

또 똑같이 답을 틀릴지도 모르는, 보통은 생각하기 어려운 코엔지의 행동.

"하시모토 편을 들려는 건 아니지만, 왜 두 번째에도 지키지 않을 거라고 생각했어?"

"첫 번째와 같은 이유랍니다. 두 번까지는 틀려도 괜찮으니까 굳이 지킬 필요가 없지요. 최종적으로 지키는 것이 정해져 있다면 아슬아슬할 때까지는 내버려 두고 싶은 법이에요. 다만 호리키타 씨 입장에서는 답을 맞혀주길 바랐겠지만요."

"……그렇군. 이제 호리키타는 싫어도 코엔지를 지킬 수밖에 없게 됐네."

그 말을 듣고 납득한 키토가 그렇게 중얼거렸다.

실패해도 여유가 있는 한 호리키타는 프로텍트 자리를 코엔지에게 할애하지 않는다.

즉, 다음 턴에서 확실하게 프로텍트 하나를 버리게 하기 위해, 사카야나기는 리스크를 감수하고 그를 공략할 것이다.

그렇게 해석할 수 있었다.

두 번 연속으로 식도락 문제 자체가 쉬웠던 것은 어쩔 수 없는 부분이리라.

어느 반 할 것 없이 지금은 장르마다 난이도를 파악하고 있는 단계다.

"의심해서 미안했다, 공주 씨. 다 생각이 있었던 건데. 하지만 그럼 첫 번째 턴부터 코엔지를 노려도 되지 않았어? 그렇게 하면 나머지 여덟 번의 턴에서 상대의 프로텍트를 버리게 할 수 있는데. 턴 하나를 손해 본 거잖아."

"99% 코엔지 군을 지키지 않을 거라고 예상했으면서도 두 번째 턴부터 그렇게 한 건 상대가 지키지 않는 결단을 확실히 내리게 하기 위해서였답니다. 그리고 두 번째 턴의 실패를 유도하기 위해서라도 중요한 포석이었고요. 만약 첫 번째 턴부터 제가 그를 공략해서 호리키타 씨가 그를 지키기로 판단했다면 어떻게 됐겠어요? 이후에는 우리가 건드리기 어렵지 않았겠어요?"

가짜 프로젝트에 농락당했을 수 있다. 연달아 방어에 성공하면 여유도 생기면서, 상대에게 페이스가 넘어갈 위험도 있다고 생각했다.

"그리고 그가 첫 번째에 쉬운 문제를 틀려준 덕분에 두 번째 문제도 답을 틀려줄 가능성이 높다고 판단할 수 있었고, 일단 결과는 최상이에요. 다 하시모토 군이 준 정보 덕분이에요."

분명히 많은 도움이 되고 있다. 그 부분을 강조하자 하시모토도 안도해서 고개를 끄덕이며 자리에 앉았다.

"그럼 코엔지 군을 마무리 지어볼까요?"

네 번째 턴, 사카야나기는 세 번 연속으로 코엔지를 제일 먼저 지명해 또 한 번 놀라게 했다.

"신중을 기울이는 거예요. 빈틈을 보이면 언제든 다시 그를 노리겠다, 그런 협박입니다. 우리는 하시모토 군의 첩보 활동 덕분에 호리키타 씨 반의 속사정을 알고 있어요.

하지만 상대는 코엔지 군과 약속한 사실이 유출된 줄 모르고 있으니까요."

"그렇군……. 하긴 반드시 코엔지에게 계속 프로텍트를 써야겠다는 마음은 들게 할 수 있으려나."

똑같은 식도락 장르를 고르고 난이도는 2로 올려서 문제 수준의 상승 폭도 확인했다.

코엔지가 보호받는 만큼 손해라는 생각도 들었지만, 하시모토는 굳이 거기까지는 지적하지 않았다.

그런데 바로 여기서 많은 사람이 전혀 예상하지 못한 전개가 펼쳐졌다.

방어 측 프로텍트 성공자 『시노하라 사츠키』『스도 켄』

호리키타가 코엔지를 지키지 않는 뜻밖의 선택을 한 것이다.

"왜 안 지킨 거야."

"네가 한 약속 얘기, 가짜 정보였던 것 아니야?"

"그럴 리 없는데……! 호리키타는 분명 코엔지를 지키기로 약속했다고!"

결과적으로 코엔지는 스스로 정답을 맞혀서 탈락을 면했는데, 머릿속이 여전히 혼란스러웠다.

한편 사카야나기는 프로텍트를 쓰지 않은 것, 코엔지가 두 번의 오답 이후에 태세를 바꿔서 정답을 맞히고 탈락을 피한 것을 통해 모든 상황 파악을 마쳤다.

"호리키타가 버린 건가? 코엔지를……."

"그럼 오히려 기회야. 단번에 누를 수 있어."

나쁜 방향으로 생각하지 않고, 앞으로도 코엔지를 노리면 된다고 키토가 제안했다.

"맞아, 그것도 가능하겠다. 호리키타가 신뢰를 잃고 사기도 떨어질 거야."

프로텍트를 쓰지 않는 선택을 하는 바람에 상대 반의 내부 분위기가 나빠졌을 거라고 본 하시모토.

반면 사카야나기는 다른 결론을 내렸다.

"무조건 프로텍트하거나 차라리 탈락하길 바랐는데—— 아무래도 호리키타 씨에게는 다른 목적이 있었나 보네요. 계속 코엔지 군을 노려봐야 오히려 그들을 도와주는 것뿐이겠어요."

피식 웃은 사카야나기가 스마트폰을 껐다.

"그나저나 저와 어떤 방식으로 대결할지 깊이 생각하고 계신 것 같아서 감탄이 나오네요."

사카야나기는 생각했다. 호리키타의 뒤에 아야노코지가 숨어 있을까 아닐까.

이 흐름은 누가 주도해서 전략을 세운 것일까.

"일단 틀림없이 관여는 안 했겠지요."

만약 아야노코지가 뒤에서 전권을 쥐고 있었다면 교실의 장벽을 초월해 느낌이 왔을 것이다.

분명 이질적이고 심상치 않은 기운이 사카야나기를 덮쳤을 것이다. 그런데 그런 게 느껴지지 않았다.

그런데 호리키타의 사고방식에서 은근히 아야노코지의 냄새가 난다.

"그의 뒷모습을 누구보다도 가까이에서 지켜봐 왔으니, 그만큼 성장하신 거네요."

경향은 보였다. 이 공방전에서 사카야나기가 호리키타에게 질 일은 없을 것이다.

"문제는——."

A반을 이끄는 사카야나기가 가장 경계해야 할 상대는 어느 특정한 반이 아니다.

두 반 혹은 세 반이 몰래 손잡지 않았는지, 그 부분이 문제다.

그 점만이 사카야나기에게는 유일한 우려 사항.

특별시험이 결정된 이후부터 정찰과 감시를 이어오긴 했지만, 그런 움직임의 징조라든지 보고는 받지 못했다. 그래도 뒤에서 손잡는 건 얼마든지 할 수 있는 일이다.

따라서 시험을 치르면서 협정을 맺었는지 판단할 수밖에 없는데, 현재까지는 그 확률이 거의 없다고 판단했다. 다른 반의 공방전에서 부자연스러운 구석은 없었다.

"1위를 가져가 볼까요."

그렇게 전반전이 끝났을 때 사카야나기는 29점을 획득했다.

선두에서의 턴은 기뻐할 일이지만, 바로 뒤에 1점 차이로 바짝 따라붙은 B반의 그림자. 하시모토는 자리에서 일어나는 것도 잊고 모니터에 뜬 결과와 남은 휴식 시간을 확인했다.

"마스미 씨, 괜찮으시면 점심 먹으러 가지 않겠어요? 마스미 씨는 탈락당하셨으니 괜찮으시지요?"

"딱히 상관은 없는데, 넌 정말이지 상대방 배려란 걸 안 하네."

칭찬한 것도 아닌데 사카야나기는 기쁜 듯 미소 지으며 지팡이를 짚고 걷기 시작했다.

복도로 나오니 키토가 두 사람을 보고 조용히 뒤에서 따라붙었다.

"쟤한텐 언제 말한 거야."

"스마트폰으로요."

"흐음. 그런데 하시모토는 안 불러도 돼?"

카무로와 키토가 동석할 때는 늘 하시모토도 함께한다. 그 부분이 신경 쓰인 모양이었다.

"말씀드렸는데 거절당했어요. 그도 류엔 군에게 지명 당해 두 문제를 틀리셨으니까요. 탈락하고 싶지 않은 마음은 당연하지 않을지."

필사적으로 스마트폰을 들여다보며 정보를 찾는 하시모토를 상상하면서 카무로는 살짝 마른 미소를 지었다.

4

　원래는 전교생이 모여 시끌벅적할 식당이 오늘은 조금 한산했다. 그도 그럴 것이 2학년 대다수는 교실에 남아 케이처럼 스마트폰과 씨름하고 있기 때문이다. 이동 시간도 아껴가며 탈락을 피하려고 노력하고 있다.

　바꿔 말하면 이 식당에 오는 사람은 탈락 위험이 없는 리더이거나 이미 탈락해서 할 일이 없어진 학생. 또는 나처럼 별생각 없는 사람들이다.

　둘이 메뉴를 골라 계산한 후 밥이 든 트레이를 들고서 늘 그렇듯 2학년이 많이 사용하는 자리에 가 앉았다.

　"앉고 싶은 자리 어디든 고를 수 있네."

　"그러게. 그래도 참 이상해. 오늘 같은 날은 1학년이랑 3학년도 자리를 더 넓게 확보할 수 있을 텐데. 2학년 중심으로 앉는 자리는 거의 쓰지 않는 게"

　식당에서는 딱히 학년 별로 사용해야 하는 구역이 정해져 있는 게 아니다. 그런데 학생들이 알아서 선을 그었고, 대부분 암묵적으로 이해하고 따르고 있다. 물론 전혀 개의치 않는 학생도 있긴 하지만.

　"호리키타는 크게 신경 안 쓰는 것 같은데."

　"너도 그렇지 않니?"

　"난 그래도 분위기를 봐서 다수에 따르고 싶은 타입이라."

　"그렇게 안 보이는 것 같으면서 보이는 것 같기도 하

고…… 지금은 생각하는 걸 그만둘래. 너한테 생각의 자원을 할애할 여유 없으니까."

조금 빈정대는 느낌이긴 하지만, 그렇게 해준다면야 나로서도 고맙다.

"안녕하세요, B반의 두 분. 괜찮으시면 합석해도 될까요?"

나무젓가락을 뜨려는데 그런 목소리가 들렸다.

"어디에 앉든 사카야나기 너의 자유지. 나에게 거부할 권리는 없어."

허락은 했어도 놀라긴 했으리라.

특별시험 도중에 라이벌 반의 리더가 말 걸 줄은 몰랐을 테니까.

"나도 같이 먹는 건 상관없는데, 밥은?"

사카야나기는 빈손이었다. 이제 사러 간다면 어느 정도 시간에 차이가 생긴다.

"마스미 씨랑 키토 군이 사러 갔어요. 곧 올 거예요."

과연 시선 끝에 지루하다는 투로 줄 서 있는 카무로와 키토의 뒷모습이 보였다.

"정말 친구를 생각하는 마음이 깊네."

"네. 덕분에 많은 도움 받고 있어요."

호리키타의 맞은편에 자리 잡은 사카야나기가 지팡이를 기대어 세우는 사이 키토가 능숙한 솜씨로 양손에 두 트레이를 들고 돌아왔다. 늘 사카야나기를 도와준다는 것을 잘 알 수 있는 장면이었다.

"자, 두 분도 어서 와서 앉으세요."

"뭐? 여기에? 호리키타랑 아야노코지랑 같이 먹자는 거야? 안 내키는데."

"뭐 어때요. 마스미 씨의 후학을 위해 도움이 될지도 모른답니다?"

"또 골치 아픈 일에 날 끌어들일 생각이야? 네 놀이에 따르는 거 이제 지긋지긋한데."

A반에서 탈락자에 이름을 올린 카무로지만 초조한 기색은 느껴지지 않았다.

반발하는 모습을 보이긴 해도 사카야나기가 최하위로 떨어지는 일만은 절대 일어나지 않는다는 생각 없이는 나올 수 없는 태도다. 1위로 반환점을 돈 것도 마음 든든할 테고.

나는 키토를 향해 가볍게 손을 들어 인사했다.

키토는 특별히 큰 반응을 보이지는 않았지만, 고개를 약간 끄덕여 주었으니 그걸로 충분하다.

"후반전 때 살살 부탁드릴게요, 호리키타 씨."

"이제 와서? 전반전에서 우리를 꽤 강하게 밀어붙인 인상을 받았는데?"

"이래 봬도 놀아드린 편이랍니다. 2위로 따라붙은 게 그 증거라고 생각하지 않으세요?"

"말 잘하네——."

힘을 빼고 상대했다. 그런 노골적인 어필에 호리키타가

살짝 짜증을 드러냈다.

그 직후, 호리키타의 뒤에서 한 남자가 등장했다.

"나도 껴볼까."

낌새를 알아차린 키토가 바로 자리에서 일어나 경계와 살의를 드러냈다.

하지만 그 남자는 조금도 개의치 않고, 허락도 하지 않았는데 호리키타의 옆에 나란히 앉았다.

"꽤 난폭한 방식으로 등장하네, 류엔."

"크큭. 양들이 모여 있으니까, 늑대가 뭐 하나 하고 등장해 준 거지."

전반전에서 유일하게 뒤처진 것치고는 아주 여유로운 모습이었다.

뭐, 여기서 초췌한 모습 따위는 겉으로라도 보일 리 없겠지만.

"꺼져."

조용히, 하지만 묵직한 한마디를 던진 것은 키토였다.

"뭐? 네놈한테 명령할 권리가 있냐? 거기 있는 꼬맹이는 아무 말도 안 하는데?"

"허락해 줘. 당장 치워버리게."

그렇게 요청하며 키토가 류엔에게 당장이라도 달려들 듯이 자리에서 일어났다.

사카야나기를 모욕한 것까지 합해서 언제든지 덤빌 준비가 되어 있는 듯했다.

"걱정 안 하셔도 된답니다, 키토 군. 그는 그저 배고파서 여기 왔을 뿐. 불쌍하고 약해빠진 늑대 씨를 환영해 줘야지요."

"그렇다고 하기엔 손에 아무것도 없는데? 이시자키 같은 애한테 시켰나?"

"그가 바라는 것은 식사가 아니라 이 특별시험의 득점. 전반전만으로도 상당히 뒤처지고 말았으니까요."

"그렇구나. 뭐, 하긴."

세 반이 팽팽한 대결을 펼치고 있는 반면 류엔의 반만 유일하게 거리가 많이 벌어져 있는 상태다.

그걸 가볍게 비웃은 말이었는데도, 그의 태도는 특별히 달라지지 않았다.

수상한 행동을 하지 않는다는 것을 확인한 키토는 일단 조용히 자리에 다시 앉았다.

"그런데 카무로. 당장 오늘 사라질지도 모르는데 꽤 여유로워 보이네?"

카무로가 전갱이 튀김을 젓가락으로 집어 입에 넣으려다가 멈추고 노려보았다.

"네놈도 마찬가지야, 키토. 다음에 또 틀리면 탈락 아닌가."

그렇게 말한 류엔에게 바로 대답한 사람은 사카야나기였다.

"현재까지 저희 반은 1위. 반면 당신은 최하위. 그런 대화가 성립할 상대인가요?"

"내가 최하위가 돼도 잃는 건 조무래기들뿐이야. 그런데 넌 지금 카무로와 야마무라가 퇴학 후보. 키토와 하시모토도 실패하면 네 명으로 확 늘어나지. 이 상황에 누가 사라지든 타격 입는 건 너야. 아니면 후반전에서는 호리키타한테 호되게 처맞고 아무래도 상관없는 탈락자들을 쓰레기처럼 늘릴 건가?"

앞으로 몇 명은 탈락자가 나오겠지요, 라는 발언은 과연 천하의 사카야나기도 하지 않았다.

탈락자가 나오면 1점이 깎인다. 기본적으로 그것을 바라진 않을 테니까.

"저와 가까운 인물을 탈락시키는 것이 당신의 의도인가요?"

"이제 와서 새삼스레 설명할 것 있나."

"바로는 믿기 어려운 이야기네요. 전반전, 위험 반경에 든 학생에게 했던 당신의 이상한 공략은 실패로 끝났다고 평가할 수밖에 없으니까요. 저를 동요하게 만들려고 마스미 씨와 키토 군 같은 학생을 계속 쫓았던 결과가 바로 지금이랍니다."

류엔의 전략은 키토, 카무로, 하시모토와 같이 사카야나기를 뒷받침하는 멤버를 중심으로 최대 여덟 명 정도까지 후보를 좁혀서 공략했다는 인상을 강하게 받았다.

그 효율 떨어지는 집중 공격 속에서도 사카야나기는 카

무로와 야마무라를 지켜냈다.

　무엇을 노리는지 안다고 해서 반드시 다 막을 수 있는 것은 아니다.

　실제로 네 반 중에 전반전 때 프로젝트 성공률이 가장 높았던 것은 사카야나기.

　"유치한 전략 덕분에 저희 반은 1위를 유지할 수 있었어요. 그래서 고마우면서도 한편으로는 류엔 군이 걱정되기도 하네요. 후반전에 들어가서는 방식을 바꾸지 않으면 계속 지기만 할 거예요. 그건 간접적으로 본 호리키타 씨도 아시지 않을지?"

　"정말 의도가 너무 투명했던 것 아니니? 나라면 사카야나기에게 막히는 경향이 있다는 걸 안 단계에서 더 많은 학생으로 표적을 분산시켰을 거야."

　설마 여기서 특별시험의 분석이 시작될 줄은 꿈에도 몰랐는데, 류엔은 웃으면서 그 이야기를 들었다.

　"부디 좀 더 현명한 방식으로 나오시길 추천해 드려요."

　하지만 류엔도 피하지 않고 응수하듯, 팔꿈치를 괴면서 도발적인 태도를 보였다.

　"이래 봬도 난 널 잘 안다고 생각하는데, 사카야나기. 점수 차이는 일단 뒤로 미루고 생각해도 돼. 카무로, 만약 이대로 탈락자 두 명으로 시험이 끝나고 최하위가 된다면 넌 이 녀석이 어떻게 판단할지 알겠냐?"

　손을 멈추고 역시 입은 열지 않은 카무로지만, 전혀 신경 쓰이지 않는 것은 아니겠지. 양자택일의 상황에 놓였을 때 리더는 과연 어떤 판단을 내릴까.

호리키타에게도 남 일은 아니다. 무엇을 퇴학 기준으로 삼을지 선을 긋는 일에는 관심이 있을 터.

하지만 사카야나기는 젓가락을 멈추지 않고 계속 식사를 이어갔다.

"대답 못 하겠냐? 아니, 대답하기 싫은 건가? 넌 어떻게 생각해, 호리키타."

"어떻게 생각하고 뭐고 간에, 애당초 왜 야마무라를 노렸어? 몇 명으로 후보를 좁힌 모양인데, 야마무라는 집요하게 공략할 만한 애 같지 않은데?"

카무로는 이 자리에 불려 왔지만, 야마무라는 없다.

그것만 봐도 카무로 쪽이 더 특별하다고 여기는 게 당연했다.

그 밖에 공략당한 학생들도 하나같이 몹시 우수한 능력을 갖춘 사람들뿐.

하지만 사실 사카야나기와 야마무라의 사이에는 보이지 않는 연결고리가 있다.

OAA 등 눈에 보이는 능력만이 아닌, 다른 부분을 높이 평가받는 학생이다.

"너희는 모를 테니까 똑똑히 알아둬. 사카야나기에게 야마무라는 카무로와 다름없는 가치가 있어. 뒤에서는 꽤 많이 귀여워하고 있다고."

직접 야마무라 이야기를 억지로 집어넣어 그 사실을 주지시켰다.

이때 처음으로 사카야나기가 식사를 중단했다.

"당신 생각이 그렇다면 알아서 해석하세요."

얼버무린다기보다 좋을 대로 생각하라, 그렇게 사카야나기는 진심으로 대꾸했다.

"사실이 어떻든 아무것도 모르는 제삼자가 개인의 우열을 가릴 생각은 없어. 카무로도 야마무라도 사카야나기와 똑같이 우수한 학생이라는 것뿐."

호리키타는 결코 사카야나기의 생각을 바꾸는 판단 재료가 되고 싶진 않은 모양이었다.

"다 우수하다고? 핫, 웃기지 마라. 사카야나기가 OAA의 능력 따위로 평가할 리가 없잖아. 자기한테 얼마나 쓰임새가 좋은지, 순종적인지, 기준은 거기에 있다고."

"뒤에서—— 말이지."

카무로가 사카야나기를 쳐다보며 조용히 확인을 구했다.

"아무래도 카무로한테 야마무라라는 이름이 의외였나 보네."

류엔이라고 해서 A반의 속사정을 전부 다 아는 건 아니겠지.

카무로와 야마무라의 인식과 관계 따위는 아무런 상관도 없다. 지금 이 자리에서는 단순히 괴롭히고 있는 것일 뿐.

그렇다고 해도 성가신 방해 행위라는 건 다르지 않다.

"너, 야마무라랑 친했어?"

"그가 그냥 하는 도발이에요."

"너랑 야마무라가 접점이 있는 줄 몰라서 물어보는 것뿐이야."

카무로가 잠시 뜸을 들였는데, 그걸 알아차린 사람이 얼마나 될까?

"말했잖아요, 그냥 도발하는 거예요. 진지하게 생각하면 할수록 소용없답니다."

다루고 싶지 않은 화제를 피하려는 게 아니라 정말로 소용없다고 생각하고 있다.

형식상 막긴 했어도 류엔의 말에 과민한 반응을 보이는 카무로를 보며 즐거워하는 것 같기도 해서, 강자의 여유가 엿보였다.

"어느 쪽을 퇴학시킬지 지금 생각해 두겠지."

이 자리에 류엔이 등장한 것은 사카야나기를 도발하기 위해서가 아닌 듯하다.

더 이상 A반에서 탈락자를 늘리지 않고 카무로나 야마무라, 아니면 키토, 하시모토 같은 주력만 추가로 떨어트려서 퇴학으로 내모는 잠재적 각인이 목적이다.

"당신은 무의미하게 그의 발언에 휘둘릴 사람이 아님을 기대할게요."

그것을 막는 의미로 사카야나기가 호리키타에게 한마디 내뱉었다.

"나도 알아."

다만 호리키타는 이기기 위해 싸우고 있다.

사카야나기 반에서 누군가를 퇴학시키고 싶다, 그런 의지로 시험에 임하는 것이 아니다.

그렇게 하면 승리하는 데 효과가 있다고 판단한다면 이야기는 달라지는데, 과연——.

값싼 도발을 계속해 봐야 더는 얻을 수확이 없다고 판단했는지, 류엔은 다른 반으로 화제를 돌렸다.

"그러고 보니 여기 안 온 사람은 이치노세뿐인가."

"그 애의 반은 분명 탈락자를 만들지 않는 방침으로 가는 듯하고, 식당을 둘러봐도 아무도 보이지 않아. 당연하다면 당연하겠지."

정말 식당에 이치노세 반 학생은 하나도 보이지 않았다. 여기 오는 동안에도 화장실에 가는 등 최소한의 행동만 하고, 눈에 띄지 않았다.

미리 점심을 준비해가며 1분 1초를 아껴서 싸우고 있다.

"자기 반에서 퇴학자가 나오지 않게 하려고 질 각오를 한 것 같으니. 정말로 바보 같은 여자애야."

이치노세는 뭣하면 다른 반의 탈락자까지 배려하고 싶은 것이 진심이겠지. 하지만 대결에서 지면 자기 반이 피해 보는 것이 불가피하다. 그러니 다른 곳에서 탈락해 점수를 못 벌게 하기 위해 괴물이 될 필요가 있다.

"맞아. 그 애는 역시 어떤 특별시험에서든 흔들리지 않아.

그래서 나도 그 애의 허점을 노려 어떻게든 3위로 그치게 할 수 있었지."

오래 식사하던 호리키타도 젓가락을 멈추고 자신의 전반전을 되돌아보았다.

"이치노세의 성격도 그쯤 되면 병이야. 후반전에서도 똑같은 방식으로 나오면 프로텍트 자리를 아슬아슬한 순간까지 버리게 돼. 너한테는 반가운 일이겠지, 류엔."

호리키타와 똑같이 이치노세 반을 공격하면 된다. 두 문제를 틀리게 해서 위험 반경에 들어온 사람을 여섯 명 이상 늘리지 않는 한, 모든 프로텍트를 돌파할 확률이 높기 때문이다. 자신들의 점수는 되지 않더라도 순위를 올리려면 윗반을 억누르는 작업도 피할 수 없다.

"하지만 다음에 당신 반을 공격할 사람은 저예요. 탈락자가 늘어나면 프로텍트 성공률이 올라간다고 해도 몇 점을 딸 수 있겠지요."

코엔지를 공략했듯이 사카야나기는 상대 리더가 떠올릴 법한 수단을 먼저 파악해 버린다. 류엔이 프로텍트를 어떻게 쓰느냐에 따라 얻을 수 있는 점수를 얻지 못할 경우도 생기겠지. 특히 과제의 정답을 기대할 수 없는 반 아이를 지키는 것은 어려운 일이다.

"기대하지."

류엔이 거칠게 자리를 박차고 일어났다.

"그럼 분위기를 흐리는 사람은 이제 사라졌으니 다시

식사하죠."

사카야나기에게서 등을 돌리고 가면서 류엔은 조용히 머리카락을 쓸어올렸다.

그 순간 주위의 생각을 배반하고 후반전에서 뭔가 저지를 것을 예감하게 하는, 강한 의지를 숨긴 표정을 지었다.

순간, 나에게만 그 얼굴을 보여준 것은 단순한 우연이 아니었으리라.

잠자코 지켜보고 있으라는, 그런 압박을 담은 메시지.

열세 속에서 필사적으로 버티는 것으로밖에 보이지 않는 지금, 과연 어떻게 상황을 뒤집을지 기대해 볼까.

이제 곧 후반전이 시작된다.

5

이제 몇 분 뒤면 사카가미 선생님이 열한 번째 턴의 시작을 알릴 텐데, 호리키타가 교단 위에 올라가 학생들의 이목을 집중시켰다.

"A반은 역시 강적이야. 전반전 때 열 번의 턴 모두 일 위 자리를 내주지 않았어. 하지만 너무 의식하지 말고 특별시험에 임하는 게 중요해. 점수를 쌓아나가려면 어디까지나 우리가 문제를 풀 수밖에 없으니까."

호리키타가 공격할 상대는 세 반에서 가장 쉽지 않아 보이는 사카야나기 반. 전반전에서는 류엔의 공격에 프로텍트를 많이 성공시켰고 학생들의 정답률도 높은 결과를 냈다.

"어떻게 공격할 건데?"

스도의 소박한 질문에 호리키타는 교실 안의 아이들을 둘러보았다.

이 자리에 사카야나기와 이어진 사람이 있을지 모른다.

그렇다면 당연히 경솔하게 전략을 알려줄 수 없다.

"준비 기간 중에 모두에게도 여러 가지 의견을 구했던 거 기억하니? 그중에서 쓸만한 정보를 정리해서, 허점이 될 수 있는 부분을 찾아낼 생각이야."

심플 이즈 베스트.

무턱대고 수싸움에 들어가는 게 아니라 각 학생의 약점을 노리는 방식을 쓸 모양이었다.

하지만 이치노세 반과 비교해도 분명 돌아다니는 정보가 적은 인상이었고, 이번 특별시험이 발표된 이후로는 더욱 엄격하게 정보가 유출되지 않도록 통제했을 것이다.

그렇다면 누가 무엇을 잘하고 못하는지 캐내기란 그리 쉬운 작업이 아니다.

그중에서 얼마나 유효한 방법을 찾아냈는지는 호리키타만 알겠지.

열한 번째 턴에서 호리키타가 사카야나기에게 하는 첫 번째 공격.

처음부터 1점을 소비해 장르『문학』의 난이도 2를 골랐다.

아쉽게도 한 명이 프로젝트에 성공했지만, 높은 난도 문제에 도전한 네 명 가운데 세 명이 답을 틀려 총 2점 획득으로 그칠 수 있었다. 난이도를 올리면서 쓴 1점을 빼고 우리가 3점을 따면 엇비슷. 4점 이상 따면 우리에게 거스름돈이 남는 턴이 된다.

　다소 압박을 느꼈을 사카야나기 반의 공격 차례가 되었다.

　사카야나기가 갑자기 2점을 소비해『스포츠』난이도 3을 골랐다.

　최하위인 류엔을 상대로 인정사정 봐주지 않고 공격하는 자세를 취한 것이다.

　"류엔을 철저하게 궁지로 내몰 셈인가…… 세게 나오네."

　B반과의 점수 차이 따위 신경 쓰지 않는, 이질적인 분위기를 풍기는 후반전의 시작.

　그런데 직후, 모니터 결과를 보고 반에서 탄성이 터져 나왔다.

　방어 측 프로젝트 성공자

　『카츠라기 코헤이』『시이나 히요리』『토키토 히로야』『노무라 유지』『이부키 미오』

　이번 특별시험 최초로, 프로젝트에서만 퍼펙트를 달성해 단숨에 5점을 획득했다.

　모두 지켰으니 난이도 3도 아무 의미가 없다. 타격이 크겠다.

반대로 뒤처져 있던 류엔은 순식간에 24점이 되어, 잠정적이긴 하지만 이치노세의 반과 같아졌다.

"탈락자가 제일 많은 네 명이라지만…… 이건 과하게 잘 나온 결과네."

이대로 거리가 점점 벌어지기만 할 거라고 많은 사람이 예상했던 만큼 충격이 크겠지.

한 방에 기세를 탄 것처럼 보였지만, 이어서 류엔이 이치노세 반에 한 공격은 감을 완전히 잡았다고 볼 수 없어서 세 명이 프로텍트에 성공하고 말았다. 그래도 한 명이 문제를 틀리는 바람에 4점으로 그쳐 28점.

아직 이 반의 방어가 남아 있는 상황에서 단숨에 차이가 줄어들었다.

과연 이치노세는 먼저 어떤 장르와 공격 대상을 선택할 것인가.

장르『스포츠』난이도 1

방어 측 프로텍트 성공자
『왕 메이유이』『시노하라 사츠키』

공격 측 지명자
『아야노코지 키요타카』『미야모토 소시』『카루이자와

케이』

이치노세 반의 공격 지명, 그 첫 번째 순서로 내 이름이 올라왔다.

그리고 의도적인지 우연인지 모르지만 케이의 이름도 동시에 떴다.

스포츠의 난이도 1은 절묘해서, 잘한다고도 못 한다고도 말하기 어려웠다.

스포츠의 역사나 규칙이 바탕이라면 정답을 맞힐 자신 있지만, 여기에 시사와 관련된 화제가 섞이면 내게 불리한 전개가 기다리고 있다.

한편 케이는 방송에서 볼 수 있는 세계적인 문제 쪽을 더 잘 맞힐 가능성이 크다. 배구 같은 경기는 즐겨 본다고 했던 얘기를 종종 들은 적도 있기 때문이다.

『1 아웃 이하에서 주자가 1, 2루, 1, 2, 3루에 있을 때, 타자가 친 비구에서 내야수가 보통의 수비를 한다면 포구할 수 있는 것을 무엇이라고 하는가.』

아무래도 이번 문제는 규칙이 바탕인 내용이다. 다행히 어느 정도 스포츠 룰에 대해 알고 있기 때문에 이번 문제는 어려움 없이 대답할 수 있었다. 정답은 『인필드 플라이』다.

다만 미야모토는 둘째 치고 케이가 이 문제를 맞힐 수

있을 거란 생각이 안 든다. 지난 며칠 동안 예습한 것 중에 있었기를 기대하고 싶은데······.

답을 맞힌 사람은 나와 미야모토 두 사람으로 케이는 과제를 틀리고 말았다. 그래도 이게 첫 실패. 아직 당황할 상황이 아닌데, 자리로 돌아오면서 보여준 얼굴에 불안이 가득했다.

한편 정답을 맞힌 미야모토는 이케 무리와 기쁨을 나누며 하이파이브 했다. 이야기를 들어보니 게임으로 야구 룰을 배운 모양이었는데, 오늘 또 그 게임 지식 덕에 산 것 같았다. 지식은 어디에서 도움을 받을지 알 수 없는 법이다.

이렇게 해서 4점. 사카야나기 반을 제치고 일시적으로 1위에 올라섰다.

이어서 열두 번째 턴. 사카야나기 반도 정답자 네 명이 나와 4점을 획득해서 점수를 탄탄히 쌓아갔는데, 무엇보다도 반을 놀라게 한 건 또 류엔 반이었다.

리플레이를 보기라도 하듯 프로텍트 성공자 일람에 다섯 명의 이름을 올렸다.

즉, 연속해서 프로텍트만으로 퍼펙트를 달성했다.

"무슨 확률이야, 저게?! 운이 너무 좋은 것 아니야?!"

최하위는 류엔 반이라고 단정 지었을 이케가 머리를 감싸며 소리쳤다.

"이걸 단순히 운이 좋았다고 봐도 되는 걸까?"

가까운 자리에 앉아 냉정하게 모니터를 응시하던 호리

키타의 목소리에서 무거운 느낌을 받았다.

그렇겠지. 두 번 연속 퍼펙트 달성은 상당히 낮은 확률이다.

만약 다음 턴도 퍼펙트가 된다면——.

놀라움이 가시지 않는 가운데, 이치노세 반에 한 다음 공격은 두 명이 프로텍트로 보호받고 두 명이 정답.

다음으로 이치노세의 공격 시간이 찾아왔다.

방어 측 프로텍트 성공자
『이시쿠라 카요코』『스도 켄』

공격 측 지명자
『아야노코지 키요타카』『마츠시타 치아키』『카루이자와 케이』

두 번 연속으로 나와 케이를 지명했다.

자기 이름을 본 순간 케이는 자리에서 벌떡 일어나 이성을 약간 잃고 소리쳤다.

"나를 노리는 거 아니야?!"

"진정해. 두 번 연속이라고 해서 꼭 집중적으로 노리고 있다고 단정 지을 순 없어."

"하, 하지만——."

케이가 당황하는 것도 무리는 아니다.

이게 그냥 약한 상대를 노렸다, 같은 이유라면 그나마 낫다.

하지만 상대는 이치노세. 사적인 감정만으로 케이를 노려서 공격하고 있다는 의심이 들기도 할 터.

현실적인 문제로, 나도 포함된 것을 봤을 때 그게 노골적으로 느껴지는 지명이긴 한데……

실제로 사적인 감정을 넣었는지 아닌지, 흔들고 있다고 보는 게 좋겠다.

그나저나 참 건실하다.

일단 호리키타는 귀중한 프로텍트의 한 자리를 나에게 쓰지 않을 것이다.

그 생각을 꿰뚫어 본 부분도 있지 않을까.

교과목과 관련된 문제라면 케이를 프로텍트했을 가능성도 있지만, 장르는 『뉴스』. 케이라도 풀 가능성이 충분히 있어서 보류했겠지. 한편 나는 전반전 때도 같은 장르에서 한 번 틀렸던 만큼 경계해야 한다.

『타피루(タピる)란 무슨 뜻일까?』

문제를 본 순간 나는 바로 굳어버렸다.

무슨, 어, 뭐라고? 타피루? 타피루……? 타피……?

얼어 있는 사이에 제한 시간이 다 되어 결국 아무것도 쓰지 못하고 끝나고 말았다.

다른 학생이 받은 뉴스 문제는 정치나 연간 행사와 관련된 게 많았다.

그런데 왜 내 때 나온 문제는 계속 이런 변화구인가.

수수께끼 같은 문제에 도전한 결과, 이번에는 반대로 내가 틀리고 케이는 맞혔다.

일단은 위험 반경에 들어가지 않아 안심한 듯해서 일단은 좀 진정되었으리라.

마츠시타도 당연히 답을 맞혀서 4점을 확보했다.

한편 나는 이제 두 문제를 틀렸기 때문에 바로 탈락자 후보에 이름을 올렸다.

참고로 정답은 『타피오카가 들어 있는 음료를 마신다』라는 뜻이라고 한다.

"너…… 내가 생각했던 것보다 훨씬 더 세상 물정을 모르는 것 같은데?"

자리로 돌아오자마자 어이없어하는 호리키타로부터 그런 지적을 받은 나는 등을 움츠릴 수밖에 없었다.

열세 번째 턴, 호리키타 반의 공격.

장르는 『한자』 난이도는 1. 그런데 그 후 갑자기 호리키타가 말을 중단했다.

순조롭게 네 번째 사람까지 지명하다가 마지막 한 사람을 남겨두고 망설여진 걸까.

여기까지 오면 머릿속으로 정보를 정리하기도 쉽지 않다.

누가 무엇을 잘하고 무엇을 못하는가.

A반에 관해 모은 귀중한 정보를 벌써 다 써버린 건지도 모른다.

그때 구원의 손길이 내려왔다.

"사토나카가 좋지 않아?"

시시하다는 듯, 담담하게 그런 말을 중얼거린 한 학생.

특별시험 내내 한 번도 지명받지 않아 한가로이 있던 인물, 쿠시다였다.

"고마워, 쿠시다. 선생님, 마지막 한 사람은 사토나카로 하겠습니다."

호리키타는 이유를 물어보지도 않고, 전면적으로 신뢰한다는 듯 그 조언에 따랐다.

그 결과, 사토나카는 프로텍트도 받지 못하고 문제도 틀렸다.

"사토나카가 한자에 약하다는 정보를 어디서 구했어?"

마키타가 감탄하며 박수를 보냈다.

"어디긴. 그런 정보야 어디서든 귀에 들어오는데."

별일도 아니라고 말한 쿠시다는 흥미 없다는 듯 적당한 곳으로 시선을 돌렸다.

"너한텐 이래저래 많이 도움을 받네. 고마워."

"딱히."

호리키타에게 고맙다는 말을 들어도 쿠시다는 그리 기뻐 보이지 않았다.

하지만 지금 반에서 좋은 입장이라고 말할 수 없는 이상,

이렇게 눈에 보이는 공헌을 해두는 것은 나쁘지 않다.

아마 호리키타가 자신감을 내비치며 후반전에 임하고 있는 이유 중 하나가 이거겠지.

쿠시다 키쿄가 가진 유례를 보기 힘든 정보망.

단순히 친구 관계가 넓기만 한 게 아니라 쿠시다는 평상시에도 상대방의 약점을 알아내 모으는 것이 생활이 되어 있다. 그렇기에 약점에 관해서는 발군의 기억력을 자랑한다.

여기서는 아직 그 일면밖에 보여주지 않고 있지만, 호리키타가 사전에 많은 정보를 얻었다고 봐야 하리라. 참으로 마음 든든한 존재다.

열세 번째 턴, 이치노세의 공격. 세 번째 방어 순서가 찾아왔는데, 여기서 호리키타는 카루이자와를 지키는 선택을 했다. 위험 반경에 든 나는 지켜주지 않고 그냥 버린 모양이다.

그러나 수읽기는 들어맞았는지, 프로텍트 성공자로 카루이자와의 이름이 표시되었다.

원래라면 문제를 피했다며 기뻐할 상황이지만 케이의 안색이 확실히 어두웠다.

"……날 탈락시킬 생각인 거야……! 아무리 생각해도 날 노리는 게 맞지?!"

"하긴 좀, 지나친…… 것 같기도."

동조하듯 사토도 대답했다. 하지만 괜한 짐작은 무의미한 혼란만 불러올 뿐.

"그 애는 특정한 누군가를 위험에 빠트릴 성격이 아니야."

"하지만!"

사정을 모르니까 그렇지, 하고 케이가 반론을 펼치려다가 그만두었다.

"여하튼 프로텍트에 성공했으니까, 의도가 뭔지는 몰라도 다음엔 타깃에서 제외될 가능성이 높아."

"……응……."

"그런데 전반전 때 코엔지가 표적이 된 것처럼 세 번 연속으로 지명하면 눈에 띌 수밖에 없는데. 대체 무슨 생각인 걸까, 이치노세는."

또 다음 차례. 열네 번째 턴에서 이치노세의 공격.

"……어떻게 해야 좋을까."

프로텍트를 쓸 때 호리키타가 망설였다. 아무리 그래도 케이를 네 번 연속 지명하진 않을 것이다. 그렇게 판단해야 할까, 아니면 허를 찌르는 것을 경계해야 할까.

"한 번만 더 지켜줘도 괜찮지 않을까? 내 생각엔 노리는 것 같은데."

고민하는 호리키타에게 쿠시다가 조언했다.

"지금까지의 흐름을 보고 그렇게 생각한 거니?"

"아니. 지금까지의 이치노세를 보고 그렇게 판단했을 뿐이야."

쿠시다는 지금까지의 흐름이 아니라 이치노세 호나미의 사고에서 그 낌새를 살피고 있었다.

"그래, 이번에 한 번 더 보호하는 게 안전할지도 모르겠네."

아직 위험 반경에 들어가진 않았지만, 노리는 게 확실하다면 이때 탄탄하게 점수를 벌고 싶다.

프로텍트 성공자가 떴는데 또 케이의 이름이 들어 있었다. 이번 특별시험에서 코엔지의 세 번 연속 지명을 뛰어넘어 네 번 연속이라는 기록을 세웠다. 이해할 수 없는 점은 있어도, 다른 반과 호각을 다투고 있다는 건 환영할 일로 보인다.

그런데 상황이 좋지 않은 쪽으로 변하기 시작했다.

호리키타도 사카야나기 반도 공수 균형 있게 점수를 쌓아가고 있었는데, 후반전으로 접어들면서 이치노세 반이 높은 확률로 프로텍트를 성공시켰다.

그런데 그 이상으로 노도와 같은 기세를 보인 것은 류엔 반. 사카야나기도 저항하려고 변칙적인 장르와 지명을 거듭했지만, 상황은 호전되지 않았고 네 번 연속 퍼펙트를 달성하게 만들고 말았다.

이쯤 되니 운만으로는 정리할 수 없는 이상 사태가 틀림없어 보였다.

다만 이 상황에서 호리키타에게 달리 쓸 방법은 아무것도 없다.

당황하지 않고, 허둥대지 않고, 확실하게 점수를 쌓아갈 뿐이다.

6

류엔에게 패배는 힘든 일이 아니다.

한 번 져도 두 번째에 이기면 그만이다.

100번 져도 마지막에 이기면 그걸로 족하다.

그렇게 생각하고 살아왔는데, 어느 날 류엔 앞을 큰 장애물이 가로막았다.

그 남자는 어디에나 있을 법한 얼빠진 면상을 하고 있었지만, 속에는 짐승을 키우고 있었다.

아니, 그런 표현은 영 미적지근하다고 류엔은 생각한다.

뭐라고 표현해야 올바를까, 그 답을 아직 찾지 못했다.

하지만 지금까지 본 인간 중에서 가장 강대하고 흉악한 존재라는 점만은 분명하다.

평범한 인생을 사는, 도달 가능한 영역에 있는 인간이 아니다.

그 남자, 아야노코지에게 지고 좌절한 뒤로 1년 넘게 지났다.

압도적인 역량 차이. 그래서일까, 증오 같은 감정은 거의 없다.

아야노코지를 대하고 있으면 이상하게 기분이 나쁘지

않은 것도 분명했다.

그건 아마 류엔이 겉으로는 부정해도…… 아니, 아니다.

마음속으로는 아야노코지의 탁월한 실력을 인정해버렸기 때문인지도 모른다.

그러나 착각은 하지 말라고 일러둔다.

류엔은 계속 굴복한 채 있을 생각은 없다.

아야노코지가 이 학교를 졸업하고 눈앞에서 사라지기 전에 반드시 갚아 줄 것이다.

그러기 위해 할 일은 우선 잔챙이들을 떨구는 것.

A반의 리더로 계속 군림하고 있는 사카야나기를 제압하는 것이라고 판단했다.

실질적으로 유일한 장애물은 사카야나기.

그리고—— 그 목표를 이루고 난 다음에는 아야노코지를 쓰러트릴 것이다.

그것이 류엔 카케루가 이 학교에서 이뤄야 할 목표가 되어 있었다.

그때까지는 절대 멈추지 않는다.

후반전이 시작된 직후.

지금까지 담담하게 사카야나기의 주력만 노리고 턴을 진행하던 류엔이 자리에서 일어났다.

"자, 그럼—— 이제 슬슬 시작해 볼까. 비켜."

"앗, 자, 잠깐만?!"

담당관 호시노미야를 밀치고 교단에 걸터앉았다.

"후반전. 점수 차이는 고작 10점. 즉 퍼펙트를 몇 차례 달성하면 따라잡을 수 있다. 너희한테 기대해도 되겠지?"

어떤 과제든 틀리는 것을 용납하지 않겠다는 리더의 압박.

물론 그런 협박만으로 정답률이 올라간다면 누가 고생하겠는가.

"웃기지 마. 우리 반만의 문제가 아니야. 다른 반도 퍼펙트 달성이 어렵다는 건 너도 알잖아, 류엔. 너야말로 리더라면 한 명이라도 더 많이 프로텍트할 수 있도록 지혜를 짜내야지."

거의 모든 학생이 아무 대꾸도 못 하는 가운데 토키토만은 겁먹지 않고 불만을 드러냈다.

"크큭. 너도 두 번 틀려서 더 물러날 데가 없지. 탈락하면 반항적인 네가 제일 먼저 퇴학 후보야."

"……윽."

"하지만 뭐, 안심해라. 지금부터는 네가 원하는 전개를 그대로 보여줄 테니."

"무슨 뜻이야."

"너희한테 기대한다는 부분은 거짓말이란 소리다."

류엔은 몸을 돌려서 모니터가 전환된 것을 확인했다. 사카야나기의 지명이 완료되었음을 알리고 다섯 명의 프로텍트를 류엔이 선택하는 순서가 돌아왔다.

상대가 고른 장르는 『스포츠』. 게다가 2점을 소비해서 난이도 3.

류엔 반에 1점도 주지 않겠다. 그런 A반의 가차 없는 공격에 학생들이 당황하며 부산을 떨었다.

하지만 유일하게 류엔만은 잘 됐다며 회심의 미소를 지었다.

"『카츠라기』『시이나』『토키토』『노무라』『이부키』다. 빨리 해."

장르와 난이도 따위는 안중에도 없었다.

그딴 것은 보지도 않겠다는 듯이 바로 다섯 명을 골라 통보했다.

"자, 잠깐만, 선생님한테 명령조로 말하지 말아줄래? ……참나."

당황한 호시노미야가 류엔이 읊은 다섯 명을 입력해서 방어 측의 행동이 끝났다.

아무 생각 하지 않고 지명함으로써 사카야나기의 책략에 현혹되지 않으려는 의도라도 있는 걸까. 그런 식으로 생각하는 학생도 있는 가운데, 결과가 발표되었다.

방어 측 프로텍트 성공자
『카츠라기 코헤이』『시이나 히요리』『토키토 히로야』『노무라 유지』『이부키 미오』

"이게, 어떻게……?"

류엔을 노려보면서 계속 서 있던 토키토가 그 결과를 보고 경악했다.

망설임 없는 즉답이 먹혔는지, 유언실행으로 퍼펙트를 달성했다.

"겜블이란 참 좋아. 대충 주사위를 던져 보는 거지."

이어서 열두 번째 턴. 류엔은 또 논스톱으로 프로텍트할 다섯 명을 통보했다.

그 결과, 또 모두 프로텍트에 성공하면서 고작 두 턴만에 경이로운 맹추격을 선보였다.

열세 번째, 열네 번째도 마찬가지였다.

사카야나기가 지명을 분산시켜도 마치 유도 미사일처럼 전부 딱 맞아떨어지며 방어에 성공했다.

"크큭. 쓸 방법이 없지, 사카야나기."

특별시험을 시작하기 전부터 류엔이 중요시했던 것은 다른 리더와는 완전히 다른 부분이다.

짐승의 냄새를 어디까지 지울 수 있는가. 날카로운 이를 드러내고 바로 뒤까지 접근했다는 걸 얼마나 눈치 못 채게 하면서 사냥감을 막다른 곳으로 내몰 것인가. 그것뿐이었다.

이제 와서 다른 반들이 손 써 봐야 어쩔 방법이 없다. 전반전에서 앞서나가며 승리를 확신했기에 류엔은 오히려 단번에 반전 공세를 펼칠 수 있었다.

"무슨 일이 일어난 거야……?!"

무슨 수를 썼다는 건 틀림없다.

하지만 반의 담당관인 호시노미야 선생님도 트릭이 뭔지 알지 못했다.

7

첫 번째 턴의 공방전 때부터 이치노세는 반 아이들에게 계속 이런 말을 했다.

"반에서 퇴학자가 나오는 건 반드시 피할 수 있어. 그러니까 불안해하지 않아도 돼."

알고 있어도 불안을 느끼는 학생은 적지 않았다.

그래서 이치노세는 그렇게 말해 친구들을 안심시켰다.

물론 그건 허풍이 아니라 진실. 하지만 지금까지와 같은 방식으로 싸웠다가 뒤로 밀려나면 다른 반은 그 빈틈을 가차 없이 파고들 것이다.

대전제는 탈락자 없이 끝내는 것. 졌을 때 만일의 상황에 대비할 것.

탈락자만 나오지 않으면 최하위가 되어도 퇴학자를 만들지 않고 끝난다. 지키는 스타일.

단 승리를 포기하지는 않는다.

그럼 어떻게 하면 지키면서 승리를 노리는 싸움을 할 수 있을까.

바로, 상대에 맞춰서 싸우는 게 아니라 상대를 자신들의 페이스로 끌어들이는 것이다.

퇴학자를 만들지 않으려고 하는 행동, 그것을 본 상대는 방어를 최우선으로 하고 있다고 단정 짓겠지.

전반전의 두 번째 턴, 세 번째 턴이 진행되어 가면서 호리키타가 노리는 게 무엇인지 확실해졌다.

불특정 다수 가운데 문제를 두 번 틀리게 해서 탈락 위험 후보들을 늘리는 것.

그렇게 다섯 명까지 늘어나면 이치노세가 어떻게 나올지 시험할 생각이다.

"고마워, 호리키타."

이치노세는 호리키타의 영리하면서도 자비로운 행동에 감사했다.

자신들이 점수만 딸 수 있다면 라이벌 반에서 탈락자가 나오든 말든 신경 쓰지 않는 방식.

그렇지 않으면 곤란하다.

변칙을 선호하는 류엔이 아니라 정공법을 쓰는 호리키타가 첫 상대였던 것은 행운으로, 이치노세는 위험해진 학생들을 최우선으로 해서 프로젝트를 써나갔다.

"난 아무도 버리지 않아. 믿어줄 거지?"

같은 편에게 상처 주고 싶지 않은 마음.

상대가 무모한 수를 쓰지 않도록 자기가 먼저 두 팔 벌리고 받아들인다.

"반, 학년, 학교의…… 모두가 퇴학당하지 않고 끝난다면 그게 제일 좋아."

그 마음에 거짓은 없다.

하지만 자기 반에서 희생자가 나올 바에는 어쩔 수 없이 필요한 희생이 있다.

그래서 류엔 반에서 탈락자가 나오게 하는 데 망설임이 없었다.

승리하기 위해서는 다른 반을 아래로 끌어내려야만 한다.

결과적으로 전반전이 끝났을 때, 이치노세의 공격으로 류엔의 반은 네 명이 탈락했다.

최종적으로 그중에 누군가가 사라진다면 간접적으로 퇴학에 관여한 게 되고 만다.

어쩔 수 없는 희생. 마음 아프지만 포기할 수밖에 없는 사람들.

──다만, 그것은 류엔이 졌을 때의 이야기다.

"1분 뒤에 후반전을 시작한다. 모두 자리에 앉아 준비하도록."

마시마 선생님의 신호에 이치노세가 스마트폰을 켰다.

그리고 천천히 채팅 앱의 이력을 훑었다.

어떤 인물과의 대화. 전반전이 시작된 직후에 나눴던 것이다.

『류엔, 갑작스럽겠지만 나랑 힘을 합치지 않을래? 난 우리 반에서 퇴학자를 절대 만들고 싶지 않아. 그러려면 탈락자 없이 시험을 끝내야 해. 그래서 말인데, 후반전 때 우리 반에서 탈락자가 나오지 않게 했으면 좋겠어.

특별시험이 시작되자마자 이치노세는 류엔에게 그런 메시지를 보냈다.

곧바로 읽음 표시가 뜨더니 얼마 지나지 않아 답장이 왔다.

『아주 자기 멋대로인 희망이로군. 내가 네 말을 순순히 따를 것 같냐?』

『교섭할 여지는 있다고 생각해. 네가 반길 만한 선물을 줄게.』

『그전에, 네가 스즈네의 공격을 무사히 받아넘길 수는 있고?』

탈락자가 나오지 않게 도와달라고 류엔에게 부탁하려면, 먼저 전반전 때 열 번의 턴에서 탈락자가 나오지 않아야 한다.

『할 수 있어.』

『즉답이라. 설마 나한테 말하기 전에 스즈네와도 교섭한 건 아니겠지? 그럼 결렬이야.』

경계심 강한 류엔을 상대로 허튼 거짓말은 통하지 않겠지.

그렇지만 이치노세는 호리키타와 교섭할 생각 따위는

처음부터 없었다. 교섭하려고 한들 간단히 성립할 수 없는 데다가 사카야나기 반도 움직이기 시작할 것이다. 그건 피해야 하는 전개였다.

『내가 모두를 지키고 싶고, 탈락자가 나오지 않게 하고 싶다고 생각한다는 건 상대방도 알고 있겠지. 그래서 호리키타는 먼저 위험 반경에 들어갈 다섯 명을 만들 수 없을지 노리고 있을 거야. 내가 그 다섯 명을 프로텍트로 계속 지킬지 확인하고 싶을 테니까.』

만약 한 번이라도 다섯 명 중에 누군가를 프로텍트하지 않는다면 탈락자가 나와도 괜찮다, 나아가 최하위가 되었을 때 퇴학자를 인정할 각오가 되어 있다는 뜻으로 받아들여지고 만다.

하지만 지킨다면 공격하는 호리키타의 입장에서 그보다 더 수월한 일은 없다. 귀중한 프로텍트는 총 다섯 명에게 계속 쓸 수 있다. 그러니 탈락 후보자를 더 늘리지 않고 실수하지 않은 학생들을 노리는 방침으로 바꾸면 되는 것이다.

『류엔과 사카야나기와 달리 호리키타는 다른 반에서 퇴학자를 만들고 싶은 게 아니라 그저 이기고 싶을 뿐이니까. 프로텍트를 받지 않은 34명을 골고루 공격하겠지.』

전반전에서 이치노세의 역할은 초반에 자유로이 쓸 수 있는 프로텍트를 이용해 과제에 불안감을 느끼는 다섯 명을 일부러 위험 반경에서 놓치게 하는 상황을 만드는 것. 쉽지는 않지만, 대등하게 싸우는 것이 불가능하지는 않다.

『그 작전이 잘되면 과연 후반전에서 내가 네 말을 따르면 탈락자가 0이군. 하지만 허무맹랑한 이야기 아닌가? 무슨 선물을 줄 건데?』

『25점을 보장할게. 우리가 공격하는 열 번의 턴 중에 다섯 턴의 지명자를 알려줄게. 물론 다른 반이 눈치채지 못하게 잘 분산시키면서.』

누구를 공격할지 미리 알려준다면 그것만으로도 시험에서 우위에 설 수 있다.

곧 읽음 표시가 떴지만 고민하는지 답장이 오는 데 3분 정도 걸렸다.

『그만두련다. 나쁜 이야기는 아니지만 나한테도 생각이 있어서.』

『그래? 유감이네.』

절대 나쁘지 않은 제안이라고 생각한 이치노세였지만, 체념할 수밖에 없다. 점수를 그 이상 양보하면 1위의 싹이 뽑히고 만다. 무엇보다도 류엔 쪽에서 점수를 올리기 위해 협상조차 하지 않은 시점에서 기대하기 어렵다고 판단했다.

"그럼 철저하게 하는 수밖에…… 없나."

교섭이 결렬되었다. 나쁜 쪽으로 얼마든지 생각할 수 있지만, 그렇게는 하지 않는다.

위험해도 자력으로 탈락자가 나오지 않게 임할 수밖에 없다.

그런데——.

『운이 좋네, 너.』

희망이 없다고 본 상대에게서 다시 메시지가 왔다.

『무슨 뜻이야?』

『네가 전반전 때 탈락자를 만들지 않는다면 그 제안을 절반은 받아들이지.』

『절반?』

『탈락자를 만들지 않는 데에는 동의해 주겠다는 말이야. 단, 네가 말한 25점이라는 보장, 그건 쓸데없는 선물이야. 전반전에서 괜히 수상하게 굴었다간 사카야나기가 바로 눈치챌 테니.』

『그럼 나한테 뭘 원해?』

『후반전이 되어 공수가 바뀐 후, 필요에 따라 내가 주는 점수를 순순히 받아라. 그리고 자세한 설명은 안 할 거야. 나를 믿을 수 있는지, 그것만으로 판단해.』

점수를 주는 게 아니라 오히려 받으라는 이상한 제안.

다른 학생이라면 장난치지 말라고, 교섭할 생각 따위 처음부터 없는 거라고 생각할 게 분명한 이야기였다.

"⋯⋯그렇구나⋯⋯."

이치노세가 작게 중얼거렸다.

이번에는 이치노세가 고민에 빠질 차례였다.

류엔을 믿어도 되는지.

시간이 걸린 만큼 망설이지 않았다고 말한다면 거짓말이다.

하지만 이치노세는 1분도 지나지 않아 이렇게 대답했다.

『알았어, 믿을게.』

그 빠른 결단력은 다른 학생들은 절대 흉내 낼 수 없으리라.

단순히 사람이 착해서 가능한 결단이 아니다.

이치노세의 이론. 생각. 류엔이 무엇을 노리는지 읽고서 의의가 있다고 판단했다.

처음에 메시지를 보낸 순간 지체 없이 바로 읽은 것.

그 점을 봐서도 류엔 역시 이치노세에게 연락하려 했을 가능성이 있다.

요컨대 완전히 똑같지는 않지만, 힘을 합치고 싶은 뭔가가 있었다는 뜻.

이것이 특별시험 시작 전에 오고 간 대화다.

그리고 후반전이 시작되어 열한 번째 턴부터 열네 번째 턴 사이에 상황이 급변했다.

열다섯 번째 턴에 사카야나기 반이 류엔 반을 공격. 그 방어 측의 결과가 발표되었는데 또 퍼펙트로 성공했다. 그것을 보고 이치노세는 주변에서 눈치채지 못하게 미소를 지었다.

『굉장해. 이게 네가 노린 거였구나.』

『살려줄 테니까 얌전히 있어.』

『처음부터 나랑 손잡을 필요도 없었는데 응해준 거였네.

고마워.』

『내가 선의로 응해줬다고 생각하냐, 설마? 나로서는 네가 최하위로 떨어져도 이익이 별로 없어서야. 필요에 따라 점수 컨트롤권을 받아뒀을 뿐인 거지.』

과연 류엔이 내민 조건은 이치노세가 순순히 점수를 받아들이는 것. 즉, 사카야나기 반에 지고 있다면 점수를 의도적으로 늘려서 강제로 3위 이상 차지하게 하는 것도 간단하다.

이 특별시험 결과를 예측한 이치노세는 친구들을 잃지 않고 끝날 수 있음에 안도했다. 특별시험이 발표된 직후에는 만장일치 특별시험 때처럼 갈등의 불씨가 될까 두려워 프로텍트 포인트를 나누는 선택을 고르지 않았다. 그것을 하마터면 후회할 뻔했다. 이제 남은 것은——.

현재, 문제를 한 번 틀린 카루이자와 케이. 한 번만 더 틀리면 위험 반경에 들어온다. 아직 B반이 최하위로 떨어질 가능성은 있다. 이미 탈락한 멤버 중에는 카루이자와보다 서열 낮은 학생이 섞여 있는 만큼 배제를 강하게 바랄 수는 없다.

그래도—— 기회는 있다.

다만 그러기 위해서는 일단 연속 지명을 한 번 끊어야 한다.

"안 돼…… 그건 악수야……."

지금은 개인적 감정이 아니라 반을 위해 행동해야 한다

고 스스로 타일렀다.

아야노코지는 자신을 거부하지 않는다. 카루이자와와의 관계를 이어 나가면서도 자신을 받아주었다.

그렇다면 동시에 진행해서 전부 직접 덮어쓰는 방법도 있다.

자신이 최악의 인간이라고 뼈저리게 느끼면서, 그래도 상관없다고 생각했다.

"우리가 1위를 차지하지 않아도 실질적으로 승리하는 방법은 사카야나기를 최하위로 만드는 거야."

한정된 시간 속에서 이치노세는 호흡을 가다듬었다.

그리고 스마트폰을 쳐다보았다.

지금까지 아무리 프로텍트로 보호해도 계속 카루이자와를 노렸던 이유.

이제 충분히 전달되었을 것이다.

자중하는 데 성공한 이치노세는 다시 허리를 바로 세웠다.

"카루이자와 케이를 지명하겠습니다."

열여섯 번째 턴도 똑같이 카루이자와의 이름을 올렸다.

다시 새롭게 결의한 이치노세는 망설이지 않았다.

일단 이거면 된다.

그리고 남은 건 계속 반복하는 것뿐.

"카루이자와 케이를 지명하겠습니다."

스마트폰을 움켜쥔 이치노세는 이번 특별시험의 실질적 승리를 확신했다.

8

열다섯 번째 턴이 시작되었다. 마침내 네 반이 거의 동일선상에 섰다. 1위는 이치노세 반으로 42점. 공동 2위는 호리키타와 사카야나기 반으로 40점. 3위가 류엔 반으로 39점.

전반전에서 모은 점수는 바닥을 드러냈다. 아직 떨어지지 않았을 뿐, 지금 추이대로 가면 계속 차이가 벌어지리라.

초반에는 류엔 반 덕분에 불안이 덜했는데, 점점 수상한 암운이 드리워지고 있었다.

상황에 따라서는 최하위도 충분히 될 가능성이 있는 지점까지 내몰렸다.

"거짓말이지, 거짓말이지?! 좀 봐주지?!"

"나 퇴학당하기 싫어, 정말로!"

"나도 그렇거든!"

전반전보다 탈락자가 한 명 늘어나 네 명이 되었기 때문에 위기감을 느끼는 학생들이 야단법석을 부렸다.

이렇게 된 이상 나머지 사람들도 공부에 집중할 상황이 아니었다.

의자를 끌며 일어난 호리키타. 이제는 지명을 시작해야 하는 시간인데, 시끄럽게 구는 학생들 옆을 차분하게 지나쳤다.

"당황하지 마."

교단에 선 호리키타가 아이들을 향해 입을 열었다.

"상황이 최악에 가까운 것은 맞아. 현시점에 우리 반에서 탈락자는 네 명. 1위는 이치노세한테 빼앗길 것 같고, 최하위였던 류엔 반은 연속으로 퍼펙트를 달성하면서 이상한 속도로 따라붙고 있지. 이젠 반드시 이길 수 있다고 말하기 어려운 전개가 되었어."

지금부터 류엔의 전략을 간파하고 퍼펙트를 막는다면 이야기는 달라지지만, 그것도 바라기 어렵다. 이치노세가 높은 확률로 성공시키는 프로젝트에도 관여할 수 없다.

"우리가 할 수 있는 건 끝까지 똘똘 뭉쳐서 싸우는 것뿐이야."

지금 단계에서 승리를 보장할 수는 없다.

하지만 경쟁하는 시험인 이상, 리더는 보장 아닌 보장을 해야만 한다.

약한 소리를 해도, 의미 없이 강하게 나와도 안 된다.

발언의 이면에 있는 진실만이 반 아이들의 마음에 닿을 것이다.

호리키타는 극복할 수 있다고 믿었다. 그 마음이 학생들에게 전해졌다.

평소 같으면 힘을 보태 줄 요스케도 지금은 잠자코 호리키타의 말을 경청했다.

"나를 믿어줘."

정신론으로 극복할 수 있다. 물론 그 선택도 어쩔 수 없긴 하다.

하지만 호리키타의 상태를 보고 있자니 그게 전부가 아닌 듯한 느낌이 들었다.

열다섯 번째 턴. 이치노세 반의 공격.

방어 측 프로젝트 성공자 『카루이자와 케이』『사토 마야』『미야케 아키토』

호리키타는 세 명의 프로젝트 성공자를 만드는 데 성공했다.

또 나머지 두 명 역시 문제를 맞혀서 퍼펙트를 달성했다.

숨통이 조금 트이는 5득점. 하지만 집요한 연속 지명은 끝나지 않았다.

"뭐, 뭐야……."

공포가 기쁨을 이겼는지, 모니터에서 시선을 돌리는 케이.

사정을 어렴풋이 눈치채고 있는 학생뿐만 아니라 아무것도 모르는 아이들마저도 이상한 집요함을 수상하게 여기기 시작했다.

프로젝트를 성공시킨 호리키타는 그렇지 않은 눈치였지만.

이어서 열여섯 번째 턴. 이치노세 반의 공격.

방어 측 프로텍트 성공자 『카루이자와 케이』『니시무라 류코』

이번에는 두 명. 그런데 또 케이의 이름이다.
"그만해…… 뭐냐고……."
이치노세는 끝까지 카루이자와를 지명하고 계속 공격했다.
특정 학생만 노리면 그건 의도적으로 탈락을 유발해 그 학생을 퇴학시키려 하는 거라는 생각이 떠올라도 이상하지 않다. 자신의 이미지를 망가뜨리는 행동을 멈추지 않았다.

열일곱 번째 턴. 이치노세 반의 공격

방어 측 프로텍트 성공자 『카루이자와 케이』『히라타 요스케』

그래도 멈추지 않았다.

멈추지 않았다.
계속 방어해도.
끝까지 지명을 멈추지 않았다.
"왜 나만 계속 지명하고…… 그런 거……."

열여덟 번째 턴. 이치노세 반의 공격.

방어 측 프로텍트 성공자 『카루이자와 케이』『하세베 하루카』『오노데라 카야노』

열아홉 번째 턴. 이치노세 반의 공격

방어 측 프로텍트 성공자 『카루이자와 케이』

스무 번째 턴. 이치노세 반의 공격

방어 측 프로텍트 성공자 『카루이자와 케이』『스도 켄』

후반전 총 열 번의 턴.
이치노세는 처음부터 끝까지 케이를 공격 대상에서 단한 번도 제외하지 않았다.

○새로운 퇴학자

후반전에 들어간 사카야나기의 첫 공격.

이번에는 호리키타 반에서 류엔 반으로 대상이 바뀌었다.

특별시험 전, 류엔 반과의 대결 방침은 특별히 정하지 않았다.

아무래도 상관없는 상대에게 치밀한 전략을 짤 필요가 없다고 여겼기 때문이다.

하지만 지금 사카야나기에게 쓸데없는 정보가 들어오고 말았다.

같은 반 하시모토가 미리 강하게 조언했던 전날 밤의 전화.

여러 정보를 들으면서 그중 몇 가지가 사카야나기의 마음에 강하게 남았다.

그중 하나는 『시이나 히요리』를 탈락시키고 퇴학의 가능성을 찾아야 한다는 이야기.

하시모토 개인의 생각에는 별로 관심 없는 사카야나기지만, 이유를 듣고는 생각을 멈추었다.

시이나를 향한 아야노코지의 시선과 태도.

그것들이 평범한 학생들을 대할 때와는 좀 다르다고 하시모토가 말한 것이다.

그 발언이 사카야나기의 흥미를 끌었다.

만약 시이나를 퇴학시킨다면 과연 아야노코지는 감정을 드러내 보일까.

"하지만 그것도 이미 이룰 수 없는 전개네요."

전반전에서 이치노세의 싸움 방식은 지금까지 보여주었던 것보다 훨씬 강한 의지가 담겨 있었다. 예전 같으면 적인 류엔 반에서 탈락자가 나오는 것에도 주저함을 드러냈을 터. 그런데 뚜껑을 열어보니 이치노세는 망설이지 않았다. 전반전에만 이시자키, 이소야마, 야노, 모로후지까지 총 네 명을 탈락시켰다.

자기 반만은 반드시 지킨다. 그러기 위해 다른 반에 인정사정 봐주지 않겠다는 결의.

사카야나기가 여기서 시이나만 노려 탈락시키는 데 성공하더라도 희생당하는 사람은 다른 학생이 될 것이다.

확률이 낮은 시이나의 퇴학을 노리는 것은 효율성이 떨어지는 행동.

시이나는 현재까지 한 번의 실수. 풀지 못한 문제로 다시 공격해 두 번 실수하게 만들 수는 있어도 프로텍트까지 비켜 가기란 어렵다. 쉽지 않은 대결이다.

"재미있네요——."

1위로 전반전을 마치면서 슬슬 지루해지던 시험. 잠깐 놀아도 나쁘지 않다.

일부러 어려운 타깃을 탈락시켜 보는 것도 재미있겠다고 판단을 바꾸었다.

난관을 돌파한 후 당연하게 1위를 유지하며 게임을 마칠 수 있다.

그러려면 어떤 전략을 세워야 할까.

자기 턴이 돌아올 때까지 몇 분 사이에 방침을 정했다.

그리고 드디어 열한 번째 턴의 공격을 시작했다.

그런데──.

열한 번째 턴, 사카야나기가 지명한 다섯 명 전부 프로텍트로 막히고 말았다.

2점을 소비한 만큼 반드시 통과해야 했던 프로텍트. 완전히 어긋나버린 예상.

하지만 학생들은 입을 모아 말했다. 파인 플레이 따위 신경 쓰지 않아도 된다고.

하지만 사카야나기는 달랐다.

단 한 번의 퍼펙트. 그러나 낮은 확률인데 맞힌 것을 단순한 운으로 보지 않았다.

머릿속으로 바로 시이나에 대해 자신이 낸 과제를 리셋했다.

그리고 전략과 이론을 버리고 전부 무작위로 선출해서 통보했다.

요컨대 아무도 예측할 수 없는 장르와 지명자라는 조합.

그 결과는 열한 번째 턴과 똑같이 퍼펙트. 두 번 연속으로 기적을 보여주었다.

반 아이들도 과연 당혹감을 감추지 못했다.

일반인의 사고라면 자기 생각을 읽혔다는 전략 패배를 가장 먼저 떠올려도 이상하지 않지만, 사카야나기에게 그런 사고는 존재조차 하지 않았다.

　누군가가 움직이고 있다. 생각할 수 있는 답은 하나뿐이라고 두 번째 턴부터 확신했다.

　이 반에 배신자 유다*가 섞여 있다.

　분명 내부 정보가 새고 있다.

　그렇지 않다면 설명할 수 없는 일이 일어나고 있다.

　사카야나기는 다음 턴이 돌아올 때까지 한마디도 내뱉지 않고 학생들을 관찰하기로 했다.

　얼굴을 마주 보며 류엔의 행운을 한탄하는 사람, 탈락하면 안 된다며 스마트폰을 붙잡고 매달리는 사람.

　이윽고 찾아온 열세 번째 턴의 공격.

　이 순간만은 반이 저절로 조용해졌다.

　사카야나기는 침묵했다. 30초, 1분이 흐르도록 뜸 들이며 지명자를 알리지 않았다.

　더 이상 류엔이 지킬 수 없도록 지혜를 짜내고 있어서가 아니다.

　이 침묵은 반 아이들을 향한 사카야나기의 무언의 명령.

　『불장난은 여기까지만 하라』는 숨겨진 메시지.

　시간이 아슬아슬할 때까지 침묵을 이어간 후, 사카야나기는 다섯 명을 차바시라 선생님에게 알렸다.

---

*예수를 배반한 제자.

하지만 결과는 여전히 퍼펙트 달성.

"유감이네요."

혼자 중얼거린 사카야나기는 세 번 연속 실패라는 결과에 웃음기가 조금 사라졌다.

실시간으로 정보가 새고 있는 이상 방법이 한정적이다.

채팅 또는 메일로 사카야나기가 지명한 학생을 입력해보내는 것. 정보 수집을 위해 스마트폰을 쓰는 이상, 문자를 입력해도 의심을 살 동작은 아니다.

다음으로 생각해 볼 수 있는 것은 전화 등을 통한 음성. 사카야나기가 교사에게 알린 시점에 바로 상대에게 전달할 때 스마트폰을 만지지 않아도 실행할 수 있다.

사전 대책으로 종이에 써서 교사에게 전달해도 되는지 승낙을 구해야 한다. 그게 무리라도 귓속말하는 방침으로 전환한다면 음성을 통한 누설을 막을 수 있다.

하지만——.

사카야나기는 교사의 등 뒤에 있는 커다란 모니터를 응시했다.

스마트폰 카메라를 쓴다면 음성을 막아도 해결된다는 보장이 없다.

차라리 물리적으로 정보를 보내지 못 하게 하는 것이 유일한 방어책일까.

모두가 스마트폰과 태블릿 조작을 멈추게 하는 것이다.

그리고 교사에게 알리는 방법으로 귓속말을 채택하고,

류엔이 다섯 명을 지명하기 전까지 모두 뒤돌아보게 하는 등의 방법으로 정보를 차단한다.

이렇게 해서 해결된다면 감지덕지라고 할 수 있다. 양호한 편이라고.

아직 15점을 헌납했을 뿐 류엔의 폭거를 막을 수는 있다.

계속 고민하는 가운데 침묵을 깬 것은 사카야나기가 아니었다.

"정보가 새고 있어."

그런 말로 반에 정적을 깬 사람은 모리시타 아이.

무표정으로 그렇게 중얼거렸다.

"모리시타 씨의 말이 맞을지도 몰라요. 일단 모두 스마트폰을 내려놓고 확인해야 하지 않을지. 류엔 군의 계략일 가능성도 있어요."

뒤늦게 사나다도 모리시타의 말에 동의하며 사카야나기에게 대응을 요구했다.

바로 자리에서 일어난 키토와 하시모토.

"대응할 필요는 없답니다."

"하, 하지만……!"

"지금은 문제를 풀 힌트, 단서를 얻기 위해 스마트폰을 계속 써야 해요."

이렇게 혼란스러운 분위기 속에서 임시변통으로 계속 지식을 넣어봐야 효과적이라고 말하긴 어렵다.

해야 할 일을 하지 않겠다는, 생각지도 못했던 리더의

명령.

"그래도 되겠어? 공주 씨. 나도 세 번 연속 퍼펙트를 보고 확신했는데. 아무리 생각해도 정보가 새고 있다고, 손 쓰지 않으면——."

"계획은 변경하지 않습니다. 이대로 시험을 계속 치르죠."

그렇게 지시해버리면 다른 학생들은 더 언급할 수 없다. 결정을 번복할 권리는 아무도 없기 때문이다.

순순히 따르면서도 다들 생각할 것이다.

사카야나기가 왜 써야 할 방법을 쓰지 않느냐고.

반을 배신하는 행위는 쉽게 할 수 있는 것이 아니다. 상대가 노골적으로 프로텍트를 적중시키면 시험 도중에 정보가 새고 있다는 사실을 알아차리는 것은 시간문제다.

그걸 알고 실행하는 이상, 스마트폰을 들어 시야를 막거나 하는 행동만으로는 해결될 문제가 아닐 가능성을 우려했다.

만약 대책을 써서 누설을 막지 않으면 어떻게 될까.

정보 입수에도 손해가 생겨 반 아이들이 혼란을 겪고 당황할 것이 예상된다.

설령 운 좋게 증거가 나왔다고 하더라도 사카야나기가 배신자의 입장이라면 증거를 자기 근처에 절대 두지 않을 것이다. 누구 적당한 학생의 책상이나 가방, 교실 어딘가에 숨겨둘 것이다. 그러면 결론이 나지 않는 입씨름만 벌어진다. 나 아니야, 나는 아니야 하고 이 자리에서 서로에게 죄를 떠넘기려고 하는 전개가 되겠지.

확실한 증거를 내밀 수 없는 현재, 유다일 가능성이 짙은 학생을 지명하는 것은 단순히 위험하다.

어찌 됐든 지금은 소란 부리는 것이 더 손해.

1위를 거머쥐는 것보다도 최하위를 피하는 것을 우선해야 한다고 사카야나기는 판단했다.

정보가 계속 새더라도 방어하고 점수를 벌면 영향을 받지 않기 때문이다.

호리키타의 공격을 최대한 막고 3위를 노리려고 했는데, 그리 쉽지는 않았다.

모니터를 통해 알 수 있는 시험의 흐름을 볼 때 이치노세가 호리키타를 돕고 있다는 것도 눈에 보였다. 배신자를 이용해 최하위로 끌어내리기 위한 전략이 펼쳐지고 있었다.

열세인 상황에서 스무 번째 턴까지 끝나, 3위에 6점이 뒤지는 패배를 맛보고 말았다.

"아무래도 이번에는 제가 진 것 같군요."

네 반끼리 경쟁해서 최하위가 되고 만 실태.

그 사정이 아무리 내부 배신자에 의한 것이라고는 하나, 변명 따위는 허락되지 않았다.

사카야나기는 작게 한숨을 토했다.

아직 리더로서, 이 패전의 책임을 끝낼 필요가 있다.

"졌으니 여기서 퇴학자를 가려야 합니다."

시험 도중에 탈락한 학생은 카무로, 야마무라, 스기오,

토바, 마치다까지 총 다섯 명.

"원래라면 순수하게 반에 한 공헌도로 정하는 게 맞겠지만, 그럴 수 없어요. 이유는 단순한데 제가 본 다섯 분은 모두 같은 레벨이기 때문입니다."

누가 빠진들 전력으로서 변화가 없다고 사카야나기가 단호하게 말했다.

"그, 그럼 어떻게 정할 건데……."

탈락한 학생 중 한 명인 마치다가 불안한 목소리로 확인을 구했다.

"제비뽑기로 공평하게 나가는 방법을 고르도록 할까요."

뜻밖의 제안에 탈락자들이 비명을 질렀다.

"불복하시는 건가요? 공교롭게도 어느 분이 나가신들 크게 지장은 없는데."

반에 정적이 감도는 가운데, 사카야나기는 차분하게 처리해 나갔다. 탈락자는 불만을 표시하고 싶겠지만 괜히 심기를 건드렸다가 지명으로 퇴학당하는 사태만은 피하고 싶을 것이다.

"이의를 제기하셔도 무의미해요. 리더에게는 퇴학자를 결정할 권리가 있으니까요."

"제비뽑기 결과에 따르는 게 과연 리더의 결정이라고 말할 수 있어?"

"물론입니다. OAA가 낮은 학생에게 책임지게 하는 경우를 상상하기 쉽듯이, 저는 운 나쁜 분을 실력 없는 분으로 판단하기로 했거든요. 또 제비뽑기에 참여하지 않겠다고 표명하시면 그 시점에서 대결을 포기하는 것으로 간주하여 그분을 떨어트리기로 하죠."

강제로 참가시키기 위해 사카야나기는 달아날 곳을 조용히 지워나갔다.

"제비, 만들어 왔어요."

무거운 공기가 감도는 반에서 분위기 파악 못 하고 태평한 목소리로 사카야나기에 말을 건 여학생.

"준비가 빠르시네요, 모리시타 씨. 게다가 잊지 않고 색칠까지 해두시고, 정말 감사드려요. 그럼 시간 아까우니까 바로 끝내볼까요. 색칠된 종이를 뽑은 분은 아쉽지만 퇴학입니다."

준비된 제비는 총 다섯 장으로 다섯 명 중 네 명이 살아남는다. 그게 전부인 이야기.

"어느 분부터 뽑으시겠어요? 첫 번째로 뽑든 마지막으로 뽑든 확률은 같답니다."

자기 손으로 직접 퇴학을 피할 것인가, 다른 사람의 퇴학을 기다릴 것인가.

거부하고 싶은 감정을 억누르며 마치다가 먼저 나서서 제비를 뽑았다.

"예에에에스!"

하얀색 제비를 뽑은 마치다가 할 수 있는 최대한의 브이를 해 보였다.

그것을 시작으로 스기오, 토바가 뒤를 이었다.

한 명, 또 한 명, 뽑은 종이 끝에는 아무 색깔도 없었다.

이제 남은 사람은 두 명. 카무로 마스미와 야마무라 미키.

전자는 뽑으러 나가기 귀찮아서 남은 것뿐.

후자는 무서워서 움직이지도 못하고 있었다. 완전히 이유가 다른 두 사람이 남았다. 먼저 목숨을 건진 세 사람보다 사카야나기와 가까운 두 사람인데, 사카야나기는 안색에 변화가 전혀 없었다.

정말 누가 사라져도 상관없다고 판단했기에 공평한 확률인 제비뽑기를 고른 것이다.

"너 먼저 뽑아도 돼."

카무로가 재촉해도 야마무라는 움직이지 않았다.

2분의 1이라는 확률로 자신이 퇴학당할지도 모른다는, 마음의 준비가 전혀 되어 있지 않은 이 상황에 몸을 떨었다.

퇴학 이후의 일 따위 생각할 수가 없었다.

앞으로 걸어가고 싶어도 다리에 힘이 들어가지 않았다.

"나, 나, 나는……."

"나 참──. 내가 먼저 뽑을게. 그러면 되겠어?"

야마무라는 소리도 내지 못하고 겨우 뒤돌아 고개를 끄덕이는 게 전부였다.

카무로가 제비를 움켜쥔 모리시타에게 다가갔다.

"잠깐만요."

손을 뻗기 직전, 제동을 건 사람은 사카야나기였다.

"저는 제비를 뽑으려고 하지 않는 분이 퇴학당할 거라고 말씀드렸습니다. 즉, 뽑는 것을 거부한 야마무라 씨가 사라지시게 됩니다."

"엇——? 하, 하지만, 으엣……?"

"이의 없으시죠?"

"뭐야, 그게. 설마 날 구해주겠다는 이야기?"

"그런 게 아닙니다. 사실을 말씀드렸을 뿐이에요."

"아, 그래? 그럼 나랑 야마무라가 동시에 제비를 뽑으면 해결되겠네. 그렇지?"

사카야나기가 급하게 퇴학자를 결정하려고 했을 때 막은 사람은 카무로였다.

자신이 퇴학을 피할 기회를 아무렇지도 않게 날려버렸다.

"자, 빨리 나와."

한 발도 내딛지 못하는 야마무라의 앞까지 가서 억지로 팔을 붙잡아 끌었다.

"나랑 너 중에 누가 운이 더 좋은지 결정할 처음이자 마지막 기회라고."

"참 친절하시군요, 마스미 씨. 그대로 내치면 되는데 위험을 무릅쓰고 구할 필요가 있나요?"

"딱히. 그냥."

"그런가요……? 그럼 두 사람이 동시에 뽑기로 하죠."

모리시타가 제비 두 개를 내밀었다.

카무로가 차마 고르지 못하는 야마무라의 왼손을 억지

로 잡아끌자, 반사적으로 한 장을 손에 쥐었다.

그것을 확인한 후 카무로도 남은 한 장을 잡았다.

"원망하기 없기야."

불안해하는 야마무라에게 카무로는 어설프지만, 살짝 다정하게 말했다.

"그럼 손 뗄게요."

모리시타가 천천히 말하면서 잡고 있던 손을 천천히 뗐다.

팔랑, 미미한 바람이 일면서 흔들리는 두 장의 종이.

색칠한 종이를 고른 쪽은 퇴학으로 결정.

그 종이를 움켜쥔 사람은 카무로였다.

그 결과를 당사자 이외의 학생들은 바로 받아들이지 못해 목소리도 내지 못했다.

"정해졌네. 잘됐구나, 야마무라, 네가 살아남은 거야."

"아, 으……."

아직 재학과 퇴학, 어느 쪽도 정리가 안 되는 야마무라의 어깨를 다정하게 토닥였다.

정적에 휩싸인 교실.

예전에 토츠카가 퇴학당했을 때와는 완전히 다른 상황으로, 패배하면서 반 포인트가 깎이고 퇴학자가 선택되었다.

A반이 진정한 의미에서 처음으로 경험하는 좌절이었다.

의외였던 것은 유일한 희생자인 카무로가 시종일관 차분하다는 사실이었다.

쏟아지는 반 아이들의 시선이 성가시다는 듯 털어내며

카무로는 자기 자리로 돌아갔다.

사카야나기는 그런 그녀에게서 시선을 떼고 담당관인 차바시라 선생님께 진행을 요청했다.

"그럼―― 이것으로 이번 특별시험을 마치도록 하겠다."

긴 시간을 들인 생존과 탈락의 특별시험이 모두 끝났다.

1

최종 결과

1위 류엔 D반 69점

2위 이치노세 C반 62점

3위 호리키타 B반 59점

4위 사카야나기 A반 53점

후반전에 들어와 열 번의 턴을 전부 퍼펙트로 방어한 류엔이 역전 승리를 거뒀다.

이 순위 확정으로 류엔 반은 100 반 포인트를 획득. 2위와 3위가 된 두 반은 아쉽지만 50, 그리고 사카야나기는 100 반 포인트를 잃었다.

전반전 때는 상상도 못 한, 윗반이 완전히 추락한 결과는 의외였으리라.

패배는 기분 좋은 일이 아니다. 하지만 반 아이들에게서 불만의 기색은 거의 느껴지지 않았고, 오히려 3위로 끝낸

것에 대한 안도감이 훨씬 더 강한 듯 느껴졌다.

무리도 아니다. 탈락한 사람들은 마지막 순간까지 안절 부절못하는 시간을 보냈으니까.

차바시라 선생님으로부터 A반에서 퇴학자가 나온 것 등 상세한 이야기를 다음 주에 듣기로 하고 오늘은 이만 해산 했다.

아직 흥분이 가라앉지 않았는데, 복도 쪽에서 한 학생이 교실 문을 벌컥 열었다.

"미안해! 카루이자와!"

"이, 이치노세……?!"

열 번 연속으로 지명 당하며 압박받은 케이가 이치노세 의 등장에 표정이 굳었다.

그녀를 지키려는 듯 사토가 케이 앞으로 나왔다.

그 모습을 보고 마지막 줄에 앉아 있던 호리키타가 바로 자리에서 일어났다.

"진정해, 카루이자와. 그 이상한 연속 지명은 사실 이치 노세가 자기 나름으로 도와준 거였어."

고개를 끄덕인 이치노세도 사과하면서 호리키타의 말에 맞장구를 쳤다.

"뭐? 뭐야, 그게 다 무슨 소리야……."

"이치노세는 나름대로 우리가 점수를 얻을 수 있게 해준 거야. 그렇지?"

"채팅과 전화로 연락하는 방법도 생각했었지만, 우리가

점수를 주겠다고 말해도 부자연스럽게 느끼는 게 당연하니까. 그래서 일부러 알기 쉬운 메시지로 연속 지명하는 방법을 쓴 거야. 그걸 호리키타가 알아차리고 나에게 연락해주었어."

이치노세가 아니라 호리키타의 접촉. 그게 중요했다고 이치노세가 설명했다.

"그 후에 몇 명인가 프로텍트 가능했던 것도 다 이치노세가 미리 지명자를 알려줘서야."

"왜 그런 걸, 할 필요가 있었는데……."

"A반을 끌어내리기 위해서. 실질적으로 2위 이하 반은 지지 않은 싸움이 되었어."

"맞아. 우린 사카야나기와 정면 승부를 펼칠 수밖에 없었는데. 적절한 타이밍이었지."

만약 이치노세의 도움이 없었다면 6점 차이는 뒤집혔을지도 모른다.

"그, 그렇다고 해서 왜 나였는데."

"카루이자와는 여학생들의 중심에서 활약하고 있고, 탈락으로부터 지키고 싶다고 호리키타가 생각하는 게 자연스럽잖아? 그래서 처음부터 계속 지명할 계획이었어. 그래도 역시 불안하게 느끼고 있을 것 같아서 서둘러 뛰어왔어. 정말 미안해."

정당한 이유와 그것을 뒷받침하기 위해 호리키타가 보여준 메시지를 보고 일단은 불안이 가신 듯한 케이.

이후로도 이치노세는 거듭 케이에게 사과한 다음, 반 아이들이 기다린다며 돌아갔다.

그 후, 순위표를 바라보는 호리키타에게 고생했다는 격려의 말을 전한 아이들은 하나둘 하교하기 시작했다.

그런 호리키타에게 나도 말을 걸어보기로 했다.

"이번에는 졌네. 후반전에서 류엔과 이치노세 반 사이에 어떤 거래가 오간 게 틀림없어. 물론 증거가 없으니 추측의 영역에서 벗어날 수 없지만. 그는 탈락자를 한 명도 만들지 않고 2위로 올라가기 위해 이치노세 반에 점수를 줬을 거야."

"그래. 하지만 중요한 건 그게 아니야."

호리키타는 고개를 끄덕이며 자리에서 일어났다.

"두 반이 손을 잡는다면 기본적으로는 전반전부터 움직여야만 해. 서로의 도움이 있어야 비로소 양쪽에게 이익이 발생하고 승리를 공유할 수 있으니. 그래서 전반전이 끝난 단계에서 그런 조짐조차 없어서 난 안도했었어."

"너만 그런 게 아니야. 사카야나기도 예상 못 한 일이야."

류엔과 이치노세가 어느 단계에 손을 잡았는지는 정확히 모르겠지만, 적어도 특별시험의 배치가 발표된 이후이리라. 그리고 수면 위로 얼굴을 드러내지 않고 물결을 일으키지 않고, 조용히 준비했다.

"하지만 모든 기점은 류엔이 사카야나기의 공격 대상자를 전부 미리 파악할 수 있었기 때문이야."

"누군가가 A반의 정보를 그에게 넘겼다…… 그것 말고
는 설명이 안 돼."

"바로 그거야."

"그 애는 궤도를 벗어났어. 반을 확실하게 배신하다니,
상상도 못 할 일이야. 그것도 D반이나 C반도 아니고. 입학
뒤로 쭉 A를 유지한 반인데. 대체 무슨 보상을 받아야 이
럴 수 있지?"

"2,000만 포인트를 제시하지 않았을까. 그 정도가 아니
면 못 할 일이니."

아니, 그것도 누구나 반드시 배신하도록 만들 수 있는지
묻는다면 회의적이다.

물론 언제든 반 이동이 가능한 2,000만 포인트를 얻는
것은 실질적으로 골인이나 마찬가지지만, 졸업까지는 아
직 1년 넘게 남아 있다. 그만큼 막대한 포인트가 이동한다
면 배신한 것도 이내 만천하에 드러나고 그 학생은 전면적
으로 A반의 원한을 사게 될 것이다. 다른 반의 질투도 받
고. 다음 이후 특별시험에서 집중 공격받아 퇴학 대상이
된다면 프라이빗 포인트를 지켜내지 못하고 토할 수밖에
없게 된다. 그러면 본말전도다.

다시 말해서 배신자가 원한 것은 일반적인 것과는 다른
특별한 뭔가라고 보는 게 좋을 것이다.

"마음에 안 든다면 마음에 안 드는 전개야. 하지만 나로
선 불평할 수가 없어. 1위를 차지하지 못한 건 아쉽지만,

A반이 최하위가 되어준 덕에 타격은 거의 받지 않고 끝날 수 있었으니까. 하지만—— 분하네."

복도로 나와 학생들의 시선에서 벗어났을 즈음, 호리키타는 숨기지 않고 솔직하게 털어놓았다.

"그 분한 감정을 다음 특별시험까지 가져가면 돼."

"그래…… 그렇게 할게."

"난 지금부터 류엔 반을 살피러 갈 건데. 넌 어떻게 할래?"

"……오늘은 이만 돌아갈래. 그 애의 빈정대는 소리를 순순히 듣고 있을 자신이 없어서."

하긴 의기양양해진 류엔이 신경을 긁어댈 가능성을 부정할 수 없다.

2

환희에 젖어 있을 류엔 반의 분위기를 확인하려고 D반 근처까지 갔을 때, 히요리를 발견했다.

히요리는 창문으로 아래층을 내려다보고 있었다.

표정이 평소에 보이는 부드러운 미소가 아니라 딱딱한 것에 위화감을 느낀 나는 조용히 다가가 똑같이 창문에 붙어서 아래층을 바라보았다.

거기서 보인 것은 류엔과 그의 몇몇 추종자들.

특히 눈에 띄는 것은 폴짝폴짝 뛰며 온몸으로 기쁨을 표현하는 이시자키였다.

그리고 그 정신 산만한 동작에도 주의 주지 않고 위풍당당하게 케야키 몰 쪽으로 걷고 있는 카츠라기의 모습도 보였다. 순간 보인 옆얼굴은 평소와 다름없이 딱딱하고 험했지만.

"승리의 미주를 맛보러 가는 중인가."

오늘 정도는 케야키 몰에서 흥청망청 즐겨도 놀랍지 않다.

"그런 것 같네요."

히요리는 자연스러운 말투로 내 말에 동조했다.

"넌 안 가도 돼?"

"저에게도 권했지만, 오늘은 사양했어요."

"왜?"

"그냥 왠지 축하할 기분이 안 들어서, 랄까요."

기뻐하는 학생 중에 미소가 전혀 보이지 않는 사람은 히요리 정도밖에 없지 않을까.

"오늘 류엔 군의 대결 방식과 생각을 보고—— 조금 불안해졌어요."

"분위기로는 불리하게 보였는데 실상은 1위였어. 이보다 더 좋은 성과는 없다고 보는데."

"결과만 보면 그렇지요. 하지만……."

말하기를 주저하던 히요리는 몇 초 뒤에 다시 말을 이었다.

"이대로 무탈하게 계속 이길 수 있는 방식이라고 말할 수 있을지, 그 부분에 의문이 남아요."

"뭐, 정공법이라고는 말할 수 없는 방법일 테니까. 반의 실력을 봤을 때는 제자리걸음이지."

류엔 개인의 기발한 책략에 거는 능력은 향상했지만, 그 것뿐.

"이번에는 어떻게든 됐지요. 하지만 다음에 이기기 위한 밑거름은 쌓지 못했어요. 지라는 말은 아니지만, 귀중한 성장의 기회를 하나 날리고 말았네요."

"그럴지도 모르지."

다만 그러려면 새로운 피가 흘러야 할 필요가 있을지도 모른다.

"우리가 A반으로 올라가기 위해 필요한 퍼즐 조각은 동시에 방해가 되는 퍼즐 조각이기도 해요. 난감하네요."

히요리의 눈에는 자기 반의 약점이 명확하게 보인다.

류엔이 존재하기 때문에 강하다는 것.

그 이면에는 류엔의 존재가 오히려 약점이 된다는 것도 포함되어 있다.

"그걸 알아차릴 학생이 있다면 아직 희망은 있어."

승자의 인터뷰를 가볍게 듣고 싶지만 뒤쫓아가 방해할 생각은 없다.

걱정스러워하던 히요리는 이제 도서실에 갈 생각인지 같이 가지 않겠느냐고 권했지만, 오늘은 사양하기로 했다.

이치노세, 사카야나기 반의 상황도 봐두고 싶었기 때문이다.

이치노세 반은 좋은 쪽으로든 나쁜 쪽으로든 평소와 다르지 않은 분위기. 최하위를 피하는 것은 당연하고, 탈락자를 만들지 않음으로써 확실한 보험을 들었다. 특정한 누군가를 버리지 않는 대결 방식은 그만큼 위험을 동반하지만, 결과적으로는 2위로 끝났다.

호리키타의 의도를 예상하고 일부러 위험 후보자 다섯 명을 만들게 한 전반전의 행동. 그리고 이른 단계에 교섭한 것으로 보이는 류엔과의 후반전 공모를 통해 탈락자를 0으로 만들었다. 또 호리키타를 도와 사카야나기를 최하위로 끌어내렸다.

중재하는 반으로서 할 수 있는 최선의 행동을 했다고 평가해도 좋겠다.

3

방과 후. 이미 시각은 오후 5시로 접어들고 있었다. 2학년 특별시험 관계로 오늘은 동아리 활동도 중지되어 교내에 남아 있는 학생은 극소수에 불과했다.

사카야나기는 아직 옮기지 않은 카무로의 자리에 앉아 조용히 그때를 기다렸다.

이윽고 약속 시간이 되자 교실 문이 열렸다.

"기다렸답니다, 하시모토 군."

"굳이 이런 데서, 심지어 단둘이 만나자니 무슨 생각인 거야?"

"반성회를 하자고요."

"그렇다면 좀 무서운 이야기가 될 것 같군."

"이번 특별시험 결과는 너무나 유감이에요. 다 제 불찰입니다."

"그야 유감이긴 하지만, 공주 씨를 탓하는 녀석은 없잖아. 아무리 생각해도 우리 반의 정보가 류엔에게 유출됐다고밖에 볼 수 없으니."

안으로 들어온 하시모토가 카무로의 책상에 슬쩍 손을 얹으며 교실을 둘러보았다.

"배신자 때문에 마스미 짱—— 카무로 짱이 퇴학당하게 되었어. 용서 못 해."

"하시모토 군은 자기만 괜찮으면 누가 퇴학당하든 신경 쓰지 않는 분인 줄 알았는데요."

"그래도 2년 동안 같은 반이었잖아? 나도 화나는 감정 정도는 든다고."

"그렇지요. 그런데 어떻게 반의 정보가 새어나갔다고 보시나요?"

의견을 구하듯 사카야나기가 하시모토에게 물었다.

"단순하게 생각하자면 스마트폰을 써서 정보를 유출했겠지. 심플하고 효과적이니까."

"저도 같은 생각이랍니다."

"그런데 왜 모리시타가 발언했을 때, 대책을 세우지 않았지?"

"어떤 식으로요? 모두한테서 스마트폰을 거두거나 해서요?"

"그렇지. 그럼 얕은 상처로 끝나지 않았을까?"

"배신자도 바보는 아니겠죠. 대책 한두 개쯤 이미 준비하지 않았겠어요? 괜히 범인 찾기를 시작했다간 오히려 혼란만 일으킬 거라고 판단했어요."

"앞을 내다보고 조용히 지켜봤다는 말인가. 공주 씨만 가능한 지휘로군."

하시모토는 천천히, 나란히 놓인 책상과 책상 사이를 지나 교단까지 걸어간 후 뒤돌아보았다.

"……그렇지만 공주 씨는 아무리 제비뽑기 결과라지만 카무로 짱을 내치고 마음이 아프지도 않나?"

"마음이 아프다니요?"

"사이 좋았잖아. 나라면 내 의지를 꺾어서라도 토바 같은 애들을 퇴학시켰을 텐데."

"그건 말도 안 되는 일이지요. 그 아이는 특별한 존재도 뭣도 아니니까."

"그래도 2년이나 고락을 함께했는데 흔들리지 않다니 참 강하네. 난 카무로 짱을 꽤 좋아해서 바로 내치진 못할 것 같은데."

떨어진 위치에서 그렇게 말하는 하시모토의 표정에는 확실히 복잡한 마음이 담겨 있어 보였다.

"그런 하시모토 군은 마스미 씨가 퇴학당한 원인인 배신자가 누구라고 생각하시나요?"

"질문만 하네. 난 공교롭게도 짚이는 데가 없어. 공주 씨는 짐작 가는 데가 있어?"

웃은 사카야나기는 지팡이를 쥔 채 조용히 의자를 밀고 자리에서 일어났다.

그리고 하시모토에게 자신 쪽으로 오라고 지시했다.

교단에서 떨어진 하시모토는 그녀가 하라는 대로 사카야나기 앞까지 돌아왔다.

"당신이지요, 하시모토 군? 내부 정보를 빼돌린 배신자는."

그렇게 묻자 하시모토는 머리를 긁적이며 무거운 한숨을 내쉬었다.

"이곳으로 부른 시점에서 그런 이야기일 줄은 알았지. 어차피 내가 의심받는 건 무리도 아니니. 정보통인 공주 씨니까 알고 있겠지만, 난 다른 반으로 옮길 방법도 늘 물색하고 있고. 그런 행동을 할 인간이란 것도 인정해. 하지만 지금 모처럼 A반에 있는데, 내가 왜 그 지위를 떨어트리는 짓을 해야 해? 아무리 생각해도 이상하잖아."

의심을 사는 건 어쩔 수 없다고 하면서도 강하게 반론했다.

"그렇지요, 보통은 그래요. 저조차도 노골적으로 배신하진 않을 거라고 생각했으니까요."

A반에 있는 학생이 자기 자리를 위협하는 이해 불가능

한 행동을 할 거라고는 보통 생각하기 어렵다.

세부적인 데까지 생각이 미치는 사카야나기마저 동료의 배신까지 염두에 두고 대결에 임하기란 불가능하다.

"반을 위험에 빠트리는 짓은 안 해. 배신할 것 같은 놈이 진짜로 배신해서 어떡하냔 말이야."

제일 의심받기 쉬운 사람이라는 걸 자신도 잘 알고 있기에 배신하지 않는다고 하시모토가 말했다.

"나도 배신자 찾는 걸 돕지. 그렇게 해서 내 결백을 증명해 보이겠어."

"그럼 바로 도와주시겠어요?"

사카야나기가 핸드폰을 꺼내 카무로의 책상 위에 내려놓았다.

화면에 케야키 몰에서 류엔과 걷고 있는 하시모토의 모습이 담겨 있었다.

"이번 특별시험 전, 그와 접촉했지요."

"이건 류엔이 일방적으로 접촉해 온 거야. 그래서 억지로 같이 다닌 것뿐이지."

하시모토도 따라가기 싫었다고 덧붙이며 변명했다.

"근데 진짜, 이런 건 누가 찍는 거야? 혹시 공주 씨가 고용한 야마무라였다거나?"

그리고 사카야나기의 말을 기다리지 않고 반격의 의미까지 담아 그렇게 되물었다.

"이제 수작은 그만 부리시지 않겠어요?"

부인한 하시모토에게 사카야나기는 변함없는 말투로 말했다.

"아무리 변명해도 믿어주지 않는군."

"계속 해명하실 거라면 스마트폰 이력을 보여주시겠어요?"

변명을 해명으로 되받아쳤다. 그런 모습을 봐서도 사카야나기의 의심은 짙고 강했다.

"그렇게 하면 내 결백을 받아들일 수 있나?"

"글쎄요. 시도할 가치는 있을 것 같지 않으세요?"

"하긴, 시험 중에 정보를 흘릴 거라면 스마트폰을 통화 상태로 해두는 게 제일 손쉽겠지. 아니면 몰래 채팅하거나 메일 보내거나. 그래서 이력이 남아 있는 놈이 배신자가 되는 거고. 하지만 그래도 되겠어? 내 스마트폰을 확인했는데 아무것도 안 나오면 그에 상응하는 사과를 요구할 건데."

이 정도로 의심받았으니 사과 한두 마디로는 끝나지 않을 거라고 강하게 나왔다.

"제가 잘못 짚었다면 그 기대에 부응해 드리죠. 그런데 제가 요구하는 것은 통화 이력이나 채팅 이력이 아니랍니다. 그런 건 쉽게 삭제할 수 있으니까요."

하시모토는 방과 후에 혼자 있을 시간이 얼마든지 있었다.

그러한 이력을 삭제하는 것쯤 일도 아닌 작업이다.

"그럼 왜 이력을 확인하고 싶다고 말했는데?"

"제가 보고 싶은 것은 이력은 이력인데 프라이빗 포인트 이용 내역이랍니다."

여기까지 말하면 인정하시겠어요?

그런 사카야나기의 말에 하시모토가 입을 닫았다.

"당신은 대충하는 것처럼 보여도 사실은 신중한 성격이지요. 류엔 군과 손잡아도 그가 자신에게 덫을 놓지 않을 거란 보장이 없어요. 만약 탈락자가 된다면 자기가 퇴학의 위험을 감당해야 하죠. 자신을 지키기 위해 지면이라는 형태로 계약을 나눌 수도 있지만, 그건 그것대로 물적 증거가 남기 때문에 최대한 피하고 싶었을 거예요. 그럼 대량의 프라이빗 포인트를 보증 대신 맡아도 이상하지 않잖아요. 약속이 이행되면 전액 반환한다. 그렇지 않다면 프라이빗 포인트를 받는다. 이렇게 하면 피차 무슨 일이 없는 한에는 배신할 수 없잖아요?"

하시모토는 꺼낸 스마트폰을 움켜쥐고 씁쓸하게 웃었다.

"──정말. 역시 보통이 아니라니까. 인정하지, 항복이야, 항복."

사카야나기의 지적은 옳았다. 하시모토는 류엔이 반 아이들에게서 모은 대량의 프라이빗 포인트를 일시적으로 맡았다. 만에 하나라도 탈락자가 되지 않기 위한 보험으로.

"그에게 얼마에 팔았지요?"

"정보료는 별로 많지 않아. 50만 정도."

"그것참 배신값치고는 저렴하네요."

"내가 그 정도에 해줬지. 프라이빗 포인트는 많아서 나쁠 게 없지만, 그게 배신한 이유는 아니니까."

하시모토는 프라이빗 포인트가 주된 목적이 아님을 강조했다.

보통은 곧바로 진의를 추궁해도 이상하지 않은 상황인데, 사카야나기는 그걸 하지 않았다.

이미 왜 배신했는지 알고 있기 때문이었다.

"이번은 하시모토 군을 배신하게 만든 류엔 군을 칭찬해 드려야 할까요?"

"웃기지 좀 마. 난 내 의지로 녀석에게 이번 일을 제안한 거야. 놈을 정보 제공처로 선택한 건 배신을 혐오하지 않고 이익이 되면 망설임 없이 받아들이는 놈이어서야. 호리키타나 이치노세였으면 이렇게 될 수 없었을 것 아니야?"

"당신이 내통자로 다른 반에 정보를 넘기겠다고 해도 다른 반 리더가 응할지 어떨지는 다른 문제니까요. 쉽게 받아들일 사람은 그뿐이겠지요."

"그래. 그래서 이번 특별시험, 우선 나는 3분의 2에 걸어보기로 한 거야."

만약 특별시험에서 류엔 반과의 공방이 없는 대각선으로 A반이 배치되었다면 무리하지 않고 구경만 할 계획이었다고 하시모토가 말했다.

그것만으로도 상황은 크게 달라졌겠지.

전반전 순위 그대로 끝났어도 이상하지 않다.

"질책할 생각 안 들어?"

"저는 교사가 아니랍니다. 당신을 올바른 길로 인도할

생각 따윈 없으니까요."

하시모토는 어깨를 으쓱한 다음 주머니에 스마트폰을 넣었다.

"나만이라도 신체검사를 해야 했던 거 아닌가?"

"무의미하지요. 하시모토 군의 스마트폰에는 부정한 누설 내용이 하나도 없었을 거 아니에요? 자기 스마트폰을 써서 스파이 활동을 하는 건 너무 위험하죠. 차라리 다른 반 학생한테 스마트폰을 미리 빌려서 교실 어딘가에 몰래 숨겨두는 것 정도는 하지 않으셨을까요?"

"거기까지 읽었나."

"저를 시험하려고 해봐야 아무 이득도 없답니다."

한 방 먹이려던 하시모토였는데 바로 앙갚음을 당했다.

그녀가 지적한 대로 자신에게 의심의 시선이 오면 망설임 없이 스마트폰을 내밀 계획이었다.

그 자리에서 모두의 스마트폰을 조사해도 증거는 하나도 나오지 않을 것이다.

시간만 낭비할 뿐임을 안 사카야나기는 그보다는 방어쪽으로 살리기 위해 계속 스마트폰을 사용하는 방침을 일찌감치 결정했던 것뿐. 주위에서 초조해하고 있음을 느낀것은 단순한 지레짐작이다.

"숨길 장소는 교실 안으로 한정되지만, 모두 총동원해 찾으려면 시간도 수고도 드니까요. 게다가 복도에 스파이가 있는 것 아닌가, 같은 말들로 모르는 척하면서 누군가가 시끄럽게 구는 틈에 억지로 스마트폰을 꺼내면 증거 인멸도 전혀 불가능한 것도 아니고요."

다리가 불편한 사카야나기는 현행범으로 붙잡을 만큼 민첩하게 움직일 수도 없다.

카무로나 키토에게 귓속말하는 모습을 보여줬다면 하시모토는 망설이지 않았으리라.

"특별시험이 끝나고 돌아갈 때 당신은 별로 친하지도 않은 요시다 군과 같이 교실에서 나가셨죠. 그의 가방에 넣으셨던 건가요?"

"와, 다 보고 있었네, 공주 씨는. 역시 내가 제일 의심스러웠던 거군."

"최근에 당신이 한 발언을 돌이켜 보면 납득할 요소도 있었으니까요."

"그런데 왜 그랬지? 내가 교실에 도착한 순간에 프라이빗 포인트를 보여달라고 해도 됐는데, 왜 시간을 들여서 자수를 재촉하듯이 굴었어?"

하시모토가 교실에 들어왔을 때 사카야나기는 바로 캐묻지 않았다.

그때는 아직 단정 지은 게 아니라면 이야기는 다르지만, 사카야나기는 분명 확신하고 있었다.

"배신자에게 베푸는 자비였어요. 시험 도중에 그렇게 하지 않은 것까지 포함해서."

사카야나기는 그래서 두 번이나 자백할 시간을 줬었다.

자기 행동을 반성하고 멈추라고 전했었다.

"그걸 알아차리지 못했던 건 유감이네요. 다른 반과 접촉해 편의를 도모하고 교실 이동을 노린다. 그 정도라면 불장난이라며 그냥 봐줄 수도 있겠지만, 이번에는 그런 것과는 일선을 긋는 행위랍니다."

"그래. 많은 특별시험이 그렇지만 『동료에게 배신당할 수 있다』는 치명상을 입지. 반은 운명공동체. 그래서 불만이 있어서 지시에 따르지 않을 수는 있어도 배신까지는 하지 않아. 그게 반의 불이익 그리고 자신의 불이익과 직결되니까."

그렇기에 불만이 있는 학생도 아슬아슬한 감정을 자제심으로 꾹 누르고 인내하며 하루하루를 보내고 있다.

"하시모토 군은 그 넘어서는 안 되는 선을 넘어 버렸어요."

"부정 안 할게."

그녀를 대하는 하시모토는 두려워하지도 않고 그 사실을 인정했다.

"주위에서는 이해 못 하겠다고 말하겠지. A반을 위험에 빠트려서 무슨 이익이 있느냐고. 아니, 그게 아니지, 이 반은 애초에 승산이 없어. 배신하지 않아도 장차 B반 이하로 가라앉을 게 뻔하거든. 그렇다면 배신해서라도 승산을 만들 수밖에."

"당신 나름대로 싸우는 중이라고요?"

"나도 괴로웠다고. 하지만 이 특별시험은 경고하기에 매력적이었어. 잃는 반 포인트는 절망적이지 않아. 탈락자도 실력 없는 사람이 배제되는 것뿐. 지금이 절호의 기회라고 생각했어. 난 우리 반을 위험에 빠트리고 싶은 게 아니야. 이 반에서 이기고 싶으니까 한 일시적 배신이야."

"들키는 걸 각오했다. 아니, 들키는 것까지 계획에 있었던 모양이네요."

"설마 오늘일 줄은 몰랐지만."

반 전체 모임, 혹은 그에 가까운 형태. 그런 장소에서 들킬 거라고 생각했다.

가능하다면 둘만 있는 상황까지 내몰리는 것은 피하고 싶었던 하시모토.

"내가 배신한 걸 눈치챈 시점에서 이유도 이미 다 알고 있었지?"

"그래서 이 자리를 세팅한 거랍니다."

위험을 감수하면서까지 큰 도박을 한 이유.

"이렇게라도 하지 않으면 내가 진심이라는 걸 받아들이지 않을 테니까. 겨울방학 끝 무렵에도 여러 번 공주 씨에게 조언했었잖아. 아야노코지를 우리 반으로 빼 오면 좋겠다고."

"네. 당신의 그 열변은 진저리날 만큼 많이 들었지요."

아야노코지의 영입과 배신행위.

다른 학생이 들으면 도무지 연결되지 않아 고개만 갸우뚱거릴지도 모른다.

하지만 하시모토는 잘 알고 있었다. 사카야나기 아리스의 본질, 성질을.

"이번에 반 포인트를 잃어도, 내가 배신해도, 그리고 퇴학자가 나온다고 해도── 그래도 상관없다고 판단했어. 강제로라도 네가 듣게 할 거라고. 그렇게 각오했거든."

이것은 끝이 아닌 시작.

사카야나기가 아야노코지를 빼 오겠다고 말할 때까지 얼마든지 배신해 주겠노라는 협박이었다.

"당신은 저의 주도로는 A반으로 졸업할 수 없다고 진심으로 생각하시는 모양이네요."

"공주 씨가 우수하다는 건 인정해. 그래도 가까운 미래에 아야노코지 반의 맹진을 막을 수 없을 거라고 난 확신해. 언젠가 A반과 B반의 입장은 역전될 거고 그 후엔 우리가 다시 치고 나갈 기회란 없어. 즉, 지금의 위치 따위는 다 허상이야."

그리고 이렇게 뜨겁게 말을 이었다.

"A반으로 졸업하기 위해 가장 확률 높은 전략. 바로 공주 씨와 아야노코지가 같은 반이 되는 거야. 그럼 탄탄해지고 절대 지지 않는 반이 완성돼."

"역시 그 발언을 많은 사람 앞에서 하지 않으신 건 정답이었어요."

"인정 안 하는 건가? 내 생각이 옳다고 보는데."

"인정할 수 없네요."

"미안한데, 아야노코지는 틀림없이 2학년에서 최강──."

"당신이 아야노코지 군의 뭘 안다고 그렇게 말씀하시는 거지요?"

쾅! 하고 지팡이 끝으로 바닥을 강하게 내리쳤다.

"윽……!"

지금까지 쭉 평정을 유지하던 사카야나기가 분명 분노하고 있었다.

"그에게 꽤나 열중하신 모양인데, 맹신에서 비롯되었다는 걸 본인은 아시는지?"

그 이상한 압박에, 몸집이 아담한 사카야나기의 기에 압도된 하시모토.

"자기가 최고가 아니라는 말을 들어서 화났나?"

확실히 사카야나기는 분노하고 있었다.

하지만 자신보다 아야노코지가 더 우수하다고 해서가 아니다.

자기 멋대로 아야노코지를 높이 사고 열중하는 눈앞의 이 남자를 용서할 수 없었기 때문이다.

아야노코지의 출생조차 모르는 일반인이 그의 무엇을 논할 수 있느냐며.

"자존심을 버리고 아야노코지를 빼내 와. 만에 하나 류엔한테라도 포섭되면 최악이야."

"류엔 군이 아야노코지 군을 빼갈 가능성은 없어요. 당신이 평가하는 능력을 정말 아야노코지 군이 가지고 있다면, 그를 제 손으로 쓰러트리기 위해 적으로 계속 남겨두고 싶네요."

"지금은 그럴지도 모르지. 하지만 실제로 이길 수 없는 상황이 오면? 언제까지고 적대해서 A반을 놓치게 된다면 생각도 변할——."

"안 변해요. 저도 류엔 군도 호적수와 싸우기를 바라고 있어요. A반으로 졸업한다는 부분에 대한 집착 따위 없는 거나 마찬가지랍니다."

그 말을 들은 하시모토는 눈을 감으며 숨을 토했다.

자기가 한 발언이 틀렸음을 깨달았다. 지금까지 보여준 적 없는 사카야나기의 이런 태도의 이유.

그건 사카야나기가 하시모토가 알아차린 것보다 훨씬 이전부터 아야노코지를 높이 평가했기 때문이라고.

그와 동시에 아야노코지의 실력은 틀림없이 진짜라는 것을 다시금 뒷받침해 주었다.

"어쩌면 너의 그린 부분이 싫증 난 건지도 모르겠어. 난 이 학교에 입학했을 때 너나 류엔 둘 중 하나가 A반으로 졸업하게 만들어 줄 리더라고 직감했지. 그런데 아무리 해도 기묘한 위화감이 줄곧 지워지지 않았어. 그런데 그 이유를 이젠 확실히 알았다. 너희는 A반으로 졸업하는 것에 대해 진정한 열의가 없기 때문이었어."

라이벌을 이김으로써 결과적으로 A반이 되는 것뿐.

만약 A반이 되는 것보다 우선할 일을 찾는다면 아무렇

지도 않게 내던져 버릴 것이다.

"반면 호리키타와 이치노세는 열의를 가지고 있어. 참 이상하지. 이길 수 없는, 실력 없는 반에는 열의가 있는데, 이길 실력이 있는 반에는 그게 없으니. 하지만 아야노코지와 공주 씨가 손잡으면 열의가 있든 없든 상관없어. 틀림없이 승리로 이어지는 반이 탄생할 거다."

멋대로 납득하는 하시모토를 싸늘한 눈으로 바라보며 사카야나기가 말했다.

"아야노코지 군을 우리 반으로 끌어들이는 것이 승리의 절대 조건이라고 말씀하시고 싶은 건 이해했어요. 하지만 그럼 반 이동 티켓을 따내서 A반에 집착을 보이는 호리키타 씨, 즉 그가 있는 반으로 이동하는 게 가장 안전하고 간단한 방법이 아닌가요?"

"그걸 이룰 수 있을 만한 입장이었나? 내가?"

"물론이지요. 반을 이동하고 싶으니 앞으로 기회가 생기면 반 이동 티켓을 양도해 달라, 그렇게 애원하셨다면 저는 기꺼이 당신에게 티켓을 양도했을 텐데요."

"그것참 아깝게 됐군."

일부러 아쉬워하는 척했는데, 사카야나기가 곧바로 지적했다.

"농담도 참. 분명 당신은 그 상황에서 티켓을 받아들이지 않으셨겠지요."

"……어째서지?"

"당신의 본심 따위 다 보여요. 장기적으로 보면 불투명해도 지금은 A 자리에 있는 이 반을 버리고 싶지 않겠죠. 하지만 아야노코지 군은 무섭고. 반을 이동하고 싶지만, B반으로 간 후에 아무런 보장도 없고요. 그래서 티켓 따위로는 움직이지 않아요. 자기가 못 움직인다면 남을 움직이게 만드는 수밖에 없지요."

반 이동을 수시로 반복하는 학생은 쉽게 신뢰를 얻기 어렵다.

다음에 티켓을 손에 넣기 위한 허들이 지금보다 훨씬 높아지고 만다.

만일의 사태가 벌어졌을 때 침몰하는 배에서 탈출할 수단을 잃어버린다.

"배신자인 당신을 앞으로 반에 남길 생각은 없어요. 이제 와서 도망치려고 해도 도망칠 수 없답니다? 당신 나름으로 주위와 이래저래 교섭할 생각이시겠지만, 하시모토 군에게 2,000만 포인트만큼의 가치는 없어요. 아무도 진심으로 발탁해주지 않을 거예요. 설령 반 이동 티켓을 손에 넣으려고 한 대도 제가 A반을 지배하고 있는 한에는 절대 손에 넣을 수 없을 겁니다. 물론 아야노코지 군을 빼 오는 것도 마찬가지지만."

요컨대 하시모토는 현시점부터 사방팔방으로 다 막혀 고립된다.

그러나 물러서지 않을 것이다. 배신하기로 한 순간부터

하시모토는 확고한 의지를 가지고 임하고 있었다.

"한 번 만에 받아들여 주길 바랐는데 어쩔 수 없군. 난 앞으로도 비슷한 짓을 계속할 거다. 공주 씨를 반드시 납득시켜서 아야노코지를 끌어들이겠어."

이것은 하시모토의 큰 도박이다.

반이 총동원해서 한 사람을 배제할 수 있는 내용의 시험이 다시 치러진다면 궁지에 내몰릴 수 있다.

그러나 그런 게 없다면 하시모토를 쉽게 퇴학으로 내몰 수 없다.

"특별시험만 퇴학의 장은 아니에요. 아시잖아요?"

"어디까지나 들어줄 생각이 없다는 말인가. 그럼—— 최악은 내가 공주 씨를 퇴학시키는 수밖에 없지. 그런 다음 내가 A반을 지배하고 아야노코지를 데려오는 거야."

완전한 결별이라고도 할 수 있는 말에 사카야나기는 건조한 박수를 보냈다.

"말씀 잘하셨네요. 하시모토 군이 오늘 한 말 중에서 가장 빛나는 말씀이었어요. 당신이 저를 퇴학시키겠다면 환영이에요. 부디 한번 해보세요."

반 내부에서의 완전한 결별.

둘 중 하나가 질 때까지 해결될 수 없는 싸움의 막이 올랐다.

○각성의 전조

교무실 근처에서 사카야나기는 혼자 조용히 그때를 기다렸다.

"기다리는 건가? 카무로가 나올 때까지."

"어딘가에서 그녀에 대해 들으셨나 보네요."

"A반의 상황을 살피러 갔을 때 키토가 가르쳐 줬어."

"그는 절대 말수가 많은 편이 아닌데, 교우관계란 참 모르겠네요."

"멋없다고는 생각했지만 와 보기로 한 거야. 특별히 친했던 건 아니었어도 오늘이 마지막 만남일 테니. 가볍게라도 인사해 두려는 생각에."

"그러셨나요."

사실 카무로와의 인사는 아무래도 상관없다.

하지만 이렇게 말하면 사카야나기로서는 내가 이 자리에 머무르는 것을 거부할 수 없으니까.

나는 사카야나기의 옆에 서서 교무실 문을 응시했다.

"아야노코지 군이라면 시험의 흐름만 보고도 무슨 일이 일어났는지 파악하셨겠지요."

"그래. 패배의 원인은 짐작이 가. 누가 원인이었는지 특정은 지었어?"

"네. 그 작업은 이미 다 마쳤답니다."

"그래?"

그럼 그쪽 문제는 사카야나기가 이후에 엄정하게 대처하겠지.

이윽고 해 질 무렵, 카무로가 담담하게 밖으로 나왔다.

아무도 없는 줄 알았는지, 지금까지 보여준 적 없는 당황하는 표정을 지었다.

"너희 뭐해."

"마스미 씨를 기다렸어요. 그러면 안 됐나요?"

"딱히 안 되는 건 아니지만 뭣 때문에?"

아무래도 생각한 것 이상으로 카무로는 현실을 잘 받아들이고 있는 듯했다.

"오늘부로 헤어지게 되었으니까요. 마지막으로 이야기를 나누고 싶어서요."

"설마 너한테도 양심의 가책이란 게? 있을 리 없지. 아야노코지는?"

"사회과 견학."

"뭐? ……하아. 여전히 알 수가 없는 녀석이네."

"의외의 학생이 퇴학당했으니, 신경 안 쓰이면 거짓말이지."

"내가 의외라고? 절도도 태연하게 하는 인간인데?"

"그건 과거 이야기고. 적어도 종합적으로 봤을 때 반에서 하위 인간은 아니었어. 어떤 방법으로 사카야나기가 탈락자를 골랐는지는 모르니까. 의외라는 생각이 들어도 무리가 아닌 일이잖아."

지금은 굳이 언급하지 않았지만, 사카야나기와 가까운 사람이기도 했고.

"퇴학자는 제비뽑기로 결정했답니다."

"그것참──."

"저답지 않은 방식을 썼다고 생각하시나요?"

"글쎄. 제비뽑기로 퇴학당하게 된 카무로에게 심정을 물어보고 싶어."

퇴학이 결정 난 마당에 솔직하게 대답해 줄지는 모르겠지만, 물어보았다.

"그런 걸 바보같이 진지한 얼굴로 잘도 묻네."

심경을 물어볼 줄은 몰랐는지 카무로가 놀라면서도 고민에 들어갔다.

"어떤 심정이랄, 그냥 신기한 기분이 들어. 오늘 아침까지만 해도 정말 평범한 학교생활을 보냈으니까. 다음 휴일에는 뭐할까 같은 시답잖은 것까지 생각했었는데. 난데없이 퇴학이라니. 이것만은 예상도 못 했어."

가장 먼저 버림받을 학생이 아니었던 만큼 위기감이 강하지 않았던 것도 무리는 아니다. 사카야나기로서도 질 줄은 몰랐을 테고.

"다 제 책임이에요. 당신한테는 유감이에요."

"아니, 그런 건 됐어."

사과 비슷한 말을 하는 사카야나기에게 카무로가 바로

반박했다.

"난 별로 네 탓 할 생각 없어. 어떻게 좀 해달라고도 생각하지 않아. 언젠가 이런 식으로 퇴학당해도 상관없다고 생각했었으니까."

원래는 행실이 바르지 않았던 카무로. 단념하는 마음이 있었는지, 정말 처음부터 끝까지 후련한 투였다.

언제까지고 교무실 앞에서 대화를 나눌 수도 없는 일이라며 카무로가 갑자기 말도 없이 걷기 시작했다.

다리가 불편한 사카야나기는 그런 그녀를 평소보다 빠르게 뒤쫓았다.

어차피 돌아가는 방향이 같으니 따라가도 문제는 없겠지.

"불평 한두 마디쯤은 들어드릴 생각으로 기다렸는데요."

"쓸데없는 오지랖이네."

"학교를 그만두고 나면 어쩔 생각이세요?"

"퇴학당해도 시험을 통과하면 편입생으로 받아줄 고등학교가 몇 군데 있다나 봐. 부모님이 고등학교는 나오라고 잔소리해대니 일단 그쪽으로 가려고."

아무래도 그런 부분까지 포함해서, 짧은 시간 동안 카무로는 자신의 길을 정한 모양이었다.

카무로와 사카야나기의 거리가 점점 벌어졌다.

보조를 맞춰주지 않으면 평범하게 뒤쫓기조차 어렵다. 따라잡기 위해 더 서둘러서 걸으려고 하다가 익숙하지 않은 동작 때문에 앞으로 고꾸라져 넘어지며 바닥에 손을 짚고 말았다.

"뭐 하는 거야……."

뒤돌아보며 한숨을 푹 내쉰 카무로는 돌아와 사카야나기를 다정히 안아 일으켰다.

"내일부터 난 없으니까 얼른 대신할 사람을 찾아."

"알고 있어요. ……마스미 씨."

"왜."

성가시다는 듯 눈앞에서 대답하는 카무로.

"아니, 아무것도 아니에요."

무슨 말을 하려던 사카야나기가 그만두었다.

고개를 갸우뚱거린 카무로는 지팡이를 주워 들어 손에 쥐게 한 다음 다시 걷기 시작했다.

사카야나기가 다시 그런 카무로를 위태롭게 쫓기 시작했다.

"따로 하고 싶은 말은 없나요?"

현관이 가까워졌을 무렵 다시 한번 뒤돌아보았다.

"뭐야, 설마 나한테 비난받고 싶어? 왜 퇴학시켰냐고?"

"그런 게 아니에요. 다만 저에게는 들어드릴 책임이 있으니까요."

"시답잖은——."

그렇게 말을 끊은 카무로였는데 사카야나기의 눈을 보고 생각을 멈췄다.

"진짜. 넌…… 똑똑한데 바보 같은 구석이 있구나. 방금 알았어."

"제가 바보 같다니 그냥 흘려들을 수 없는 말이로군요. 무슨 의미인가요?"

"들어줄 책임이 있으면 잠자코 듣기만 하면 되지 않나."

한 방 제대로 먹은 사카야나기.

"그럼 그거. 이 학교에 미련 같은 건 없지만 나한테 딱 하나만 약속해."

"약속? 어떤 약속일까요?"

"나를 위해서가 아니라, 반을 배신한 녀석한테는 반드시 똑같은 길을 걷게 해. 약속할 수 있어?"

"그게 당신의 바람인가요?"

"그래. 그것뿐이야. 할 수 있어?"

"약속드리죠. 저는 배신자를 절대 용서하지 않아요. 반드시 배제하겠다고 약속드릴게요. 물론 그 대가로 반이 패배하는 사태도 만들지 않을 거예요."

그렇게 선언하는 사카야나기에게 카무로는 고개를 한 번 끄덕이고는 그 뒤에 있는 나를 쳐다보았다.

"사카야나기가 약속을 지키는지 어기는지, 너도 연대책임으로 지켜봐야 해, 아야노코지."

"질 필요가 없을 것 같은 연대책임이지만, 들어줄게."

"그래, 그럼 됐어. 미안하지만 너와는 여기까지. 난 더 이상 이 학교 학생이 아니고, 챙겨줄 필요도 없잖아?"

그렇게 말한 카무로는 혼자 신발을 갈아신고는 준비하는

데 시간이 드는 사카야나기를 무시한 채 걷기 시작했다.

그리고 단 한 번도 멈춰 서지 않고 기숙사 쪽으로 모습을 감추었다.

내일 아침에는 카무로가 이미 이 학교에 있지 않겠지.

당사자뿐 아니라 반의 많은 아이가 카무로의 퇴학에 마음의 준비가 되어 있지 않았을 터.

"끝까지 그녀답네요."

"그러게."

"──저는 시간이 좀 걸릴 것 같아요. 먼저 돌아가세요."

카무로에 이어서 나도 학교를 벗어났다.

사카야나기에게 있어서 카무로는 역시 단순한 반 학생이 아닌 듯하군.

1

조금 걸어, 일주일 정도 전에 모리시타를 만났던 벤치 근처까지 다다랐다.

지금은 아무도 없고 인기척도 느껴지지 않는다. 그곳에 혼자 앉았다.

그렇게 10분 정도 지났을까.

기다리던 인물이 평소보다 느린 걸음으로 모습을 드러냈다.

평소 같으면 시야가 좀 더 넓었을 텐데, 지금은 나를 알아차리지 못하고 있었다.

"준비하는 데 시간이 꽤 오래 걸렸네."

말을 걸자 살짝 놀란 눈치였지만 이내 그 표정을 감추었다.

"설마 저를 기다리신 건가요……?"

"너한테도 현재 심경을 묻는다는 걸 깜빡해서."

"그렇군요. A반의 패배를 볼 수 있는 기회는 별로 없으니까요."

"수싸움에서 넌 조금도 밀리지 않았어. 다른 반의 약점을 간파하고 적확하게 찌르는 것도, 방어에 대한 짐작도 잘했고. 세 리더를 명확하게 웃돌았다고 봤어."

"그런 제가 졌으니 웃지도 못 할 일이네요."

"그러니까."

"하지만 유감이에요. 딱히 심경이 달라진 것은 하나도 없답니다. 패배의 원인이 제 실력 부족이라면 이야기는 달라지지만, 그건 아니니."

"패배만은 그럴지도 모르지. 하지만 퇴학자에 관해서는 꼭 그렇지도 않잖아?"

"패배한 반에 탈락자가 있으면 퇴학자가 나온다. 처음부터 알고 있던 일이에요."

어디까지나 인정하려고 하지 않는 사카야나기였는데, 나는 말을 계속 이어갔다.

"그래도 너한테 패배는—— 아니, 카무로의 퇴학은 예상

밖이었을 거야."

"우습게 보지 말아주셨으면 해요. 물론 마스미 씨는 제 곁에서 2년 동안 일해주셨지만, 빼어나게 우수한 학생도 아니거니와 하물며 협조적이지도 않았어요. 그런 그녀가 퇴학당해도 반에 미치는 영향력은 없답니다."

착각하지 말라고 웃으면서 대답했다.

"너답지 않네, 사카야나기. 평소 보여주는 평상심이랑은 거리가 멀어 보여."

"저답지 않다고요? 저는 그렇게 생각하지 않는걸요."

"내가 여기에 있으면서 의심스러워하는 시점에서 알아 차리는 게 좋을 텐데."

카무로의 퇴학이 사카야나기에게 아무런 영향도 미치지 않았다면 내가 여기서 기다릴 일은 없다.

이렇게 굳이, 무의미하게 흔들어 보는 짓 따위는 하지 않는다.

"물론 당신의 통찰력은 월등히 뛰어나지만, 자신감이 지나치신 게 아닌지?"

"글쎄 어떨까."

내가 생각을 바꾸지 않을 것임을 드러내자 천하의 사카야나기도 조금은 당혹스러운 눈치였다.

"마스미 씨의 퇴학이 제 마음에 영향을 미쳤다. 그렇게 말씀하시고 싶은 건가요?"

"확실하게 말하자면 그렇지."

"말도 안 돼요."

"인정하기 싫은 마음은 이해해. 그걸 인정해버리면 넌 동시에 자기가 선택을 잘못했음을 인정하게 되는 셈이니."

여러 명 나온 탈락자 중에 카무로가 아니라 다른 사람을 골랐어야 했다는 후회가 생기게 될 것이다.

"넌 네가 강하다는 걸 알아. 그래서 남이 약한 것에 별로 공감을 못 하지. 다른 사람의 약한 면에 다가붙지 못하는 경향이 있어."

"아야노코지 군에게만은 듣고 싶지 않은 말이로군요."

"물론 나에게도 해당하는 부분이기는 하지만, 넌 어중간하고 완전히 뿌리치질 못해. 사람으로서 당연한 감성을 가지고 있으니까 무의식중에 일부만을 이해해버리는 거야."

두 사람은 공통점도 많지만, 차이점도 많다.

"모르겠어요. 결국 아야노코지 군이 무슨 말을 하고 싶으신 건지. 설마 제가 더 약해졌어도 좋았다는 건가요? 마스미 씨를 남기고 싶다고, 멋대로 굴어야 했다는 뜻인가요?"

"보통의 리더에게라면 멋대로 구는 행동이 용납되지 않겠지. 하지만 앞으로 승리를 염두에 둔다면 그렇게 해야 했어. 네가 강하게 있으려면 카무로를 남겨두는 게 정답이었어. OAA가 기준이든 뭐든 다른 녀석을 퇴학시킬 이유를 늘어놓아야 했다고."

하지만 자신의 자존심이 방해했다.

예상 밖의 패배에 평정을 가장한 채 누가 없어져도 좋은

지 잘못된 판단을 내리고 말았다.

몸에서 잃어버린 일부는 돌아오지 않는다.

사카야나기는 앞으로 결손 상태로 싸워야만 하게 되었다.

"걱정 안 하셔도 된답니다. 그녀의 존재는 일절 영향이 없어요. 저는 이제 지지 않아요."

"그렇지 않을걸. 이대로 학년말 시험에 도전하면 이번과 같은 전철을 밟게 될 거야."

사카야나기가 인정하지 못하는 것뿐, 상황은 크게 변하기 시작했다.

"그렇군요. 아야노코지 군의 노림수가 뭔지 알았어요. 당신은 저에게 타격을 주지 않으면 곤란하다고 생각하시네요. 그래서 이번 일로 인해 제가 약해졌다고 하고 싶은 거예요. 그래서 정신적으로 동요하게 만들려고 하고 있어요―― 아닌가요?"

"왜 네가 약해지지 않으면 내가 곤란해진다는 거지?"

"A반이 계속 앞서 있으면 난처하니까? 당신이 바라는 이상적인 전개를 펼치기 위해서 네 반을 팽팽하게 만들어 3학년을 맞이하고 싶다. 그게 목적이지요?"

"틀리진 않았는데, 그것만으로는 충분하지 않아."

"어떻게?"

"지금 시점에서 A반이 리드하고 있든 말든 큰 문제가 아니야. 내 목적은 반마다 최대한의 잠재력을 끌어내는 데 있어. 그러기 위해서라면 류엔이든 이치노세든 사카야나기든 간섭할 거고."

"──마음에 안 드는군요. 제가 당신의 도움을 받지 않으면 안 된다는 말투네요."

"그래서 여기 있는 거야. 너를 돕기 위해 여기 서 있는 거라고."

달변을 늘어놓으며 저항하던 사카야나기의 말이 여기서 마침내 막혔다.

원래 영리한 사카야나기다. 처음부터 알고는 있었다. 단지 모르는 척했을 뿐.

"네 오산은 카무로의 존재가 표면적으로 생각한 것보다도 컸다는 데 있어. 다른 어중이떠중이들과 다르지 않다고 단정 짓고, 아니 그럴 거라고 믿고 싶어서 제비뽑기 따위로 결정해버리고 말았어."

후회해도 이미 늦었다. 반감을 사서라도 자신에게 솔직했어야 했다.

물론 지지 않는다고 생각했던 오만함과 방심도 그 잘못된 결정의 요인이겠지.

"저는……."

내 눈을 볼 수 없었는지 사카야나기가 시선을 회피했다.

그리고 먼 곳을 응시하며 조용히 숨을 토했다.

"저는 초등학교 중학교 의무 교육을 받아오면서, 분명히 말하건대 친구를 사귄 적이 단 한 번도 없었어요. 사고 레벨이 너무 낮고 치졸한 존재에게 도저히 보조를 맞춰줄 수가 없었거든요."

어릴 때부터 그랬다며 자신을 되돌아보았다.

"이 학교에서도 다르지 않았어요. 마스미 씨도 하시모토 군도 키토 군도 그래요. 가까이에 두긴 했지만 그건 그냥 수족으로 부리기 위해서였지요. 그 이상도 그 이하도 아니라고 생각했어요. 남도 다 똑같다고 생각했어요."

주변 사람을 친구로 인식하지 않았던 사카야나기의 학생으로서의 생활.

하지만 타인과 친구의 경계선이란 애매한 법. 누구에게나 진짜 선은 헤아릴 수 없다.

"그래서 누가 사라지든 똑같다고 생각했는데……."

거기서 말을 멈추었다.

이제 사카야나기도 속일 수 없는 진짜 답이 보였으리라.

"아무래도 제 안에서 마스미 씨는 어느샌가 친구가 되어 버리고 말았던 모양이네요."

같은 친구라는 단어를 사용해도 방금 한 것과 지금까지의 것은 무게감이 차원이 다르다.

진심으로 인정했는지 아닌지에 따라, 발하는 의미가 크게 달라진다.

영리한 자신이, 그런 존재에 좌지우지될 일은 없다고 굳게 믿었을 뿐.

"……어찌 됐건 저답지는 않네요."

"그럴지도 모르지. 하지만 이제 깨달았으니. 카무로를

잃고 약해진 만큼 더 강해질 수 있을 거다."

이 정도에 좌절하고 다시 일어서지 못할 레벨이어서는 곤란하다.

"언제나 뒤에서 이런 식으로 여러 사람에게 조언해 주셨지요. 어쩐지 다들 성장했더라고요."

"아직 한참 멀었지만."

사카야나기는 더 이상 아무 말도 하지 않고 천천히 그리고 정중하게 머리를 숙였다.

더 이상은 함께 있어서는 안 된다. 그런 요구가 느껴졌다.

그 요구에 따라, 작아지는 등을 가만히 지켜본 나는 다시 벤치에 앉았다.

"결과적으로 카무로의 퇴학은 좋은 재료로 바뀌었군."

다른 어중이떠중이로는 지금만큼 사카야나기의 감정에 영향을 미치지 못했을 것이다.

그리고 분위기를 컨트롤할 것까지도 없이 반 포인트도 전체적으로 압축되었다.

각각의 반이 실력을 발휘해 싸울 수 있게 되었다는 증거다.

이제 사카야나기 본인이 잘 고민하고 잘 깨닫고, 그래서 크게 성장해야만 한다.

그리고 지금까지 품어본 적 없는 감정을 마주할 시간이 시작될 터.

류엔은 한 꺼풀 탈피해 앞으로 나오기 시작했다.

예전의 방식을 바꾼 것이 아니라 그 특징을 더욱 승화시켰다.

앞으로도 인정사정 봐주지 않고 주위에 그 힘을 펼쳐나갈 것이다.

학년말 시험까지 남은 시간은 2개월 남짓.

"나도 차근차근 준비해 보기로 할까."

카루이자와 케이의 일.

이치노세 호나미의 일.

그리고 반의 일.

남은 학교생활, 주위의 기억에 남는 존재가 되기 위한 행동을 시작한다.

후기

코로나, 독감, 골절, 그리고 목 디스크까지. 올해 어마어마한 타격을 받고 만신창이가 된 키누가사입니다. 저는 무사히 살아 있어요. 키누가사입니다.

그런데 목 디스크로 인한 등 저림과 통증이 엄청나면서 오래 갈 것 같아서, 이번 원고는 발병 전에 집필 가능했던 게 다행이지만 앞으로 영향이 전혀 없을 거라고 단언하긴 힘들지도 모르겠습니다……. 1시간 정도만 의자에 앉아 있어도 한계인 나날에 악전고투 중입니다.

이런 어두운 이야기만 해도 어쩔 수 없으니 밝은 화제를 꺼내 보겠습니다.

──한신 타이거스, 18년 만에 리그 우승 축하드립니다!!!!!!!!!!!

감동을 선사해 줘서 고마워요! 짜릿한 흥분을 안겨줘서 고마워요! 토라호————!!!!*

네. 이것만은 말하게 해주세요. 괜찮죠? 18년만인걸요. 이것저것 많이 샀다고요. 어디서 쓸까 싶은 모자랑 셔츠. 괜찮잖아요. 18년 만인걸요. 그야 아저씨도 씰이라든지 스

---

*한신 타이거스 팬들의 승리 문구.

티커라든지 수건이라든지 사버린다고요.

　이번에는 후기가 한 페이지에 그치는 것으로…… 죄송합니다. 10권 내용에 대해 언급할 여유가 별로 남아 있지 않네요. 다음번에는 노력하겠습니다. 등 통증에 지지 않기를……!

○차가운 벤치 위에서 (게이머즈)

오늘 나는 아야노코지 키요타카를 만나기 위해 한 장소에 앉아 있습니다.

학교에서 케야키 몰로 가려면 반드시 지나쳐야 하는 벤치 입니다.

혼자 이곳에 앉아 아무것도 하지 않고 조용히 시간을 보냈습니다.

그러다 문득 저의 자세가 좀 마음에 들지 않는다는 생각이 들었습니다.

"음…… 진정이 안 되네."

등받이에 기대봐도, 등을 떼고 곧게 펴봐도 소용이 없었습니다.

어떻게 하면 이 불쾌감에서 벗어날 수 있을까요.

여러 시행착오를 거친 결과 벤치에 엎드림으로써 해소되었습니다.

"아아, 이제 좀 낫다……."

차가운 나무판이 뺨에 닿는 느낌도 아주 좋습니다.

이제 앉아서 그가 등장하길 기다릴 뿐.

아, 앉은 게 아니니까…… 누워서 기다릴 뿐?

……뭐, 뭐든 좋아요.

어쨌든 이렇게 마음이 차분해지는 자세로 계속 있기로 하죠.

"죽었나?"

드디어 들려온 그의 목소리에 저는 안도했습니다.

더 기다렸다간 동사했을지도 모르니까요.

점점 정신이 몽롱해지고 졸음이 몰려오던 참이었습니다.

"에이, 그건 아니지."

"정답입니다, 안 죽었어요."

카루이자와 케이의 적확한 대답에 호응했습니다.

"이런 데서 뭐 해?"

"궁금해요?"

"안 궁금하다면 거짓말――."

"그럼 알려드리죠. 저는 뭔가를 감추고 있는 듯한 아야노 코지 키요타카를 기다리고 있었답니다."

지금까지의 경위를 봤을 때 그는 보통 학생이 아님을 알 수 있습니다.

그렇기에 더 가까이에서 관찰하고 알아두고 싶어요.

제 눈으로도 거듭 확인하고 싶어요.

사실을 사실로써 정보를 공유할 수 있는 동료는 많은 게 좋으니까요.

A반이 A반으로 계속 있기 위하여.

○자각하지 못한 각성 (토라노아나)

"남한테 말할 게 못 돼서 그래. 혼자 간직하고 싶은 것도 있는 법이잖아."

나야 아야노코지의 과거가 몹시 궁금하지만, 과연 더 이상 캐묻는 건 예의에 어긋나겠지.

"생각을 정리하기 위해서라도 한 템포 쉬어가는 게 좋아."

하긴 그의 말이 옳다. 유난히 목이 말랐고 피곤하기도 했다.

"그래, 그러네……."

나는 그의 조언에 따르듯, 완전히 잊고 있던 커피잔을 손에 들었다.

아직 따뜻할 줄 알고 마신 커피는 예상했던 것보다 훨씬 많이 식어 있었다.

"다 식었다."

"다 식었네."

무심코 그런 말이 튀어나왔는데, 동시에 아야노코지도 비슷한 말을 내뱉었다.

"따라 하지 마."

"따라 하지 말아줘."

그게 어쩐지 마음에 안 들어서 말했는데, 또 우연히 말이 겹쳤다.

그러자 불만스러웠던, 그 전의 말이 겹친 상황이 갑자기 묘하게 재미있다는 생각이 들었다.

나는 웃고 말았다.

앞에 있는 그도 웃겼는지 아주 살짝 웃었다.

"으엣——?"

"왜 그래?"

그의 표정은 평소와 다름없었다.

하지만 직전의 얼굴은 뭐랄까, 너무나 신선했는데…….

잊지 못할 강한 기억을 눈에 새겼다.

이상해하며 되묻는 그에게 뭐라고 대답하는 것이 정답일까.

그냥 있는 그대로 본 것을 전해야겠다.

"아니…… 그게…… 방금…… 아야노코지가 살짝 웃어서…….

"뭐? 그런데 그게 왜."

"하지만 너의 그런 얼굴, 지난 2년 동안 한 번도 못 봤던 것 같아서…….

"실례잖아. 태어나서 처음 웃은 아기도 아니고."

사람이 웃는 것, 미소 짓는 것은 평범한 일. 그러나 눈앞에 있는 건 다른 사람도 아니고 아야노코지다.

도저히 그런 표정과는 어울리지 않으니까, 그러니까…….

"듣고 보니 드문 일 같기도 하네."

내 지적에 아야노코지는 왜 그런지 진지하게 생각에 잠겼다.

"내가 왜 웃었지? 너도 웃었으면 그 이유를 알아?"

진지한 얼굴.

그런 별일도 아닌 일을 진지하게 묻는 사람이 있다니, 상상도 못 했다.

그 순간, 이상한 감각이 내 안에 싹텄다.

올곧은 그의 눈과 질문을 똑바로 대할 수 없고 도망치고 싶은 충동이 엄습했다.

"그, 그런 걸 진지한 얼굴로 물어봐도 나도 몰라."

그래서 피했다.

지금은 본능에 충실하게 피해야만 한다는 뇌의 명령을 받아들였다.

"그럼 특별히 재미있는 상황이었던 건 아니다, 그 말인가?"

그런데도 계속된 그의 추궁. 이제는 강제로라도 끊을 수밖에 없다.

"……그러니까 물어봐도 모른다고. 네 이상한 사고방식 때문에, 똑같이 웃은 내가 바보 같잖아……."

나는 이제 맛도 느껴지지 않는 물 같은 커피를 다 마시고 이만 돌아가기로 했다.

이유는 잘 모르겠지만, 분명 기분이 나빠져서겠지.

그런 게 틀림없다.

○작은 불씨 (멜론북스)

저는 불안하게 느끼는 것을 아야노코지 군에게 솔직하게 털어놓았습니다.

보통은 반에 약점이 되는 것은 다른 반 사람에게 말하지 않습니다.

하지만 아야노코지 군은 예외입니다.

그는 불안을 이용할 사람이 아니고, 오히려 저를 위해서 조언해 준다는 걸 알기 때문입니다.

"정공법이라고는 말할 수 없는 방법일 테니까. 반의 실력이라는 의미에서는 제자리걸음이야."

그것을 뒷받침하듯이 아야노코지 군은 제대로 이해하고 그렇게 말해주었습니다.

제가 느끼고 있는 불안.

작은 불씨.

그것은 저희 반이 내부적으로 품고 있는 문제입니다.

반에서 유일하게 그 사실을 아는 사람은 카츠라기 군 정도일까요. 그는 저보다 더 야무져서 늘 류엔 군의 곁에서 눈을 번쩍입니다.

좋은 일도 안 좋은 일도 가까이에서 공유하고, 적절한 조언을 건넵니다.

"우리가 A반으로 올라가기 위해 필요한 퍼즐 조각은 동시에 방해가 되는 퍼즐 조각이기도 해요. 난감하네요."

표리일체의 관계. 쉽게 잘라낼 수 없는 어려운 문제입니다.

"그걸 알아차릴 학생이 있다면 아직 희망은 있어."

그렇게 말한 아야노코지 군은 상황을 이해했는지 이만 돌아가려고 했습니다.

"이제 도서실에 가려고 하는데 같이 가시겠어요?"

"아니, 사양할게. 궁금한 것들이 아직 있어서."

"아야노코지 군도 힘드시겠어요."

"별로 크게 힘든 건 하나도 없어."

"그럼 다음에 같이 가요."

고개를 끄덕인 아야노코지 군과 헤어진 저는 혼자 도서실로 향했습니다.

"……저도 참 답이 없네요."

지금은 우리 반을 중심으로 생각해야 하는데, 아야노코지 군을 만나면 저도 모르게 즐거워져서 그걸 깜빡 잊어버릴 뻔하게 됩니다.

애초에 아야노코지 군에게는 소중히 여겨야 할 여자친구가 있는데요.

이런 식으로 생각하는 것조차 죄송한 일입니다.

ISBN 979-11-384-8151-9
ISBN 979-11-6611-455-7 (세트)

정가 8,500원

어서오세요 실력지상주의 교실에 2학년편
Welcome to the Classroom of the Second-year

S NOVEL